U0529867

转场

杨奋 著

目 录

contents

1
Chapter

老妈

二十年，折成一个一个日子，换算成分秒时光，竟然那么苦涩。在这苦涩的日子里，我们都在狂奔，每一个老妈都带着孩子向幸福狂奔，有些老妈，不需要坚忍与胆怯，不需要忧郁与快乐，就能拥抱着整个世界；而我的老妈，她扛着这些带着我们走向了幸福。

2
Chapter

骚呢兄弟

027

故事总要有结局,不过也有一些故事,不死就不会有。

我们都记得曾经诚挚而又疼痛地爱过,忠实而又平凡地找寻过。在伤痛与治愈中徘徊,在夜空与蓝天的交错中,经历过这样的年代。

3
Chapter

阿勒泰山下一家人

049

小镇在蓝天白云中无限延长,四周的群山层峦叠嶂,分界线是我们的思念,小心地倾听着这里的故事,感受这里的遥远悠长,也同样感受这里的静穆沧桑,如同历史中一条缝隙,讲述着生生不息的过往。

那一刻，就好像沙漠上出现了彩虹、夕阳挂上了笑容。连衣裙意外地合身，而且是完美的搭配。那少女，尖尖的下巴骄傲地扬起，柔润的唇边闪着一抹淡淡的微笑，那一刻，聂发军迷上了这个少女。

4
Chapter

青格里的杂货铺

073

5
Chapter

老杨

　　此刻的南方，细雨绵绵不绝，新疆最西北的青河县已是冰天雪地。如果一切不曾改变，或者回到二十年前，那么我们一家四口会在西伯利亚的冷空气下，烧着柴火，喝着奶茶，遥望家家户户炊烟升起。回忆起那段日子，我最怀念的人是老杨。

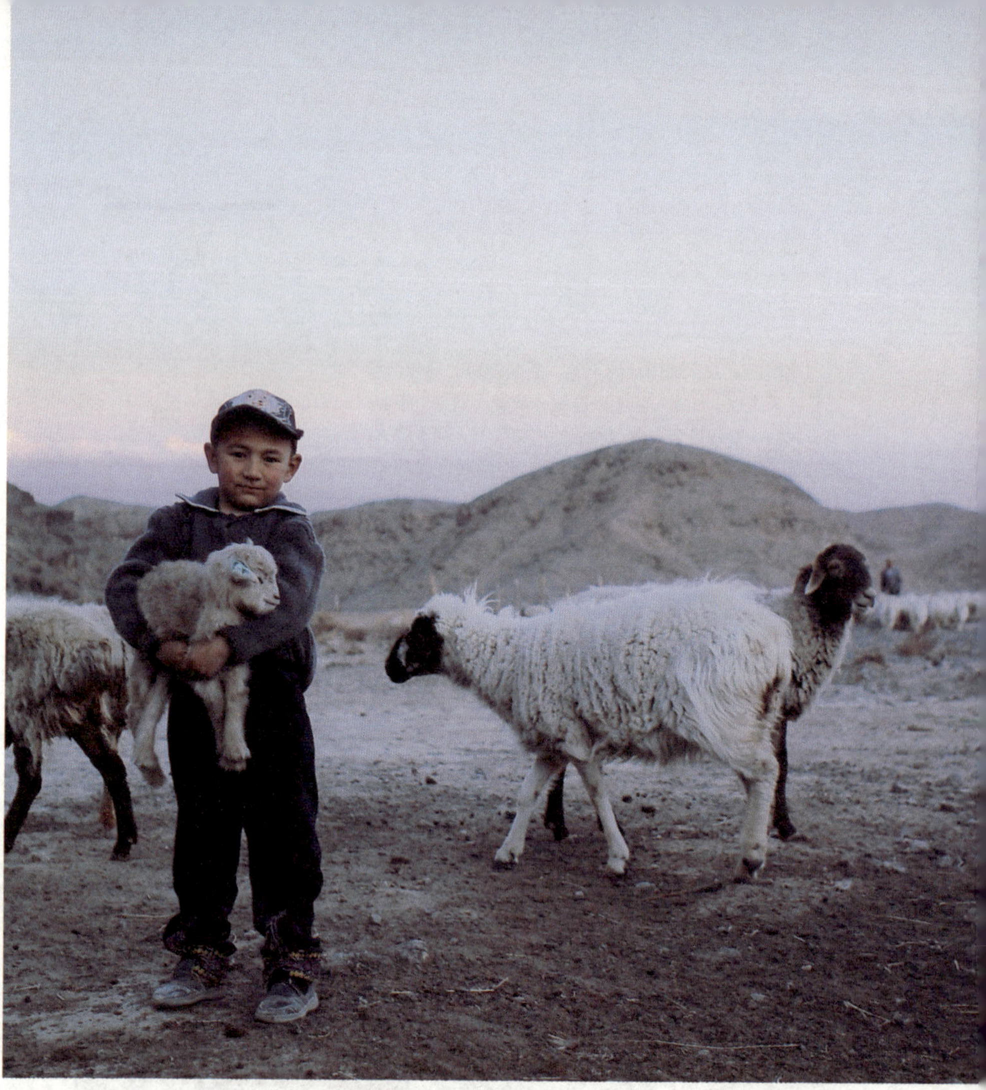

Chapter 6

绿茵少年

115

新疆男人在我看来最不擅长的就是悲伤，一旦悲伤起来，就会有人说："你是儿子娃娃。你是站着撒尿的男人（要像个男人的意思，儿子娃娃是值得新疆骄傲的男人）。"大部分新疆男人的标签就是豪爽、大方与勇敢。很多年来，我都觉得新疆男人也有悲伤，那悲伤来源于足球。

Chapter 7

回到1984

129

第二天晚上，在私人微信群里，我们探讨着切胃会不会对性生活有影响。我们聊着等他好了，快点儿回长沙。最后他发了一条：趁夜幕还没来临，好好活明白；我的夜幕已经来临，我先上。

我爬着一样冲上了舞台，拿着吉他唱着蹩脚的歌曲。台下人起哄着骂道："哪儿来的卖沟子的，又矮又丑还胖得没边，快滚下去。"很快我的歌声被淹没在嘘声中。没调的旋律，没谱的歌词，但它就那样出现在我的脑海中，我一个字一个字地把它唱出来。

8
Chapter

丫头子

9
Chapter

驻疆记者

有些情感，不知不觉，流进了血液里，根深蒂固，与你说的每一句话每一个动作都息息相关，散发着缕缕温情。对新疆，有那么多的标签，但在孙继文眼里，那里已经是家乡。

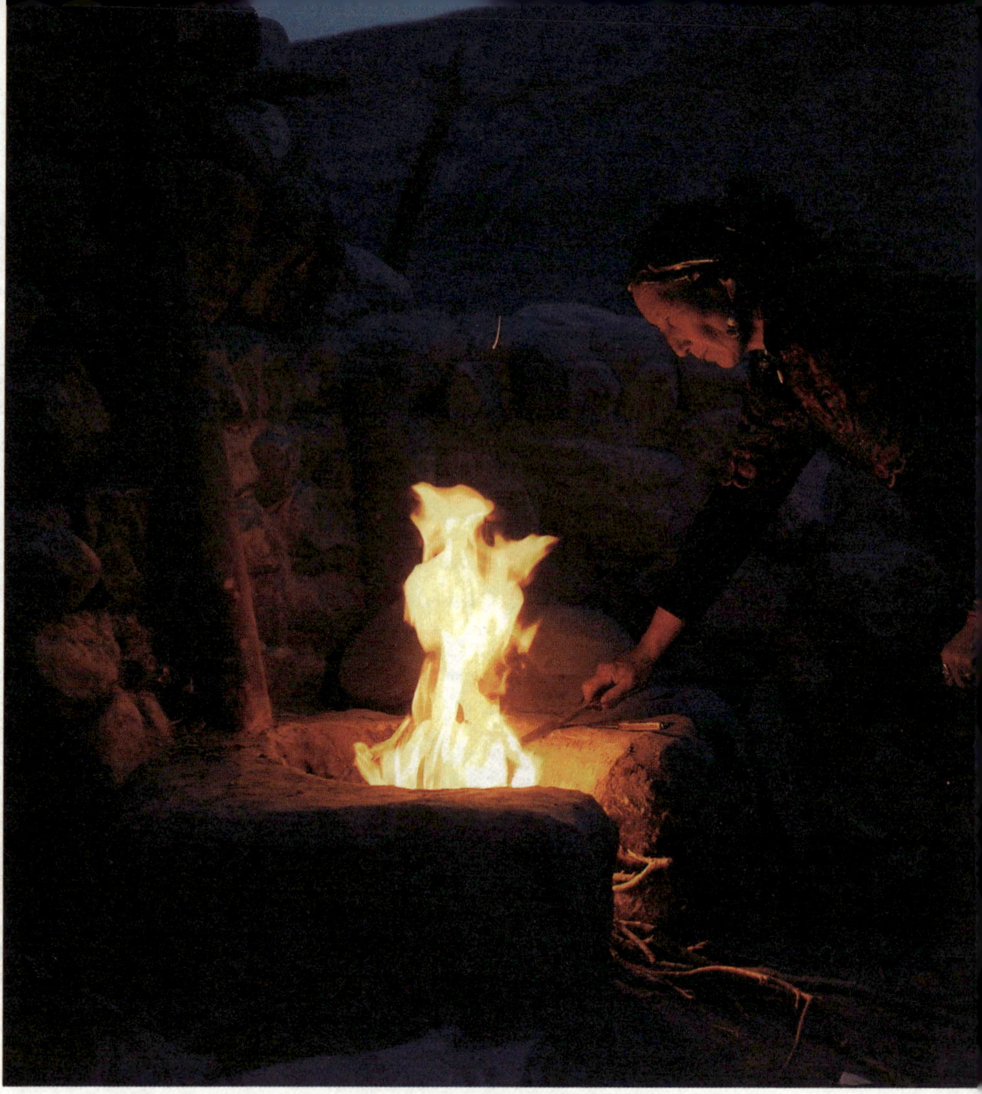

10 Chapter

老壳子

187

过了夏至，白天变长，漫天的星星点缀在老肖的小土农庄里，吃饭的客人络绎不绝。透过苍茫的夜色，是否，每个人都是一颗闪烁的星星，只有那些有过疲惫，熬过痛苦的，才能成为青草尖上最美的露珠？

11 Chapter

写给马小狮的一封信

213

暴风狂卷天山雪，犹展英姿自往还。在你的陪伴下，我会搀扶着你老爸，恢复元气，定会重回江湖，成为你最坚实的靠山。

总是遇到一些人，他们渺小，甚至只能照顾好一个小小的家；他们伟大，他们想把新疆变得更好。我时常记不住他们的名字，甚至会忘记他们的样子，甚少来往，但这些记忆都保留在我心里。

12
Chapter

温暖新疆

此刻的小城一定安静得像婴儿睡去那般，那是怎样的安详。大雪覆盖，华灯初上。那里有过我结实的脚印，有过我呐喊的声音。还有人记得我们唱的歌，记得我们的故事吗？

13
Chapter

淘粪年代

245

14
Chapter

终点站
乌鲁木齐

273

那也好，总有人记得那些绿皮车，记住一代又一代人对新疆的贡献。而生命也像一列火车，有的人上，有的人下，对我来说，当列车上播着"本次列车终点站乌鲁木齐"，我就会露出久违的笑容。

15
Chapter

不爱新疆
不像话

291

"大冰，新疆到底欠了你什么，你如此地爱新疆。"
大冰说："不爱新疆不像话。"

后记 / 305

1 Chapter

老妈

二十年，折成一个一个日子，换算成分秒时光，竟然那么苦涩。在这苦涩的日子里，我们都在狂奔，每一个老妈都带着孩子向幸福狂奔，有些老妈，不需要坚忍与胆怯，不需要忧郁与快乐，就能拥抱着整个世界；而我的老妈，她扛着这些带着我们走向了幸福。

1

　　2011年我在青岛，手机对我来说作用并不大，偶然一次欠费不提醒都不会发现。有一天，QQ上弹出了老妈的留言："你怎么被限制了？你要注意在外面不要乱说话。"我百思不得其解，用公用电话拨打了自己的号码，听到里面传来提示音："对不起，您拨打的用户通话已被限制。"

　　充了二十元话费后，我给老妈发一条短信："一切安好，只是欠费停机。"我在书店里看书，收到了老妈的回复："你住的那个荒岛有多少人？有青河人多吗？他们靠打鱼为生吗？"

　　脑海里顿时浮出了一个情景：我在海边用叉子抓鱼，身上披着一片大叶子，腰上绑着一根绳子挂着一片小叶子，远处一个女子架着篝火，不远处的渔船上传来古老的歌谣，还有女子随歌舞动。靠着大海和岛屿的丰饶恩赐，过着茹毛饮血的生活。

　　说实话，我只知道青河县城有两万多人，之前给老妈打了一个电话说我在青岛旁边的一个岛上，过去只能坐渡轮，名字叫黄岛，老妈就听成了荒岛。我跑到地图区查看了一眼，黄岛有四十多万人，海底隧道两年后就会开通了，可以从海底开车往返。便如实地给老妈发了过去。

这是老妈第二次给我发短信。两年前我在乌鲁木齐无意间还看到老妈写好了但没有发送的一条短信："回来考公务员吧。"老妈眼神不好，打字很费劲，等我离开新疆在火车上收到了老妈的短信："工作找好了吗？注意吃的。"

第二天，我从丁家河小区穿过理工大学，站在唐岛湾看着海面发呆，收到老妈的短信："大河大吗？"老妈并没有见过大海，在她的嘴里大海永远是大河，一条又宽又长的河。我就拨通了老妈的电话："来看海吧，比大河要大。"

第三天，老妈就买了一张从乌鲁木齐到济南，再从济南到青岛的火车票。我在火车站接上老妈，老妈佝偻着背，小心翼翼地抱着一个布袋四处张望，看到我才舒缓了一口气，对我说："总是怕有小偷，硬座也睡不好。"布袋里是一包馕，老妈并不知道带点什么好，但她心里总觉得不带更不好。

从青岛到黄岛的渡轮，四十分钟十元钱，比旅游乘船便宜好多。我带着老妈坐上了去黄岛的渡轮，老妈走到船尾，看着渡轮划开水花，波浪漫延，海水被甩在了身后。老妈想张开双臂，又觉得不妥，便把手放到了栏杆上。夕阳西下，金辉打在她花白的头发上，所有的苦难与悲欢离合都成为过往，就连当年那个充满憧憬的小姑娘都已经找不到了。

青岛的天气常会阴雨不断，这里的雨水明显比世界上离大海最远的新疆要充沛。我在日志上说日子发霉了是真的发霉。空气潮湿,海风吹拂,老妈有关节炎,时常一个手捂着膝盖却一脸淡定得很不自然,她不愿意给我增加负担。

终于有一天,天放晴了,我和女朋友带着老妈去了海边。海水拍在她的脚边,她看着海天一色,忽而感叹忽而面露喜悦忽而自言自语,一个大浪过来,老妈像小姑娘一样尖叫起来,如同受惊的小麋鹿跳跃起来。看到我,又低着头扒拉着水,任凭海浪冲打着她的腿。一定要去看一看大海,似乎是新疆人生活的共识,老妈五十多岁才第一次见到大海,她瞭望着远方,大海没有边际,就和沙漠一般,老妈表达的方式直接而有力,她对我说:"我这辈子算没白活吧?"

玩了会儿水,老妈坐在沙滩上安静地看着大海问我:"远处的网是怕人被冲走吗?"我说:"那是防鲨网。"老妈若有所思地又问了我另一句话,从沙漠到海边,从青河到青岛,有那么多好玩的事情,老妈却有点儿窃喜地问了我一个答不出来的问题:"刚才有海水进到我的嘴里,味道很怪,他们说大海是咸的?做菜是不是可以省钱不放盐了?"

女朋友在旁边拉着我老妈说:"阿姨,走,带你去抓小螃蟹。"才缓解了这一刻的尴尬。

尽管和女朋友没有走到谈婚论嫁的地步,老妈还是隐隐担心——婆媳之争。做完菜,小心翼翼地问我们,咸淡怎么样?老妈做菜的味道除了咸淡，再无酸甜苦辣的味道，更何况每一次都很淡。每次吃饭，老妈先就着剩菜吃，我问她："你总是吃剩菜干什么？"老妈不吱声，还是扒拉着剩菜，我一气之下就把剩菜倒到垃圾桶，大声说道："过夜的菜就不要吃了。"那一代人，吃菜真的就是为了下饭，吃个牛排都想要一碗米饭。从那以后，老妈做的菜量变少了，我们也尽量一次吃完。

有一次，我和老妈从金沙滩一直走到了积米崖，沿着海岸线一直走，一直走到夜色慢慢把城市覆盖。她看着四周在建的高楼问道："这房子很贵吧？"我安慰她："只有外地人才买海景房，本地人都受不了海边的潮湿。""那……那市区的房子多少钱？"老妈鼓起勇气问我，"要是我把乌鲁木齐的房子卖掉，付得起首付吗？"当老妈知道即使勉强付得起首付，我也不会让她卖掉乌鲁木齐能带给她安全感的那套房子时，她就想试图说服我的女朋友。

晚饭时，老妈故意找了个话题，她自顾自地说："你老爸以前的老领导还在司法局，或许还能去找找。乌鲁木齐两室一厅的房子刚好我们在一起住，就是有了孩子还要考虑换一套大的。"

当我们的生活极度困窘的时候，我们总是寄希望于某一件事情，哪怕不可能，都会让我们的精神有一丝的安慰。老妈并没有说服我的女朋友，女朋友也不会离开海边去遥远的乌鲁木齐生活，这让老妈很沮丧，她站在窗台边上看着黑漆漆的窗外，深深地叹了一口气。

住了三个月后,老妈总觉得我们可以把她住的那一间屋子租出去,可以省一些房租,就执意要回到乌鲁木齐。临走前,老妈对我说:"如果最终不能走在一起,就回来吧。"

那是我在青岛生活的第四年。老妈走后,女朋友就搬回家住了。那年冬至,女朋友突然给我发了短信说:"你该回家过一次年了。"和她分手以后,我在大年初一回到乌鲁木齐的家里,老妈做了一顿火锅等着我到家。

2

我小时候,老妈收养了一个女儿,别人问老爸,他会解释就想要个女儿。可是老妈却对每个人说:"万一儿子找不到媳妇怎么办?童养媳不是很好吗?"

其实老妈并不是想给我找童养媳,而是因为老爸去农村采访时,一个牧民家正好生孩子,不巧是双胞胎,牧民就拉着我老爸说:"一个勉强养得起,两个养不活。"老爸犹豫了好久,问牧民要了一杯散酒,一口喝完用座机给老妈打了电话:"能收养个孩子吗?"老妈问道:"女孩吗?"在得到肯定答案后,老妈一口答应。

有一天,我说我大学毕业可能不回去了,老妈有点儿不甘心说:"你妹妹要嫁人了,你怎么办?"老一代人表达情感的方式比较特别,老妈总希望我有个稳定的工作,娶个持家的女孩,一辈子过着如同他们那样安全又有保障的生活，她想直说又怕我抵触，就只好这样说。

2008年，我大学快要毕业时，老妈想让我回到青河考个公务员，谁谁谁的孩子考上哪儿哪儿的公务员，还请客吃饭了。老妈尽量用商量的口吻和我说这些，她并不想离开生活了一辈子的地方，也希望我能回到那里。可是我遗传了老妈的性格，骨子里很倔，我跟老妈说："回不去了。再说小镇的漂亮姑娘都嫁出去了，回去娶媳妇很难。"

老妈一听也是，谁谁家的姑娘都嫁到外国去了，再说那里除了埋葬的人再无亲戚，就下决心把小镇的房子折价卖掉，将两套房子折成了乌鲁木齐不大的一套房子，至少乌鲁木齐离青岛还近一点儿。老妈找了一辆货车把家里的老旧东西一趟都搬到了乌鲁木齐。

有她和老爸结婚时用铁架子焊的铺木板的婚床、我和哥哥小时候刻画着涂鸦的四方桌子、时常闪着雪花的大方块电视机、至少还能听广播的录音机、塞满了陈旧书籍的老爸的书桌、几十年来还在用的碗筷。

搬家的时候，老妈只带了一张老爸的遗照，其余照片都化作了灰炭。我问过老妈，她说："一张就够了，就这张看了不会哭。"

搬家的时候我并不在乌鲁木齐，老妈在青河，我在青岛，老爸在天堂。

记忆中,我有八个春节都是在外地不同的城市度过的,那些城市烟花耀眼都能闪出我的泪花,我就躲在屋子里哪儿也不去。只有第一次在大连过年时,我一个人去了海边,走了一天,我安慰自己,这是充满诗意的生活。伴随着海水的声音,有人轻悄地弹着吉他唱着歌,一切安详得让人无法说话,大海多么神奇,让我们的心事都沉入了海底。

海的对面是蓝天,我躲掉了城市的热闹烟花,但没躲掉老妈的短信:"过节多吃点儿,新年好!"

春节挺好的,就是饭馆不开门,就是没有人陪着。我穿着鞋子往海水深处走,海水淹过了膝盖,我对着大海嘶喊,歇斯底里地喊:"我不会哭的,我会坚强的。"我在海边给老妈回了短信:"新年好,老妈。"我想难过的应该是老妈,这八个春节她也是一个人过的。

大海会不会是谁的泪水,反正我没有在海边流过眼泪。

大学毕业,我回到了乌鲁木齐,住进了在乌鲁木齐珠江路一个山坡上的新家。夜里时常干哕,惊醒了老妈,她对我说:"去医院做个体检吧。"

那天是周五,在珠江路的小医院里,医生拿着化验单,用笔在纸上画着细胞,告诉我病毒在破坏好的细胞。那个医生口若悬河,告诉我人生各种道理,我和老妈就好像捣蒜一样点着头。他说完那句话,我看着老妈穿着老旧的衣服擦拭了一把眼泪,坚定地对我说:"卖房子也得治。"

医生说:"你这个是早期肝癌。"

我停顿了好久,好冷的夏天,远方的姑娘我陪不了你了,遗书要不要发到网上,毕竟没有老婆孩子也没房产存折。我胆怯地问医生:"我还能活多久?"

我并没有接受医生的建议买五折优惠的药品,而是等到周一去三甲级医院做了个复查。两天像两个世纪一样漫长,老妈一旦遇到难过的事情,总是会自言自语,她在屋子里叹气,又对着空气说:"不考公务员了,不回青河了。想去青岛就去青岛吧。"她拿出仅有的一张存折和房产证,紧紧地攥在手里,在自己的房间里来回走动。

等待检查报告就好像等待宣判一样,我紧紧地捏着化验单,汗透在纸上。医生淡定地看了一眼:"就是脂肪肝,少吃油少喝酒,多运动。"老妈手里攥着放着存折的小包,嘴上念叨着:"还好不是肝癌,还好不是肝癌。"

那段时间,我渐渐熟悉了乌鲁木齐这个城市。和老妈走长长的路,一直从珠江路走到西大桥,再从西大桥走到七一酱园,在每一个站牌那里,读一读当天的新闻。最后在七一酱园买上一些菜,坐931路公交车回家。

买菜时,老妈会把白菜的坏叶子全部撕掉,会把土豆沾的土一点点清理,甚至把芹菜叶都摘掉才买,会在结账的时候和收银员砍价:"这些不能打折吗?"我并不会阻拦这一切,我想如果因此老妈会开心的话,那也是生活中仅存的侥幸。

那些菜拿回来一点儿不浪费都会进入锅里,就好像她会在水龙头那里放个盆子,洗脸水可以洗衣服,洗衣服水可以拖地,拖地水可以冲马桶。但总怕老妈不厌其烦地对我说:"你老爸在的话,都是他做饭我洗碗,也不至于不合你胃口了。"说多了,我就会对老妈说:"人都离开十多年了,你就不能不提老爸吗?"老妈做饭确实不好吃,什么调料都不加,任何菜都是水煮出来的感觉,以至在外面第一次吃虎皮辣椒时,我才知道辣椒不是调料。

有一次,我们在路上,有一个小贩贱卖萝卜,我说:"老妈,买一点儿萝卜吧,天天吃土豆,换个萝卜还有营养。"以前老妈看到一公斤一元钱的菜肯定会买,但老妈并没有买,并头也没回地离开了。老妈确实不吃萝卜,家里从来没有做过抓饭。

乌鲁木齐比青河还要干燥,青河至少还有大雪。我在乌鲁木齐投了几份简历都杳无音信,我想这里不适合我,我要去青岛看看,女朋友还在那里等我。临行的时候,老妈从门口追到街上,往我的手里塞了一堆纸币,大部分是一元钱那种。告诉我:"在路上吃点儿好的。"

奔跑的时间并不会停止,与老妈分别的那一刻,我沉默不语,老妈怅然若失地挥挥手,那站定而逐渐渺小的姿态,就是所有的语言。

我去青岛的第一个冬天,老妈打电话说要回青河。我说:"青河的房子已经卖掉了,冬天动不动零下四十多摄氏度,你回去干什么?"老妈沉默了一会儿对我说:"曾经生你时没奶水,好心的朋友给你喂奶,现在那个朋友得了脑出血,我想回去看看。"我并不知道怎么安慰老妈,这是第一次从老妈嘴里说出朋友这两个字,四十多年的友谊在她看来无比重要。

老妈毅然选择了夜班车回到了青河,我想象得到路途的遥远,从乌鲁木齐到青河总共五百二十四公里,在二一五国道上要走十多个小时。冬天会有风,吹雪几分钟就可以把道路掩埋掉。风在准噶尔盆地里打转,戈壁滩上黑漆漆一片,偶尔野兔和狐狸会蹿到路上。这一段路程,足够回忆起所有的往事。

回去第二天就接到老妈的电话:"好多人都在问你在青岛做什么工作,我该怎么回答?你要做个好人!"

3

大四那年,家里的院子要拆迁了。老妈一个人在院子里一砖一瓦地盖了两间房子,就为了在拆迁的时候可以讨价还价。老妈把大房子租给前面商店的小贩,一个月八十元,自己住在小房子里。那房子透风,光线不好,夏天还需要架火,老妈如同小时候一样会去胡杨林捡柴火和蘑菇,她一周主要的蔬菜就是蘑菇。她盼望下小雨,下完雨,大青河的蘑菇就会疯长起来。偶尔老妈会买一个鸡腿,和蘑菇炖在一起,在漆黑的小屋子里,过着不是滋味的日子。

有一天，小贩在院子里拉屎，老妈不愿意，院子里即使不种菜了，也有她和老爸的回忆。小贩全家站在院子里与老妈骂架："破院子拉屎怎么了，这是给地上肥。"老妈骂不过，就蹲在地上不说话，小贩还不甘心，推了我老妈一下。电话是邻居打给我的："你老妈被欺负了。"晚上，我一群同学围住了小贩的商店，我接通了电话对小贩怒吼。电话那头，小贩一直给老妈道歉，足足有十分钟。老妈事后跟我说："你回来看看吧，回家过一次年吧。"

那是 2009 年，我想起青河的冬天漫长寒冷，很多的牧民都有关节炎。我在天涯网上发起了一个帖子：青河冬天需要棉衣，请求网友给青河捐衣物。青河那么远，回去一次我总希望能做一些事情。

那个冬天，我回到了青河，带着一批物资，那条新闻至今还能在网上找到。我去到乡里发了所有衣物，就如同报道里一样，牧民确实缺乏冬衣。

青河的夜空很美，星星触手可及。老妈把她放破烂的小屋子收拾出来，给我放置了一张小床，晚上就炖蘑菇，她有点儿得意地对我说："吃了两年的蘑菇，头发也黑了，血压也不高了，还省了那么多买菜的钱。"除夕，我买了只鸡，用东北的方式做了小鸡炖蘑菇，两个人在早已经凋敝的院子里吃了起来，星星照亮了院子。老妈吃饭狼吞虎咽，她也不说好吃不好吃，在她的眼里，吃饱饭就是老天最好的恩赐。

那年春节，老妈又与人吵架了，有人要给老妈介绍一个老伴。老妈破口大骂,连相亲对象都骂走了,回到家,老妈声音哽咽地对我说:"如果你爸爸知道我相亲,他怎么想我啊?"

那几年,县里很多人都不敢和老妈说话,见到她都绕着走。还有人告诉我,你老妈疯了,一个人从大青河走到小青河,神神道道自言自语。后来我同学告诉我:"你老妈下午推个拉车到处捡破烂,晚上就一个人走到小青河,自言自语。"

难怪,我走的时候老妈给我塞了一元钱,还问我钱够不够,一定要好好学习,将来有出息地回到这里,不要让别人说没出息。

上大学的日子里,老妈每个月会给我写信,虽然字歪歪扭扭,还会有错别字和拼音,但她在信里和我讲述了她和老爸的点滴往事,还在信里表达了她对老爸的想念,也会说一些国家政策对她的帮助、她的工资,以及她对我说,她总觉得老爸并没有走,她走在路上就在和老爸对话。

4

至今还记得我摔过一次碗。那年高一,老妈喊我,又欲言又止。我跑到外面重重地把门关上。

因为老妈做的菜实在不怎么样,她在做饭上简直是应付,豆腐煮一下就是一盘菜,芹菜不去叶子就下锅,下个面条一定是清汤寡水,所有的饭菜端上桌都没有味道,哪怕是改善生活的肉类,也只是水煮就好。没有辣味,没有甜味,没有酸味,甚至连点儿咸味都感觉不到。

因为惹事,我从青河二中退学。老妈托关系找到老爸的同事,让我去隔壁县上了高二,其实我并没有上学的想法,只是想离开那个小镇,因为在那儿,我成了所有家长眼里的坏孩子,而且我也不想再吃没有味道的饭了。

隔壁县叫作富蕴,距离我家一百五十公里。那时汇款都只能走邮局,收到汇款单再到邮局兑换成人民币,周末还没法办理。有一次,汇款单迟迟没收到,又赶上了元旦和周末,我三天只吃了一个馒头,身无分文,等拿到汇款单后,我给老妈打电话抱怨,老妈说:"也好,饿一下肚子,你也能感受到我们当年的生活。"

有一次,老妈打学校固话找我,问我:"阿勒泰是观测狮子座流星雨最好的地点,我许愿会灵吗?"

那晚,我和村里一群孩子裹着棉被站在寒冷的外面,每划过一颗流星就大喊一声,一直喊到声音嘶哑。所有人都回去睡觉了,我还在等待最后一颗流星划过,那流星似乎会眨眼,就好像老爸朝我做了一个鬼脸。

没有熬过一年,我又退学了。过了几个月后,我被老妈带到北屯,北屯是老爸离开的地方。老妈鼓励我:"考一考才知道能不能考上高级中学。"没想到总是倒数第一的我竟然考上了北屯高级中学。

北屯的蚊子比凉皮出名，似乎它们也要过冬，到处大开杀戒。我在那里参加了高考，收到了大学录取通知书。老妈正端饭上来，我吃着饭对老妈说："要是菜再有点儿味道就好了。"老妈看着我说："你爸爸要是知道你考上了大学一定会自豪的。"

我临走的时候，老妈专门复印了我的大学通知书，给很多人看："我就说我儿子能考上大学。"老妈知道，在很多人看来，我考上大学不一定，但犯事进去大有可能。

5

1999年6月28日，剪报纸、收信件，还有老妈的笑容在这一天都戛然而止，院子里的鸽子与兔子以五元一只的价格卖给了前面的饭店，而"爸爸"这个词也从我的字典里消失了。老爸的葬礼上，老妈哭成了泪人，我并没有哭，我总觉得老爸还没有离开我。

从那以后，我再也没有从老妈的脸上见到自信、快乐与阳光。

有一天晚上，老妈从抽屉里翻出所有的单子，三万元的稿费和二万元的存折，老妈说："这钱都是留着给你上学用的，我要存好，我可能要从粮食局下岗了。"

老爸去世后的三个月，老妈从粮食局下岗了。我得到这个消息的时候,老妈已经躺在病床上,挂着吊针,目光呆滞,头发散乱,脸色苍白。

在那个寒冷的季节,老妈迅速地老去。老妈说她要离开这里,要回老家看看。老妈真的回去了,留给我每月一百四十元的国家贫困补助。

老妈去了她出生的地方——河南扶沟。在那里老妈一定会想起她的母亲,她的家人,虽然在她去的时候,这些人都已经不在人世间了。我猜老妈一定在那个山坡上看到夕阳落山,会哭着想起她的童年和她再也回不来的爱人。那里已经变样了,只有枯死的老树她还认识。老妈还去了山西长子县——老爸的老家,她想去看看老爸出生的地方什么样。她没有陪老爸度过童年,但她想去感受一下。

6

我出生在新疆西北偏北的青河,老妈从小就教育我两个"离不开":汉族离不开少数民族,少数民族离不开汉族。我也坚信这一点。因为在这里,汉族只占16%,算真正的"少数民族"。

老妈在只有几间平房的医院生下了我,条件艰苦,生孩子还要自己架火烧柴供暖。老妈的同事比老妈早分娩半个小时,后来老妈告诉我,老妈同事临时生产,忘带柴火,于是老爸好心地把自己的柴火给她家烧了。因此,老妈生我的时候一热一冷,生了一场大病。伴随我出生的是闪电、雷声、狂风、暴雨。我很想从中得到启示,但由于当时还是婴儿,也想不出什么。

我家住在基建队，那里大部分是逃荒来的非正规军，有超生队，有民工团。最初基建队给我留下的印象就是，老妈把自行车后排的婴儿椅拆掉后，我坐在自行车上两腿被夹了，鲜血直流，从那以后我多坐了两年的婴儿椅。

从小，老妈就培养我们干活儿的能力，每年冬天家家户户都会拉一车煤放在小房子里，我就站在车下面，负责把小块的煤捡回家。那一车煤要够我们烧一个冬天。青河的冬天总是很漫长，一年中有八个多月都需要烧煤。家里的供暖方式是火墙，在客厅有两个通往两间屋子火墙的炉子，上半夜火墙太烫，要远远地躲开；后半夜被冻得哇哇叫，得抱着火墙睡。做饭前，老妈在火墙上面扔上几个红薯，睡觉前就能美餐一顿。

那时候，最不喜欢吃的菜就是老妈做的豆腐。因为豆腐总是少盐无油，就着米饭吃很容易噎着。那时候流行《大力水手》，每次小伙伴欺负我，我就跟老妈说："今天晚上吃菠菜吧。"

每年冬天，家里院子的凉房里就冻了好多的娃娃头（新疆的雪糕），那几乎是我们童年的最爱。每次回到家都会拿着考试成绩单问老妈："可以吃娃娃头吗？"娃娃头是当时能让我认真学习的唯一动力。老妈抚摸着我的脑袋，她期待着我健康成长。

回忆中最多的时节就是冬季，房子上面盖着厚厚的大雪，我拿着铁锹铲着房檐上的雪，老妈在下面喊："别掉下来了。"烟筒里冒着袅袅炊烟，我拿着小推雪板用尽全身力气把雪推下房檐，有时候不小心掉下来，就掉到了雪堆里，发现不疼，就推几下跳下去一次，再从梯子上爬上来。

半大的时候，我还会缠在老妈身边。有一次老妈在切菜，老爸过来给老妈一个吻，被我看到，我立刻哇哇哭了起来。老妈露出羞涩的表情，哄着我："不哭，妈妈也亲亲你。"

六岁的时候，我还经常尿裤子。因为冬天时常零下四十五摄氏度，我裹着一层又一层的背带式棉裤，尿急时压根儿解不开，导致多次尿裤子，裤裆都结冰碴子了，也不敢告诉老妈，就靠着火炉子烘干，空气中有一股挥之不去的浓郁的尿臊气。还好新年快到了，一家人忙着粉刷墙壁，散发出的泥土味道就会掩盖我裆下的尿臊气。

过年时，一角钱一把的糖在这一天要与拜年的人分享，老妈还会利用电灯泡的投影，表演各种手舞。一有敲门声，我就跑去开门，山里牧民的小孩会在这一天跑到县城挨家挨户拜年，说着极其不标准的汉语："喜年好（新年好）。"我就会塞一把糖果和瓜子给他们，他们人手一个塑料袋，很重要的一点就是，他们今天吃我点儿糖果，等到古尔邦节我就可以去少数民族的朋友家吃肉，一天下来差不多能吃一只羊。

《春节联欢晚会》（以下简称为《春晚》）依旧是一家人必看的节目。

每一个小品都能让老妈乐得东倒西歪，高兴了给我倒一大杯健力宝。在这个经济与思想落后于大部分地区十多年的小镇，也就在除夕这一天跟上了节奏。初一那一天，《春晚》的金句朗朗上口，能让大家用上一整年。

常见大雪覆城，每当融化时，便知岁月去。

我去过那么多城市，见过如小镇的烟花，吃过如在小镇吃的饺子，度过如小镇的新年，却再也没有小镇的味道。总能孩童般笑着生活，也有年轮刻下的伤感，岁月划过的痛楚，而此时的老妈，还是如故的一个人，如此，整个忧伤全属于她。我还清楚地记得童年的欢声笑语，童年里老妈慈祥而又憧憬的样子。童年的世界很小，所有的生活就是秋千旁边与老妈一问一答的乘法表。

7

2016年，我的第一本书出版，老妈悄悄地去了我的签售现场，几个朋友怎么拉她，她也不敢上场。那一年，老妈回到青河，有人拉着她的手说："你儿子有出息，那个那个比记者还厉害的是干啥的？"我老妈扬起头大声说道："作家！"

我告诉老妈，别再去捡那些破烂了，没事可以跳跳广场舞。等护照下来，我用稿费送你出国旅游。老妈看着我说："总是看不得那些瓶子乱扔。"

2019年的春节,我带着老妈在花城广州过的。我们从北京路打卡到了广州塔,一路上给老妈拍照片。这一年,老妈已经去了四个国家,每次旅行完回来都对我说:"这辈子没白活啊。"除夕夜,我买了一堆菜和海鲜,要亲自做一顿饭。老妈打下手洗菜的时候,对着一个萝卜端详了半天,阳光从窗户外照射在她的脸上。

老妈在那个夜晚给我讲述了她的故事:

1961年,老妈和姥爷乘坐一辆解放牌卡车,在车斗里晃悠了六天才来到了青河县。那时的路比现在更加荒凉,司机是老手,但稍不注意也会迷路。一车人就在戈壁滩里晃悠,戈壁滩也并非空无一物,实在太累了,全员就会下去找小蒜和蘑菇吃。

老妈说,青河的交通工具主要是马和骆驼。低矮的地窝子、荒凉的戈壁滩和茂密的森林是青河的三大风景。最初老妈住地窝子睡草席,那时候鸡蛋八分钱一个,但仍然吃不起。买不起洗发水的姥爷,还把老妈的头发剃光,所有人都以为老妈是个男孩。

地窝子长什么样?就是在地上挖一个长方形的坑,坑上面盖着人字形的屋顶。坑底两边挖上一米多深的通道,一家几口人就挖几个通道,通道里铺上稻草就是床铺。地窝子里的冬天无比漫长,老妈也没办法洗澡,只有到了夏天才能去河坝里冲一下。

那会儿，每个人每月只有二十四斤口粮。有一年腊月二十九，在进入青河的丛山里，载有全县新年物资的车被大雪耽误在了路上。姥爷和三十多个民工被派去步行背物资。青河的冬天刺骨地冷，手伸不出来，脸被包裹着，一群人披着漆黑而陈旧的军用大衣去了现场。十匹马，十五公里，我姥爷背的是洋葱，洋葱被冻得硬邦邦，我姥爷就边走边啃，就好像在吃奶疙瘩，旁边的人背着土豆，也学着姥爷啃起来。这样回到家里，姥爷还从裤兜里掏出两个土豆，扔进锅煮，一家人津津有味地吃起来。

这也是为什么后来老妈一心留在粮食局工作，每天分发粮票也是一种幸福。最期待的就是年三十儿，因为有"三个一"：一斤白面、一斤羊肉馅、一斤牛肉馅，一家人可以包饺子吃。

吃上一顿饱饭都是幸福的事情。为了填饱肚子，老妈都会去别人收割后的田里，捡别人遗漏的麦子和土豆。为了填饱肚子，老妈和小伙伴在雪灾中寻找冻死的羊，把羊挖出来，把羊皮卖了，羊肉煮着吃。要是实在吃不上，姥爷就给孩子们讲故事，孩子们听得出神，就会暂时忘记饥饿。

老妈说她不喜欢过中秋节，因为她的生日是中秋后两天，别的小朋友在生日的时候都能吃上肉，而她每次要求过生日，姥爷都会说："中秋不是过了吗？"她童年时从来就没过过生日。

1962年的青河会是什么样？奔跑的北山羊，浓密的白桦林，唱着歌谣的牧羊人，群山围绕着大小青河，几个小伙伴弯身捡着柴火与牛粪。一个小男孩捡到一坨外焦里嫩的牛粪,碎了一手,追逐着其他小伙伴飞奔撒去,惊到了不远处吃草的牛。牧民的孩子学着大人们策马扬鞭,一个六岁的小女孩安静地仰望着蓝天。忽然,一个小男孩发现了一根颜色鲜艳的萝卜,小女孩拿过萝卜对着太阳,几个饿了的小伙伴围着转圈,想要吃掉这个被光打亮的萝卜。

老妈拿着萝卜端详了半天,对我说了那件往事。那次和几个小伙伴在白桦林捡柴火时,发现了黄色的萝卜,拔起来就吃。结果姥爷回到家时发现老妈已经口吐白沫,不省人事。姥爷到处求救,送到医院经过三天的洗胃和打针,老妈才捡回了性命。但是同吃的两个小孩都中毒死了。

老妈停了好久,才告诉我一件许久都没说的事情,老妈说:"那一年我六岁,失去了味觉,甚至分不出糖和盐的味道。"

那个夜晚,我回忆起来很多的事情,也想起人生中的困顿。回忆中寒冷的日子一个挨着一个,每一片雪花都变成小精灵,一群追着一群,飞得满天都是,就好像熬不过去。如同老妈在深夜如河流般流过的泪水和委屈,苦涩悠长,不可遏制。老妈曾经想过离开,但她要拉扯我们长大成人。她彻夜睁着眼睛,等待着被这条河流带到光明的春天。

我知道老妈身体不好,生我时得过气管炎,好多年才治好,并留下了后遗症。可是直到这一刻,我才知道,老妈因为吃过毒萝卜失去了分辨味道的能力。有一次和老妈一起买盐,老妈问:"这盐咸不咸?炒半个白菜要放多少？"商店老板说："你做菜不尝一下咸淡吗？"我看到老妈脸色有变，却不知道老妈真的尝不出咸淡。

对不起，母亲，请原谅儿子当年嫌弃你做的饭没有味道，把你做的饭扔在地上跑了。

那天晚上，老妈并没有掉眼泪，只是长长地叹息。老妈渐渐老去，记忆力越来越不好了，常常把东西放到哪里就不记得了，但是老妈每次都会对我说："你老爸花钱很节约，你老爸的文章还没有写完……"这是老妈一辈子说不完的话。那天老妈突然对我说："万一有一天我想不起你老爸怎么办？"

我一直觉得他们是我见过唯一的真爱，老妈用一生在等待着老爸回来。

在乌鲁木齐的日子里，有一天中午，我回家看到老妈在路边摆摊儿，那鞋垫一看就知道是老妈自己缝制的，就和当年给老爸缝的一样。老妈的头发花白，看到路人手拿着鞋垫吆喝着："十元一双，十元一双。"母亲看到我后低下了头。我质问母亲："家里条件好了，为什么还要摆摊儿卖东西？"老妈低声说道："你老爸不穿，我不知道留着干什么。"那一下午我都坐在乌鲁木齐的人民广场上，看着英雄纪念碑流着眼泪。老爸你可曾知道，你的离开让我在苦难与思念中成长，可是老妈却在困难与悲伤中老去。

我想起曾经那个会抹口红，会在老爸面前害羞的老妈，也想起五彩湾的雅丹在夏日里的斜阳照射下五彩斑斓。老妈说她最喜欢停在这里到处看看,庄严的戈壁滩,雄伟的小山丘,还有染上了色彩的天空,她总觉得变成了第一次踏进青河的样子,姥爷把她放到扁担里,她伸出小脑袋看着远方,每一个小山丘都变成了帆船,她坐在帆船上漂到了远方。

我至今都不知道用什么词描述老妈的性格,坚忍里带着一点儿胆怯。失去主心骨的老妈,在岁月的沉淀中,变得忧郁,会因为儿子有出息而念念有词,也会一直挂念着离去的老爸。在人生的长河里,她普通得如同路人甲,她依旧会给我们分享那些健康知识的伪鸡汤,她笑起来满脸的皱纹,可就是这样的老妈,成了我的英雄,我生命中最重要的人。

二十年,折成一个一个日子,换算成分秒时光,竟然那么苦涩。在这苦涩的日子里,我们都在狂奔,每一个老妈都带着孩子向幸福狂奔,有些老妈,不需要坚忍与胆怯,不需要忧郁与快乐,就能拥抱着整个世界;而我的老妈,她扛着这些带着我们走向了幸福。

对不起,老妈,这二十年,叫醒我的竟然是你一滴滴的眼泪。

老妈曾经想过离开,但她要拉扯我们长大成人。她彻夜睁着眼睛,等待着被这条河流带到光明的春天。

2
Chapter

骚呢兄弟

故事总要有结局，不过也有一些故事，不死就不会有。

我们都记得曾经诚挚而又疼痛地爱过，忠实而又平凡地找寻过。在伤痛与治愈中徘徊，在夜空与蓝天的交错中，经历过这样的年代。

1

　　大雄熟悉新疆的每一条旅游线路，从乌鲁木齐到阿勒泰，独库公路一直走到塔什库尔干，他都能津津乐道地讲出个所以然。这源于每一次被人追债、责骂、家庭变故、人生低谷，他都会选择最快的航班飞到乌鲁木齐。最近几年更是频繁，非要跟着我回一趟阿勒泰，想去青河避暑。他也是我第一个带去见父母的人。在我父亲的坟头，我沉默了好久也不知道怎么解释，他倒是不客气，见了我老妈第一句话就是："妈，我回来了。"搞得我老妈也手足无措。

　　我和大雄同龄，生于 1984 年，虽然是同龄人，他的脸上却写满了秀气与俊朗，与我这张写满沧桑与风沙的脸不可同做比较，我归结于他出生在福建宁德，我出生在新疆青河。这两个看起来一辈子都没可能有交集的人却成了好兄弟，我觉得很大原因是他口袋里总是会不知不觉地掉出百元大钞，这在我们牧区并不常见。

　　最初的大雄神似吴尊，后来的大雄相貌有些变化，但这都阻碍不了女孩对他的喜欢与追捧。我曾见过三四个女孩在同一时间去找他玩，这也难怪，因为后来的他长相酷似王思聪。

大雄的故事太冗长，而且太琐碎，三言两语描述不清。曾经，我们在青河的戈壁滩上烧烤时，我向大雄打听他的身世，他就从他爷爷入手，讲起爷爷在一次吃饭时对他说："筷子夹得越远，离家就越远。"所以他就特别羡慕炸油条的人。一直到太阳快落山，羊群都打着哈欠，大雄还在讲述和爷爷吃的那顿饭。

后来他再讲起往事时，我都主动打断，连羊咩咩叫都感觉很动听，但这时不能有小云在。他曾说起他父亲骑着摩托车带着他，他趁着大风从耳畔呼啸而过，跟父亲说他想要一部手机，以为父亲听不真切之时会答应他，最终他打了三个月的工才买了第一部手机。

小云抬头认真地问道：

"你父亲为什么不给你买手机？"

"打工时，大家都会抢着要你吧？"

"哇，然后呢？然后呢？"

"……"

你永远想象不到，这种无趣的生活居然会引发女孩刨根问底的兴趣。

大雄是好人，认识他的人都这样评价。他的笑容带着一种无辜，见人都会害羞。大雄还是暖男，他会照顾好每一个人的生活，一起旅游时，会把房间提前订好、车叫好，最重要的是，无论和谁在一起，他都会第一时间抢着买单。我理解他，面对富家女的表白，他都是仓皇而逃，他不想被别人说成小白脸。他愿意和小云在一起，因为她一穷二白，我也愿意和大雄在一起,因为我也穷得叮当响。但我时常也会安慰大雄:"你认命吧,无论和谁在一起,你都是小白脸!"他涨红了脸,辩解道:"反正你和谁在一起,你都是干爹!"

2

最初我和马史认识大雄的时候,他还没有落魄,在上海有两套别墅,一辆豪车。有一次,他来新疆,包了一辆越野车,带着小云、我和马史一起去了青河的夏牧场。

青河并不在阿勒泰传统旅游线路上,至少夏牧场不在,那里没有手机信号。大部分时间都是游牧人赶着羊追逐水草与四季。小云对这一切充满了好奇。但马史不是,马史对我说:"你看那个女孩屁股多翘,还蹦蹦跳跳。"我心生怨气,杂草明明掩盖住了她的屁股。

金色的杂草在风中摇曳,空气中弥漫着花开的芬芳,一大片杂草向着太阳愤怒地生长。我一屁股坐在杂草上,对马史说:"这么好的风景!为什么是你和我在一起?"我抓了一把杂草,开始研究上面的古怪形状。

小云拉着大雄对我们说道:"我们就在这里躺着,晒着太阳睡个午觉吧。"在那个放牧的小孩叫醒我时,只有马史慵懒地睡在我旁边,我对小孩说:"今年草长势真好。"他笑着挥舞着镰刀打着草,对我说:"冬天,羊,饱饱的。"马史在四周打探:"大雄这家伙不会干坏事去了吧。"他有点儿郁闷地对放牧的小孩说:"今年我颗粒无收。"

小云是大雄在上海捡的女孩,之所以说捡,是因为他们是在夜店认识的。大雄请客户去夜店消费,客户指明要点"公主"陪喝陪唱,并且要求大雄也点一个。万般无奈下,大雄从一堆姑娘里点了最不敢正眼看他的那个。纷乱的霓虹灯光下,大雄认真地问了小云一嘴:"你为什么做这个?"姑娘说:"老爸得病去世,老妈当服务员,我就是打工养活弟弟上学。"尽管这种套路的谎言在夜店里四处飞,但大雄还是深深地被感动了。客户要灌小云酒,被大雄给拦住了:"她不能喝!"客户不解,说不能喝就换一个。大雄说:"不要,我就是想和她说说话。"

从那以后,从没正儿八经上过大学的大雄,每周都会去夜店给小云送一些书,从世界名著《茶花女》到《三十天学会做人》,并且闲暇时光都会和小云分享读书感悟。他们在夜店门口捧着书,宝马停在路边,就差下一点儿蒙蒙细雨,如果忘却身外之物,那一刻一定很幸福吧。

大雄还给了小云两万元钱,说:"你弟弟不是需要学费吗?先拿着用。"

后来有一段时间,久不见大雄,小云给他打电话追问:"你在哪儿?"大雄说:"我在新疆。"小云说:"我辞职了,去找你。"

小云完全不顾另外两个男人的感受,买了张机票就飞到乌鲁木齐,开始了我们古怪的"四人行"。

马史私下跟大雄说:"小云以前干什么的你也知道,虽然只是陪喝陪唱不出台,但我还是建议你别投入感情……我相信,你也就是玩玩而已吧?"

小云来后,完全无视我和马史的存在,她的眼里只有大雄,大雄去到哪儿,她就跟到哪儿,去野外撒尿都要隔着老远喊:"大雄我怕!"大雄不耐烦了,质问道:"你是不是跟屁虫,你总是跟着我干吗?"

"我跟着你,我跟着你,我跟你一辈子,你能养活我吗?"我和马史正在草丛里憋大便,听到这句话差点儿踩在自己拉的屎屁上。

从此以后,两个人形影不离。

那以后,我和马史见到了大雄口头禅就是:"骚呢兄弟。""骚呢兄弟"在新疆话中的意思就是"厉害了,我的兄弟",但我说的都是字面上意思:骚啊,兄弟!

小云对青河的牧民生活充满了好奇,她问道:"为什么要拾牛粪?"

大雄说:"因为牛粪比较臭。"

我大声反驳道:"牛粪相当于柴火,用牛粪烧出的奶茶更香,这种对比就如同炉火灶比煤气灶做饭香,而牛粪比柴火更地道,这样节约木材的同时,排泄物也被利用了。"

"骚呢兄弟。"大雄学着我说道。

"你就学会了这一句新疆话吗?"我问大雄。

"尿?"大雄回答道。

大雄喜欢学新疆人说话,总喜欢带个"尿"字,烦尿子的,讨厌尿子的。这些话从他嘴里说出来总有一种被噎着的感觉。

晚上,我们坐在夏牧场的毡房里,大雄拿出他一贯的套路,说要讲个笑话给我们听。我特想拉住他,但是小云对我哼哧:"放开他,我就想听。"小云撇着嘴,一副不容置疑的样子,还怪可爱的。

大雄说道:"很多动物一起坐船,就说轮流讲笑话,要是谁的笑话不好笑就把谁扔水里,猴子第一个讲,它讲完所有动物都笑了,只有猪没有笑……"还没说完,自己就哈哈地笑了起来,小云也笑得合不拢嘴。这故事还没完,笑点在后半段,所以我笑不出来,你挠我痒痒肉也没用。

"你是猪。"大雄对我说道,他笑出了猪叫声,在大草原上真是一个异类。

那天晚上，我和马史见证他们第一次亲吻。

我和马史窃窃私语地讨论大雄到底是不是 gay（男同性恋），被小云听到了。她站在大雄面前直接质问："你是不是 gay？"大雄辩解道："我不是 gay！""那你怎么证明自己？"小云不依不饶，"除非你亲我一下。"我和马史死活想不明白的是，证明就证明，亲就亲，可为什么舌头要绑在一起。

那天开始，小云就好像动物撒尿宣示主权一样对我和马史说："大雄是我的人了，你们以后就是我的小弟。"大雄说："接下来我们去伊宁、喀什，费用我全出。"

"可是我想换个人一起去。"马史说道。
"我也不想和你一起去，要不是看在包吃住的分儿上。"我也很不忿。

3

马史没有和我们一起走，他回北京了，他还有电影的事业要完成。我、大雄及马史都出生在 1984 年，我们都有自己的路要走。大雄死活拉着我陪他们旅游，我说不想去，他说你不去我连沙漠和戈壁都分不清。我说戈壁是沙漠的前身，你不需要分清。我说我不想吃狗粮，他说狗粮是给狗吃的，你也吃不惯。最后小云一把把我拽上了车。

从青河的塔肯什口岸到塔什库尔干的红其拉甫口岸，全程两千多公里，一个在新疆最北边，一个在新疆最南边，相当于从北京到广州的距离。大雄租了一辆越野车，三个人就从青河出发了。

小云对新疆的风景充满了向往，可每次遇到却都表现得很镇定，没有我那么明显，即使我在这里出生长大，看到荒凉的沙漠辽阔的戈壁，还会发出极大声的感叹并喊着停车照相，大雄就对我说："别跟个外地人一样好吗？"

但这也阻碍不了小云的好奇心。
"克拉玛依是石油换水吗？"
"有时候还换人民币呢！"

"达坂城的姑娘好看吗？"
"好看的达坂城姑娘都被风吹走了。"

"大风车是给乌鲁木齐供电吗？"
"有时候还吹点儿凉风。"

"为什么在托克逊吃的拌面免费加面？"
"哪里不是免费加面！"

"这么大的戈壁滩怎么没盖楼房？"

听完小云的这句话,大雄突然一个急刹车,我和小云都吓了一跳,以为大雄要在戈壁滩上投资房地产,只见大雄小心翼翼指着一个指示牌,说:"这个地方有点儿夸张啊!限速5km/h!得慢慢跑。"我抬头一看,上面写着大大四个字:限重5吨。

一路上小云也学会撑我了。

比如我说:"山坡上开满了鲜花,让人心醉。"她就会说:"在牛羊眼里不就是饲料吗?"

比如我说:"问世间情为何物?"她就会说:"废物。"

比如我说:"敲叩每扇人生的门,才能敲到自己落脚的地方。"她就会说:"你是要饭的吧?"

每到此时,大雄就摸摸她的脑袋,好像在说:我的女人就是棒。

我们终于在伊宁中亚市场南边20米的地方吃上了加了鸡蛋的缸缸肉。一人一个缸子,吃到不想离开,小云给大雄一口一口地喂,还问道:"接吻也是这个味道吧?"

我们在那拉提草原上捡野生的葡萄,小云不小心踩到水坑,大雄就背着她。一路上小云拿着葡萄,走一步给大雄喂一颗。

我有时候也会很欣慰，就好比看着恩爱的儿子和儿媳，就是老爸挺孤单的。

我们去了罗布人村寨，塔里木河川流不息，芦苇和金色的胡杨一望无垠。

罗布人靠打鱼为生，捕鱼的木舟大多数是由精选的整棵胡杨树掏制而成，船桨用的是结实的红柳或胡杨枝干。他们大多数人选择网捕或是用梭子戳鱼的办法，捕到的鱼会挂到村口，供大家食用，一些好东西他们会埋在沙漠里。

一路上，我一边查阅相关资料，一边充当导游。

大雄在路途中学会了哼维吾尔语歌曲：

> 亲爱的，你不要哭泣，
> 我的思念已经吹散在风里；
> 亲爱的，你是否还记得，
> 那段逝去的岁月？
> 我从来没有忘记。

大雄执意要到罗布泊去看看。我们站在一座山峰上，我说："你看宫殿、城堡、城墙、房屋，这座曾经繁华的城市就在我们眼皮子底下。"

"我只看到几个土墙啊！"小云反驳道。

一定是没音乐才看不到。大雄随手用手机放了一首民歌。

我们三个人并排坐在一起,大雄递过来一瓶啤酒,我们一人一口就着沙子喝着。去楼兰的路上,车子陷入沙堆里,小云和我下来推车。以前都是喝酒喝到吐,小云骂:"第一次吃沙子吃到吐。"

我们坐在残存的三间房遗址中间,瞭望佛塔。闭上眼睛,似乎还能听到车水马龙的声音,曾经属于这里的辉煌——古堡城墙,车马街巷,楼兰美女风姿可见,一片繁华。

汽车在天山山脉中穿行。在一个宣传牌下,写着这样的宣传语:只有荒凉的沙漠,没有荒凉的人生。小云依偎在大雄的身上动情地说道:"没有你,哪里都是荒凉的沙漠。"

我们走走停停,从开春走到了初秋,终于到了此行的目的地——塔什库尔干。他们静静地依偎在一起看着塔什库尔干的石头城。千百年来,繁华成为废墟,曾经的爱情早已烟消云散。

4

后来,大雄和小云一起回到了上海。那一年,我还频繁地和大雄联系,他是我唯一认识的富二代,而且还是拜把子兄弟。小云开了一个淘宝店,他租了一个仓库,专卖新疆特产,我就负责给他介绍各种客源。

大雄的父亲开了一家钢材公司，收入丰厚，并执意把公司的法人代表转给大雄，想着给儿子留一笔丰厚的财产。那几年，几大银行给公司发放的贷款总额超过了三千万元，但大雄的父亲却忘了这些钱该用在什么地方，以及如何进行合理支配。2010 年初，这家仅有八名员工的公司，让大雄拥有了三辆豪车、两套商品房和两套别墅。

这个看似红红火火的钢铁市场，衍生出越来越大的欲望泡沫，很多人在这个看似繁华的世界里迷失了。

2010 年年末，大雄给我打电话，说准备结婚了。我的机票钱他出，婚礼的举行地初步计划是在巴厘岛，他催促我赶紧办理护照。

2011 年年初，各大银行开始控制放贷，国家连续出台了收紧信贷的政策。一些原本在大雄父亲眼里坐拥成功和财富的人，突然光顾他的公司，向大雄的父亲拆借资金。

在商场中，拆借资金本是常事，大家身处同一行业，偶尔流水紧张也是常有的事。可事实却是，在信贷收紧时，他们的资金出现了严重的缺口。他们理想化地认为，只要填补上这些缺口，按照往年惯例，在还款后继续提交贷款申请，银行还会续贷，资金问题就会解决，公司可以继续正常运营。

但大家都忽略了信贷收紧的政策。当大雄的父亲把一大笔资金转到对方账户时，对方最终并未按往年一样顺利续贷，更没有像想象中如期归还资金。2011年年底，大雄父亲公司的信贷到期，而那借出的、再也不能回笼的资金，让大雄家在一夜之间陷入了困境。

2011年年底，由于信贷收紧，除了钢铁行业，其他许多行业也受到了影响。人们纷纷变卖房产来冲抵贷款。因此，本应继续上涨的楼市受供求关系的影响，不涨反跌。

大雄的父亲就是在这样的环境下，变卖了别墅和商品房，以及用于"衣锦还乡"时所购买的豪车。公司的法人代表大雄也一夜之间上了黑名单。

从别墅搬到了租金很低的两居室，小云的淘宝店有一单没一单，自己吃的比卖的还多。在那套两居室的出租屋里，小云突然情绪失控，无缘无故地对大雄发火。开始是小声哭泣，后来就号啕大哭。每到此时，大雄都紧紧地抱着她，不说话。

贫贱夫妻百事哀，上门要债的人和小云厮打起来，大雄在旁边不知所措，慌乱间给小云递过去一把椅子，一下砸在了债主的头上，顿时血流如注。债主用手捂着头骂道："这娘们儿还挺厉害的，我跟你们说，一周内还钱，你们跑不掉。"

那天晚上，大雄主动提出来："要不你还是先回老家待一段时间，等我安稳了你再回来。"小云没哭，咬破了嘴唇也没说话。

大雄和我说他分手的时候,我安慰他说:"这样也好,因为钱看上你的人,最终会因为钱离开你。"挂掉电话,我突然想起在果子沟大桥,大雄被小云拉到桥边,小云拿出父亲去世的证明以及母亲打工的照片,哭着对大雄说:"我去夜店上班,真的是因为无路可走。"大雄抱着她:"没事,没事,我只恨没有早点儿遇到你,让你受了那么多委屈。"

想到这里,我哑然失笑。

分手的时候,两个人很久都没说话。小云打破了沉默:"我回一趟长沙老家,陪老妈待一段日子。"大雄问道:"那你还会回来吗?"小云说:"不知道。"他们看着黄浦江大桥,小云还是忍不住吼了出来:"你没有话对我说吗,大雄?你是不是不喜欢我了,是不是会恨我?"大雄哽咽得说不出话来。

小云就那样离开了,离开的时候留给大雄一封信:

　　大雄,你最爱吃的上海小笼包我不能再给你做了,我知道你的生活陷入了困境,本想陪你一起扛下去,但是对不起,大雄,我走了。这张银行卡留给你,卡的密码是你的生日。我知道,未来你的日子会很苦,我会每个月给你转点儿钱。记得别再乱花钱了。我爱你。

小云

四季轮回,如果你情绪失控、生活窘迫的时候,恰好是在冬天,不仅会让你措手不及,还会让你如同掉进寒冷刺骨的冰水里。

5

　　大雄的父亲变卖了老家的房子，偿还银行的贷款。大雄为了躲债，睡在朋友家的沙发上，靠着朋友的救济勉强度日。能借钱的朋友都借了个遍，远方的发小都不放过。有一段时间，他换了手机卡，躲到了新疆，住在马史的空房子里。大雄时常对我说："要是小云在，我是不是不会这么唉声叹气？"

　　那张小云留下来的银行卡每个月十五号都会收到一笔钱，不多不少，一千元。他把这张卡当作饭卡，至少每个月不用饿着。

　　能拒绝大雄的人，都拒绝了；被借过钱的人，也陆续问大雄要钱。我曾经给大雄转过一笔钱，大雄是我的兄弟，虽然没带我致富，但我也不能看他落难。我曾经也建议过他："以你的姿色找一个富家女没问题的，老天剥夺了你的财富，但并没有剥夺你的颜值啊。"

　　有三年的时间，大雄到处打工，也依旧改不了大手大脚花钱的毛病。有一次在酒吧，一个并不熟悉的歌手说："大雄来了，请我们吃夜宵。"我站起来问道："你是谁？"歌手反问我："你是谁？"我骂道："你以为大雄的钱是捡来的吗。"歌手说："不就是一顿饭吗？"晚上大雄对我说："我终于学会了过节约的日子。"

小云离开后，大雄好像与女色几乎绝缘了。我在西塘见过一个富家女，自称酒量特别好，喝了一杯便立刻醉倒在大雄的怀里，大雄把她送回房间后，又拉着我通宵在小屋唱歌。有太多这样的机会，大雄要么装傻要么远离，他希望借到的每一笔钱都是纯粹的。可是，这个傻大雄，只有靠感情才能借到更多的钱啊！

2014年，大雄找了一份新工作，为某个旅游App做推广。他主动要求来到新疆，我和他又每天厮混在乌鲁木齐。我带着大雄过我的日子，教他在吃饭的时候假装买单，教他买打折的衣服，甚至教他坐公交车。他把工资都打回家给爸妈还债，用小云的卡养活自己。有一次吃饭，扫码参与小游戏，摇手机跑马赛，大雄疯了一般地甩着胳膊摇手机，最后拿了一等奖免单，那一周大雄都喜气洋洋。

我问过大雄："你又联系过小云吗？"
"没有。"
"可是你在花她给你的钱。"
"是啊，三年了。"大雄说道。

那一年，我和大雄约马史一起去了长沙。他问大雄："你还和小云联系吗？她现在屁股是不是还很翘？"

我说："他们早分手了！"

"我就知道,那女孩肯定不一般,还好你们没在一起,她就像个小妖精。"

"那你有她电话吗?发个视频,给她一个惊喜。"

大雄呵呵地笑了:"我真的没有。"
马史深深地吸了一口气说道:"不过,我上次来长沙,和一个客户去夜总会喝酒,看到一个女孩,屁股和小云一样翘,化着浓妆,那一举一动和小云特别像。"

烟雾缭绕中,马史接着道:"有个小个子男人,比那个女孩矮半头,但手不老实,上下摸,还让那女孩唱歌,我看着都恶心。你猜咋的,她已经喝得迷糊了。我就问了店长,她叫啥名字?那店长说叫'静香'。还好不叫小云。可是真的像!你说这么好看的女孩在这里混,不好好找份工作,找个男朋友!这都什么世道。"说完,马史捏灭了烟头。

大雄瘫在沙发上,肩膀颤抖着,下巴抽搐着,眼泪哗哗地在脸上流淌。大雄拉着我和马史去了那个夜店,我们问店长有没有一个叫静香的姑娘,店主说有啊!说完拉出来三个,问我们要哪个。

大雄在店里翻了个遍,也没有找到小云。我们劝不住大雄,只能在周边的夜店转悠,陪着他找,最终也没有找到。

6

后来，大雄慢慢地还掉了一部分债务，也有了一份收入很好的工作。小云每个月打的钱他都不再花了，攒了下来。

那一年，大雄结婚了。我、马史、金丹华是伴郎团成员。婚礼是在女方的家乡办的，几十桌的亲朋好友到场。我参加过很多婚礼，总有一种恍惚感，觉得那一刻真挚的祝福是假的，但就这一次，我觉得是真的。因为这次是一场真真切切的假婚礼。女方的男人跑了，骗了女孩一百万，留了一个孩子。女孩要给家里交代，大雄假扮成新郎，而我们也是假装道贺的伴郎团。只是台下的人不知道。

轮到大雄发言。那一刻，我想他一定把女孩当作了小云，要不然为什么会泪流满面。每个女孩都不容易，都期待着一场华丽而动人的婚礼。他说："一定有什么，是我辗转反侧费尽心思都要得到的答案；一定有什么，是让我坚守终生不顾一切都要寻求的幸福。而此刻，就是最美好的。"

也是在那个月，那张卡上再也没有进钱，也许小云已经知道大雄结婚了，也许她一直默默地关注着大雄。

可是小云，你听到的也许并非如你所想。

大雄并没有在夜店找到小云,他去了长沙所有的夜店,都没有遇到小云。但不甘心的大雄放弃了一个互联网公司年薪五十万+和一个日薪一千元起的工作机会,跑到长沙找了一份工作。

那份工作收入并不高,帮朋友组建小团队。白天大雄在公司上班,晚上就在这个城市跑代驾,一个月下来除去债务勉强为生。2017年,大雄把我也拉到了长沙。"我这里还有沙发可以睡,你来吧。至少你还会做饭,做饭省钱呢。"

我依旧会"欺负"大雄。我们住在十二楼,我按了十一楼,他没抬头出了电梯门。等我回到家玩了会儿手机,下楼发现他还在人家门口等着。我说:"你怎么不回家?这是1103,我们住在1203。"大雄恍然大悟:"难怪连不上网。"这不是以前的大雄。以前他也经常对我搞恶作剧,来到长沙后,他始终沉默不语。

大雄换了一张最便宜的手机卡,参与各种抽奖打折活动,还在酷热的夏天站在酒吧门口等着喝醉的人找他代驾。

想要在长沙这个八百多万人口的城市里找一个女孩,谈何容易?又不是在青河。我曾经劝过大雄:"放弃吧。"

大雄说:"我至少在她生活的地方生活着,这里有她的气息,我走着她走过的路,心里还安心点儿。"

千年的等待，一定会等来一刹那相逢。到了那一刻，恐怕连时间都会停滞，万物都会屏息。

故事总要有结局，不过也有一些故事，不死就不会有。
我们都记得曾经诚挚而又疼痛地爱过，忠实而又平凡地找寻过。在伤痛与治愈中徘徊，在夜空与蓝天的交错中，经历过这样的年代。

如果真有一个结局，那么大雄就应该在这个城市里与小云相逢。
"你，你回来了？"
"你，你还等我。"
那比翼双飞，相爱的人总有一天会在一起。

当然还会有另外一个结局——女孩已经是孩子的妈妈，他们见面了，互相祝福了对方。

关于这个故事，也许已经有了结局，他们在各自的世界里安好。

大雄时常会哼起在南疆学的第一首歌曲：

亲爱的，你不要哭泣，
我的思念已经吹散在风里；
亲爱的，你是否还记得，
那段逝去的岁月？

我从来没有忘记。

我曾经问过大雄,我说:"如果小云是出台的,你还会这样爱着她吗?"大雄说:"小云出过一次台。那个男人让她感到温暖,并且开出了一个特别高的价码,那是小云唯一出过的台。"那时候他们还不认识。

很多时候,两个人都不敢轻易去爱,因为你不知道对方经历了什么磨难与悲伤;但如果你有勇气,就去爱吧,即使会让你难过。

因为散了,就真的找不到对方了。

骚呢,我的好兄弟。

3
Chapter

阿勒泰山下一家人

　　小镇在蓝天白云中无限延长，四周的群山层峦叠嶂，分界线是我们的思念，小心地倾听着这里的故事，感受这里的遥远悠长，也同样感受这里的静穆沧桑，如同历史中一条缝隙，讲述着生生不息的过往。

如今，我依旧眷恋着青河那片精致的蓝天，只是，这种蓝天在回忆与年龄的渲染下，渐渐变得温暖而柔和，它不再似之前的偏执与悲情。夕阳缓慢地落入熊猫山的怀抱，墨黑的夜空铺满了星星，小镇与它的守护者一起进入了睡梦中。

1

早在十五年前，我整天泡在露天的台球厅，白天一群老爷爷推着台球桌来到广场把它固定好，一群牧民把马车停在路边，放下马鞭拿起球杆打洗牌，五张牌打对应的球号，谁先打完就赢钱，四个人一局能有三元钱的输赢。

我常常揣上五元钱和牧民打得昏天黑地，每次都输光。牧民球技一般，但是手气很好，不是要打的球在洞口就是成对的牌号，甚至三带二。

我曾为国语的普及打过架并做出过贡献，我发现他们用哈萨克语交流，就坚定地对他们说："嘿，阿达西（朋友），我知道'tokoz'的汉语是九，你们打球嘛，汉语说，哈萨克语不说。"一个大夏天裹着棉袄的大叔对我说："嘿，朋友，汉语嘛，不会。我嘛，阿尔根，我胡说不说（不乱说话）。"

和这些牧民熟悉起来后，阿尔根喊我："嘿，朋友，放羊那个地方去嘛，有肉吃。"我年轻爱肉，就坐着他的马车一路晃到了熊猫山下他的毡房里，他在院子里烧奶茶煮肉，我就在草地上逗着牧羊犬。

阿尔根指着远处卧着的像熊猫的天然石块说："这个熊猫是保护我们的，春天洪水，冬天雪灾，它嘛，保护我们。"

从外面进入青河只有一条路，在进入县城的地方就能看到这个熊猫山，熊猫卧在半山腰俯视着脚下的小镇，几千年来，照应着一代又一代人，放养的娃，飞翔的鹰，吃草的牛，只有它亘古不变，它以耆宿的姿态，保佑着小镇世代的人。

那段时间，他家的毡房就成了我的游乐园，只要打球输了，我就坐着他的马车穿过小镇到熊猫山下吃羊肉，吃到肚子圆鼓鼓，再走路回家。我在他那里学会用哈萨克语说"我爱你"，也曾向一个哈萨克族女孩表白过，她红着脸从我身边跑过。

遇到王思谦大叔的时候，我正在大快朵颐地啃羊排，他站在我和阿尔根对面，拿出傻瓜相机，咔嚓，拍了一张照片，阿尔根对大叔说："贾克斯么（你好吗）？"大叔说："贾曼（不好）！最近嘛，腿脚不灵活，那个我刚好前段时间买了一台相机，我们嘛，好兄弟，我照完相洗好，照片送你一张哈。"

牧民很少照相，照一张送给他们会是一份珍贵的礼物。我很少遇到哈萨克语说得这么好的汉族人，便围在他身边打量。那时候的我可以一跃跳到马背上，不下马就能捡干的牛粪。牛粪当燃料煮出来的奶茶有种天然的香味，我们三个人就坐在一起喧荒（随便聊聊）。大叔的汉语没有哈萨克语好，带着浓浓的山东口音；阿尔根的汉语则充满了倒装句。湛蓝的天空下，牛羊吃草都像慢动作一样，一切都变得缓慢，大叔给我讲起了他们的生活。

大叔叫王思谦，皮肤晒得黝黑，精瘦的身板，穿着军绿色的马甲，藏青色的秋衣。喝一口奶茶，望着远方，掏出一盒雪莲烟给阿尔根，准备递给我一根，又看了看我说："和我女儿一般大，算了。"就把烟夹在耳朵后，自顾自地点烟，他说的故事就好像从那烟里冒出来飘向了远方。

2

三十年前，我十六岁的时候，还在山东即墨的一个村子里，我是老大，家里还有七个兄弟姐妹，最小的只有三岁。那时毛主席的口号从喇叭传出来：教育要革命。可我并不知道什么是教育，我的名字王思谦还是我爹用一碗米从一个文化人那里换来的。我爹带着我们一群孩子守在一亩地上，这就是全家的希望。我娘怀抱着三岁的妹妹，赤裸着干瘪而松弛的乳房，妹妹不时地吸吮，但半点儿奶水都没有。我爹抽着烟，干旱的土地上听不见麦苗沙沙的声响，就连老黄狗都趴在那里一动不动。

我每天都会趴在地里，等着泥土里的种子露出芽尖，可是那一年我没等到。村子里陆陆续续有人外出，闯关东去西北，只要听说是有吃的的地方就往那里跑。老爹抚摸着我的头："你也长大了，不能总吃家里的饭。"

我和老娘徒步走到了海边，在渔民的捕船下寻找发臭的螃蟹和大虾，过于疲劳的老娘胳膊瘦得都脱了形，皮包骨头，露出漫长岁月的青筋。

五岁的弟弟吃完臭的螃蟹发了高烧，老爹拿着鞋底追着我打："你个狗日的，连个活螃蟹都抓不到，滚！"他没跑几步就累得气喘吁吁，年幼的弟妹们开始大哭。晚上老爹和老娘商量：杀！杀了那条狗！

老爹亲手杀了养了七年的老黄狗，被五花大绑的老黄狗喘着粗气绝望地看着我们一家人，我哭喊着不要杀了它，被老爹一把推倒在地呵斥道："你一口都别吃！"老黄狗鲜血淋漓地挣扎了几下就不动了。吃了这顿肉，饥饿依旧困扰着整个家庭。十三岁的弟弟能挑起三十斤干柴和几斤猪草穿过羊肠小道，身体单薄的我在家人眼里是个累赘，老爹抱怨道："喝的红薯粥都去哪里了？你还不如你弟弟。"

老爹经历过战争，也熬过大饥荒，话不多，所以每次开口就意味着他深思熟虑过，我从小察言观色，知道这个家里留不下我了。

在一个午夜，老爹对着干旱的土地长叹一口气跟我说："你去新疆找你大姨去，她日子过得也不容易，你去了还能帮干家务。"第三天，带着六个馒头和三个红薯杂粮，还有一封老爹写的信，我就坐上了从山东开往新疆的火车。

从乌鲁木齐到青河似乎比山东到乌鲁木齐更遥远，后者越走越荒凉，火车穿过山洞，沿途从房屋到窑洞再到一望无际的荒漠；前者越走越寒冷，感受到的不是四月的倒春寒，而是凛冬将至。没有火车没有班车，一个东风解放汽车的斗篷里装满了人就走。因为要去的青河属于边界，很多人被困在青河的路口，没有证件不让进入，一心想去投奔大姨的我绕开了路口，在戈壁滩里面遇到了牧民阿尔根，他赶着一群羊，我做着喝水的动作，他从马背上卸下水壶给我倒到嘴里，语言不通，他指着方向问我："嗨打（哪里去）？"我说："查干郭勒乡。"他说："青格里？"我说："查干郭勒乡。"

还好当时在语言不通的情况下，只有一个方向可以去，青河在牧民嘴里就是青格里。三天的路程，白天帮阿尔根赶羊，晚上住在阿尔根的羊圈里。那也是我第一次吃馕，把面团放到炉子的炭里面，烧了两壶水以后，一个香喷喷的馕就出来了。我甚至来不及抹去馕上的炭，就狼吞虎咽地吃了起来。

3

大姨家在查干郭勒乡，距离青河一百多公里，村里只有三户汉族人，剩下的都是世代游牧生活的牧民。来到大姨家，大姨第一句话是："你妹妹没来吧?"我肯定地点了点头。大姨说:"还好没来。"大姨担心妹妹来了不仅不能干体力活儿,还要再多添加一副碗筷。

一片戈壁滩,几个土房子,天瓦蓝瓦蓝的。家里有一头奶牛,每天被我赶到草场上,我就和牧民的孩子一起玩耍。晚上回到家,大姨喊我给牛挤奶,起先不会挤奶,挤不出来就被牛娃子吃了。大姨指着我鼻子大骂:"你要学会和牛沟通,它熟悉你了才会让你挤奶。"夏天,这里的蚊子成群结队地追人跑,每次大便,都要生火放上杂草熏蚊子才能露出屁股。我在挤奶的时候就给奶牛熏蚊子,对它说:"蚊子不咬你了,你的奶供弟妹们喝,他们才能长个子。"从那以后,每次都可以顺利挤牛奶了。于是我都是在大便完再给牛挤奶。

冬天大雪封山,夜晚就能看到狼的绿色眼睛在黑暗中闪烁,它们只有在没有食物的时候才会靠近人类的居住地。有一年冬天,村里羊群在夜里被狼袭击,很多羊被咬死叼走,奶牛冲进了羊圈,狼撕咬牛冲撞,鸡飞狗跳,最终奶牛一身血淋淋地把狼赶走。那一天,有几头牛受伤被屠杀,这头牛不理任何人,站在被屠杀的地方,默默地嗅着地,仿佛在为离去的同伴祷告。

院子的地窖里只有白菜和土豆,成年不变,每次捞上啥吃啥。我会偷偷把土豆留下来,跟牧民的孩子换奶疙瘩吃,奶疙瘩干硬,越吃越有味道,一啃就要好久,嘴里总是有个东西嚼着,会觉得一天都开心。

一年以后,我可以和泥巴盖房子了,帮村子里的牧民盖个炉子弄个羊圈,大家都知道小王能干活儿。牧民养的老鹰抓上了兔子,都会分给我们家。

夏天来临,牧民们在草原上聚集,搭起毡房,将牛羊马放在附近自由自在地吃草。每年举行的阿肯弹唱会吸引不同部落的人前来,有人甚至骑马从几百公里外远道而来。弹起古老的乐器冬不拉,牧民就会围坐听歌,听得如痴如醉,迷人心扉。

而另一个真正传统而且能体现男人勇猛的游戏就是叼羊。叼好了羊才能叼狼,以前的草原上有传统,骑马去叼狼。草原上最强壮的人能一次抓起一匹狼活活摔死。我也被他们推荐参加了叼羊比赛,几十人骑着马,大家就开始快速去抢羊,抢上以后挂在胸前,然后骑马狂奔,其余的人就要从他的身上抢下小羊,围成一团。一时间草原上激烈一片,男人粗壮的喊声震撼草原,谁能把羊扔到指定的地点,谁就取得胜利。在未成年组里,我抢到了羊,并且扔到了指定的地方,得到的奖励就是牧民们伸出的大拇指,姑娘们对我的微笑,以及一只刚出生的牧羊犬。

要说冬牧场,守护在牧民身边的不是野兔,不是旱獭,也不是狐狸或者北山羊,而是牧羊犬。这些牧羊犬有古老而高贵的血统,与狼搏斗,看护羊群,引导头羊方向。能适应寒冷至极的冬天,也能攀爬几千米的高山,从阿勒泰山脉到西伯利亚,这些牧羊犬都不离不弃地保护着游牧民族以及他们的羊群。

我的牧羊犬叫力克，可以在草原上自己觅食，也会经常叼回来老鼠和旱獭，不过家里人都不吃。我每天带着它去放牛，白天让它看着牛，我就偷懒跑到河边游泳，天快黑了，我就在村口等着它，它就会赶着牛慢悠悠地回来。

有时候我也会带着力克去钓鱼，在河边挖条蚯蚓，用针做成钓钩，用羊肠子做成气泡（鱼漂），钓到鱼了，力克会雀跃。它把鱼叼到一块石板上，排成一排，懒洋洋地趴在那里，等着鱼被晒成鱼干。

我和力克跟随牧民去了夏牧场，有巨大的石堆墓的三道海子。夏季下过雨，三道海子就变成了花海，树木罕见，三道湖泊形成的天然草场，岩石上的壁画，屹立的鹿石，还是能让你感觉到几百年前祭祀的气息。力克学着我采蘑菇，它还能闻出是否有毒，仔细地嗅一下采摘的蘑菇，才放心地和我回家。

那一年冬天，刚刚成年的我经历了一场暴风雪，放牛这一路上大雪纷飞，白茫茫的戈壁滩，风在号叫，鬼哭狼嚎似的，冷气从领口吹进身体，全身冰凉。风雪越来越大，我喊着力克回家，逆风行走，两只手肿得像皮芽子（洋葱），裹起一把雪，揉在耳朵上（大人都说耳朵快冻掉了，用雪来揉耳朵）。那一场大雪足足下了三天，积雪比我高，牧民家都受到了雪灾的影响，冻死了不少牛羊。到了开春，大姨就把奶牛卖掉了，挣了三百元钱，那只奶牛死活不愿离开，五花大绑才拉到车上，它嘴里发出呜呜的声音，眼含泪水。卖奶牛的钱，盖了两间平房，给大儿子娶媳妇用。而我成人了,也该独立去生活了。

4

  一个背包,一双布鞋,一条狗,一个人。从查干郭勒乡到青河要走三天,晚上在路边铺上稻草,力克窝在我身边睡去。天没亮,就和力克上路,力克一句抱怨的话都没有,它会吃老鼠吃蘑菇,也不会问我要一口干粮。我给它喂红薯它也不吃,它不是不想吃,它是怕吃了我就要饿肚子。许多年后,我想起那个夜晚都会觉得:戈壁滩之所以辽阔,不是因为视野,而是因为黑暗。

  艰难困窘,饥馑荐臻。去了县城先是问老乡:"有没有即墨人?"问到最后连一个山东人都没找到。最后找到阿尔根,他对我说:"我们家那个地方有个毡房,你住下,你的狗嘛,我认识,你嘛,也是好人。"就这样,我和力克在青河有了自己的第一个窝,至少不是地窝子。

  和阿尔根生活在一起,学会了简单交流的哈萨克语,也懂得一些礼节。他们夏天都会在附近的草场放羊,我就在当地工地打小工,打土块,盖房子,赚的钱都攒下来寄回老家,在信里说一切都好。

  力克就每天陪着我在烈日下打土块,挖土、泡泥、翻泥、装模、脱槽、码整齐,打一块儿一分钱,一天打下来四百块儿,整个人腰都直不起来。五斤的水三五口就喝完,汗如雨下,一会儿身体就会干透,就继续喝水，仿佛那几年的生活就是那样过来的。力克会心疼我，每当我休息的时候，它都会趴在我的后背上，给我按摩。

晚上回去还要帮助阿尔根赶羊挤牛奶做奶制品。每逢古尔邦节，牧民家就会宰一只羊。以前在村子里，过节都只能吃上一块肉，那一年过节，阿尔根拿来一盆子肉，而且阿尔根的母亲一个劲儿往我碗里递肉。越是饥饿，味蕾越发达，清水煮肉有股淡淡的清香，我细嚼慢咽，怕吃完就没了。剩下的骨头我都收起来，留给力克吃。力克把每根骨头咬碎，吃掉。我们都美美地吃了一顿肉。

秋天到来，我就去牧民家帮忙打草，我把这种劳作叫打草战斗。用镰刀割草，草有人高，手起血泡，一镰刀下去惊起无数蚊子，就冲着你而来，整个人被包裹起来，可还是挡不住小咬（比蚊子还小的吸血动物），整个人被咬得奇痒无比。忍着，再用绳子把草打成一捆，力克咬住绳子和我一起搬到马车上去。

那一年我在河里游泳，对面有几个哈萨克族女孩在洗澡，我憋在水里不敢出声。力克就在河边嚎叫，它也跳下水游了过来，它怕我溺水。对面的女孩看到我，抱着衣服就跑掉了。那几天，我都不敢出门，怕被当成流氓犯抓走。也是在那天，我收到了父亲的来信：你也成年了，你不小了。我看着力克，它正年轻，我说我要娶媳妇了。它一下扑到我身上，舔我的脸，看来它也需要一个媳妇。

有一次，我病了，力克竟然把邻居家挂的羊肉拖回来放到我床边。被我大声训斥后，两天不见，第三天晚上乖乖地趴在我脚边撒娇，它金褐色的眼睛散发着野性，一身亮丽的黄毛。

5

那时候，广播里和报纸上都在鼓励女性援疆，时常会听到"八千湘女上天山"等信息。县里也有汉族同胞娶到了外来的媳妇，可是这些来新疆的女性会选择部队或者单位的人，我这个"盲流"并不在她们的选择之中。

我给父亲写信说：在青河娶不上媳妇。过了两周收到父亲的信：我在老家给你看了个媳妇，吃苦耐劳，你八年没回来了，回来看看，但是你一定要跟媳妇说你那里能吃饱饭，生活很好，她才愿意跟你去。

代秀玉是我相亲的对象，扎着两个黑黝黝的粗辫子，身材清瘦娇小，看起来十分秀气。我从包里掏出一根羊拐，递给她吃，说："你跟我来新疆，天天吃这么香的肉。"吃得正香的她挤出了一个字："好。"

1978年，我就和代秀玉在新疆青河领了结婚证，那个羊拐算是我们的定情物。我们告别了阿尔根的毡房，生产队给我们腾了一间不足二十平方米的屋子作为婚房，阿尔根做伴郎，我算有房有家了。

结婚以后才发现我自己脾气不小,眼里容不下媳妇作为家庭主妇在家里偷懒不干活儿。有一次,我回家看见家里有一桶脏水没有倒掉,于是直接一脚把水桶踢翻在地;还有一次,媳妇蒸馍馍忘记了洗馍馍布,布在锅里有点儿发霉,我就和她大吵了一架,还拿布到街上对着街坊邻居说:"看,懒老婆不洗馍馍布了哦!"

但暴脾气会因为孩子的出生慢慢消失,大女儿叫王爱华,二女儿叫王军霞。二女儿出生的时候,我叫上阿尔根在阿克郎克村红旗公社盖了三间平房。

那时,我已经熟练地掌握了哈萨克语,我们聚在一起可以流利地交流任何事情,阿尔根对我说:"我也要学汉语,那个嘛,亏不吃。"

有一天,阿尔根对我说:"你嘛,哈萨克语好得很,去收皮子嘛,收了卖钱。我们嘛,也有收入。"从那以后,力克就陪着我,开始了自己的小生意,收售牛皮、羊皮、马皮、狐狸皮、狼皮,收售羊绒,以合理的价位收入,再以高点儿的价位卖出去。不是什么大活儿大生意,但是也有风险,收回来的皮放在库房里要撒上很多咸盐晾干,库房如果潮湿还容易长霉。还要防鼠防蝇,相当麻烦。来挑选的客人还会看皮子的色泽、大小、完整度来论价钱,稍微不慎,储存不当就会赔本。

6

我经常同牧民合伙做生意,往来甚多。我的生活习性和哈萨克族人别无二致,吃牛羊肉,喝牛奶、奶茶,家里也饲养牛羊等牲畜。因为我常年跟牧业队的农牧民打交道，所以媳妇常说，真的从来不缺牛、羊、马、骆驼肉吃，也从来不缺奶疙瘩、奶豆腐、酸奶等乳制品。

每次同他们谈完生意，总会带回来这些东西，用一块干净的布包裹着，有时候里面还有熏肉和煮熟的肉。哈萨克族牧民热情好客，很淳朴，心眼少，我从来不用担心会上当受骗，我喜欢跟他们在一起做生意赚钱。

家里养了好些牛羊，孩子都是吃牛羊肉、喝牛奶长大的，凭借着跟牧民的关系，牛羊都有人帮忙免费代牧，早上把牛送过去，等太阳快下山的时候，牧民老乡就把牛送回来了，就连奶羊下的羊娃子都不用担心会少一只。

有时候做生意回来太晚了，牧民会把我留在家里，牧业队的牧民家里条件都不好，一家好几口大大小小冬天会挤在一张炕上取暖，冬天也没地方洗澡，身上时常也会带些羊虱子回家。媳妇等我回来就帮我把衣服脱了，开始满衣服捉虱子，捉完了不放心，再把衣服放开水里烫。每次回来无论多晚，我都会用媳妇提前准备好的热水洗头洗脚、擦洗身子，然后把换洗的衣裳也一起洗干净。

生活渐渐好了起来，第三个女儿也出生了。因为琐事，媳妇和邻居大娘吵架，有点儿不愉快，大娘指着我媳妇说："你看你家里都是丫头，你根本生不出来儿子。"因为这句话，媳妇实在气不过，在1986年生了一个男孩出来。

有一次，我骑自行车上街办事。那时候青河的大街两旁都是杨树，应该是生长了很多年，经历过很多岁月，全是有着一圈圈年轮的大杨树。路整个被绿荫覆盖着，每年秋天都会有漫天飞舞的杨絮。青河的九十月，秋天已经开始凉意浓浓，我站在马路边，忽然看见树林里有什么东西在蠕动，动了几下就安静了，过去一看，竟然是个包在被子里的小孩子，我赶紧打开小被子，一摸孩子已经断气了，身子有些凉了，是个女孩子。我后来经常对孩子们说："当时如果那孩子还活着，你们就多一个妹妹了。"女孩多好。

1990年，我成为青河县第一批跑口岸跟蒙古人做生意的人，我在口岸有两间门面房，卖衣服、鞋子等好多生活用品。口岸大概是五月到十二月可以做生意，而且每个月的一号到十五号才开关，后半月闭关。

蒙古人的生意比较好做，他们都很实在，不会讲价，也缺乏生活用品。有时候他们会用牛羊皮换一些生活用品，我把换来的牛羊皮再卖掉，收入还算不错。

半个月在口岸跑生意，半个月下村做生意，除了收牛羊皮，还会捡些石头卖。青河那时候宝藏很多，我能捡回来茶晶、粉晶、海蓝宝、白水晶，然后有人看中了再估摸差不多的价钱给卖出去，茶晶可以用来做眼镜片，其他颜色的可以打项链。再后来的几年里，做生意的人多了起来，特别是蒙古人慢慢熟悉了这边的价格，生意就不像之前那么好了。

每年过年给我拜年的都是少数民族朋友,哈萨克族人、蒙古族人、回族人。他们都是我的老乡,每次来家里的老乡我都会热情招待,拿出我的好酒给他们喝,我也喝,喝红了脸安静地睡觉。这些老乡叫我"老狐狸",但是这个词对我在他们心中的人品来说绝对是褒义词。

有一次,我赶着去牧区收羊皮,天色已晚,伸手不见五指,在黑夜里我被一个猛兽扑倒,连同自行车滚了好几圈。那是一匹饥饿的孤狼,它冲了过来,力克就与狼厮打起来,狼嚎犬叫,划破夜空,我也冲上去朝狼挥拳头。这是一匹饿得发疯的狼,嗜血如命,我大腿上被咬了一口,鲜血直流。最终我和力克把这匹狼打趴在地,一动不动。

深知夜里不能久留,我简单包扎了伤口,发现力克微微喘着气,身上有好几处咬痕。我把它放到自行车后座上,一瘸一拐地推到了牧区。第二天起来,力克已经没有了气息。

后来的很多年,我每年都去那个牧区,那个山头上有力克的坟,我摆了一个石块,上面刻着力克的名字。想想当时的我,哭得特别伤心。如果没有力克,就没有现在坐在这里喝奶茶的我,更别提和你们讲我的生活。但那之后,医生检查出我有脑震荡,所以经常头疼。

后来,我把羊都留在阿尔根这里,五十只羊;每周我都过来看看我的羊,这照相机嘛,我本来想收费的,后来我就想拍下这些照片,以后也是一个纪念吧。

7

公路在蓝天白云下无限延长，两边的戈壁滩一望无垠，分隔戈壁滩的是山。十五年前，我坐在熊猫山下听着思谦大叔和阿尔根大叔讲述他们的过往：这款傻瓜相机是思谦大叔花二百多元钱买的，用的全是十六元的柯达胶卷，他下牧业队的时候给牧民照相，一张照片收一元钱。一个柯达胶卷可以洗出来三十六张照片，除去曝光的最少可以洗三十二张出来。照回来的胶卷，他的几个孩子会轮流去洗出来，然后再买一卷新的胶卷回来，父亲会给孩子们零花钱当跑腿费。

可是后来一段时间他就没有用这个赚钱了。他说，队里那些孩子很可怜，家里孩子多，又都没上学，大点儿的放牧，小点儿的自己在家玩，没吃过啥好吃的，也没有见过相机长什么样子。他决定免费给他们照相，照片中有孩子的，有牧民和牛羊的，有他跟他们的合影，照片上记录着他们的日常，记录着跟他们相处的生活，记录着牧民的淳朴，以及他们每个人的希望和对美好生活的憧憬。从那以后思谦大叔再没有用照相赚钱了，孩子们去洗照片也没有了零花钱。他把那些照片送到他们家里，和他们聊家常，相处得像一家人。以至那些孩子，远远见了他都笑着跑到跟前，等着思谦大叔给他们带好吃的，看着自己的照片咯咯笑。

春雪秋雨，秋暮冬寒。我懵懵懂懂地就度过了十多年，几经坎坷与困苦。再一次踏上青河的土地站在熊猫山下，就想起那个下午，草原上牛羊在跑，白云荡漾在蓝天中，我听着他们拉扯着往事，太阳慢慢地沉下地平线。

记忆随着我们的成长却越来越清晰，就如同正在编织的画布，它将沿途的戈壁滩、高山、沙漠化为各种织线，而老一代人的奋斗与贡献就是最好的色彩，最终渲染成我的故乡情。

8

2016年，同学聚会上，我成为同学眼里的作家，用高原的话形容我："青河五百年来第一个作家。"我说："既然你们把我当作家，那么都来给我讲讲你们父辈的故事。"

刘东说："刚学会说话的时候，家里来了检查人员，说我是超生的，要罚款五百元。父亲说没钱可交，我在一边对检查人员说：'阿姨，我家箱子里有钱。'检查人员说：'你看你孩子都知道你家里有钱。'就这样好说歹说交了三百元罚款。"

难怪他上学从不回答老师的提问，原来是怕说错话。

陈静说："我爸妈都是四川人，一辈子在基建队搞基建，但并没有超生，爸妈常年挺辛苦的，青河好多旧楼房都是爸妈那一辈人一砖一瓦盖起来的。父母辛苦了那么多年，加上自己的努力，现在我有了稳定的工作，遇到了对自己体贴的老公，生了两个可爱的丫头，一家人相处得和睦融洽。"

张兰说："我父母是1954年从青海过来的，那时候我才一岁，他们先去了青河的林场，在那儿也是过大集体生活，一起干干活儿、打打工、分点儿吃的。当时穷得很，爷爷奶奶种'莫合烟'卖，还都是偷偷的，如果被发现了就给你扣上一顶'走资本主义道路'的帽子。父母那时候在老家也可怜，都是吃百家饭长大的，没有鞋子穿，大冬天都光着脚板到处跑，后来爷爷奶奶又偷偷种点儿烟，给孩子们攒点儿钱做鞋子穿。我们家孩子也多，两个丫头，三个儿子，我父亲也是被生活所迫，吃了不少苦，在林场捡柴火、木头，还经常能碰见狼、哈熊。有一次他碰见了哈熊，硬生生和它对视了三分钟，哈熊转身离开，因此我父亲得了个外号'小哈熊'。后来，他和几个朋友、工友一起，一块一块地搬大石头盖起了青河的冷库，光脚修建了从哈里恒到乔夏村的一段桥，还有大青河的桥梁，以及达巴特村的几千米灌溉渠。这些老建筑到现在还都存在，都是当时他们靠人工修建出来的，造福了河两岸的农牧民。"

刘琴说："我爸妈把我从陕北带过来的时候，我才五岁，他们在塔拉提一直包地种，常年在地里，都晒得黑黑的，全家就靠那几亩麦地过活。上完初中，家里因为条件不好就没让我再继续上学了，我就给人家打工，学习理发的手艺，后来开了个理发店，现在开了这个化妆品店，生意也还不错。人嘛，各有各命，现在也挺满足的，父母岁数也大了，闲下来给我带带孩子。"

于军威说："我祖祖辈辈都是青河人。一直在河浦种地，生活平平淡淡的。我和我弟两个人都是初中上完后，自己不想学习了就都不上学了。

我不后悔自己没上高中、上大学,就是可惜当时胆子太小,没敢追自己喜欢的女孩子。"

这让我想起那个叫王思谦的人,他曾经给我讲述的故事就好像整个阿勒泰人的缩影,在岁月里,那些痛楚和悲伤都变得淡若云烟,一代又一代的人在这里繁衍、消失与离去。

"王思谦?那是我的父亲。"王青青说道。

王青青说起了她的父亲:"父亲特别爱抽雪莲烟,耳朵上永远夹着一根香烟,在当时那也算是一种时髦装扮了。每次见他干完活儿休息的时候都会倚着门,抽烟、吐烟圈、眯眼睛,然后若有所思,这就是他的习惯动作。

"那时候青河的冬天零下四十多摄氏度,零下三十多摄氏度都属于正常,小时候穿的都是母亲亲手用棉布做的棉衣裤,我基本上放学回家走一路就把脚冻疼了,如果再碰上母亲不在家的时候,就得冻得在门口哭鼻子了。

"太阳还没有出来父亲就出去忙生意,晚上又披星戴月地回家。有一次,我深夜两点多起来上厕所,才看到父亲回来。他的脸被冻得通红,眉毛睫毛上挂着一层白色的霜。但是他从来都没有喊过苦叫过累,母亲心疼他,经常跟他说让他晚点儿出门,早点儿回家。父亲说,如果他不抓紧时间的话,孩子们就会受苦受冻,让母亲别瞎操心了,照顾好家和孩子就行。"

我问道："你父亲还在口岸做过生意？"

王青青说："对啊，父母跑口岸的日子，留我们在家。最怕的就是晚上，一群孩子因为害怕黑，全部挤在一张大木板床上，大床睡不下就上面搭个小床睡，因为平房真的很黑，伸手不见五指的黑。一到晚上，我们就把家里的狗放开，大门小门的锁全锁好反扣，一听见狗叫就缩成一团不敢发出声音。父母不在的时间里，我们都是度日如年，天天数着日子过。每次，父母回来了会给我们带好多好吃的，批发来成箱的香蕉、苹果、方便面，冬天还有娃娃头。母亲会把这些吃的藏在库房里，怕我们不吃饭只吃零食对身体不好，于是每天按人头按数量发给每个人，表现好的还可以多给奖励，我们最幸福的时刻就是他们安全回来的时刻，大大小小全围在父母身边蹦蹦跳跳，笑笑闹闹。

"父亲那时候有件军绿色的马甲，里面会套一件藏青色的秋衣，那件马甲里外有很多口袋。父亲说他那个马甲就是他的钱包，专门用来装每天赚的钱。每次他回来，我们都会好奇里面装了多少好吃的，那些都是牧民给的糖果、奶疙瘩之类的。父亲每天回来都会点里面的钱，我们在一边看的时候，父亲就会顺便给我们个五角一元的，赚得多就多给，赚得少了就少给，给多少我们都很满足。"

我想起那个懒洋洋的午后在阳光下，那个山东汉子和我讲的那些故事，我问王青青："他现在还好吗？"

王青青说:"我考上公务员那一年,他就离开我了。我上高中的时候父亲开始生病,腿脚麻木无法行走。对一个一辈子都闲不下来的人来说,这真是晴天霹雳,我们家也迎来了最难熬的岁月。

"他生病的那段日子里,家里还有哈萨克族的老乡不时地来看他,他们说父亲跟自己的亲兄弟一样,说他是个好人,老天爷一定会保佑他。

"家里有个病人,对我们的生活来说,就是一场大灾难。父亲那几年看病花光了家里所有的积蓄,母亲每次带父亲出远门看病,就只有我跟弟弟两个人在家,喂养牲畜、浇灌家里的菜园、照顾弟弟的饮食起居都落在了我头上。

"2005年一毕业我就考上了公务员。当我把成功的喜悦分享给家人的时候,父亲哭了,弟弟也在家里念叨着'咱们家有救了'。在父亲生病的这五年里,我们一家都不知道是怎么支撑过来的,特别是母亲,顶着全部的压力,还能耐心地照顾瘫痪在床的父亲,任劳任怨。在那年冬天,父亲病逝了,他离开我们的时候才五十三岁。家里没有一个成家的,母亲到现在也还没有再嫁。"

9

第二天,我去了熊猫山下找阿尔根,老态龙钟的他在孩子的搀扶下缓慢前行。冰上布满了积雪,他担心的不是滑倒,而是家里的羊无法刨开地上的冰就吃不到残留的草。他已经不记得我,但提到王思谦,他突然停在那里,念叨着:"我的好兄弟,我的好兄弟。"

晚霞照在大青河的桥头上,河道上厚厚的冰层,冰层上开满了白色的冰花。河岸边上的树木看不到树叶,走过这一条路,在夕阳的指引下就看到安静的小镇。

活在这个世界上,我们总是到处树立着各种标签,似乎这样才能堆积出人性的品牌。可是在阿勒泰这个地区,人们会忘记标签,每个人每个家庭都极其简单。我想不起王思谦的哪一句话让我思考起整个人生,甚至他的离去也没给我带来困扰。但就是这样的一个人,让我念念不忘,也许他就像小镇上的每一个人,生老病死,在岁月的长河里掀不起任何的浪花,可就是这样一个个真实的人,续写着青河的历史,最动人的是他们。他们第一次和少数民族同胞说"你好",在群山峻岭中,在蓝天白云下。最后,在离去的时候说了一句"再见"。

小镇在蓝天白云中无限延长,四周的群山层峦叠嶂,分界线是我们的思念,小心地倾听着这里的故事,感受这里的遥远悠长,也同样感受这里的静穆沧桑,如同历史中一条缝隙,讲述着生生不息的过往。

4 Chapter

青格里的杂货铺

那一刻,就好像沙漠上出现了彩虹、夕阳挂上了笑容。连衣裙意外地合身,而且是完美的搭配。那少女,尖尖的下巴骄傲地扬起,柔润的唇边闪着一抹淡淡的微笑,那一刻,聂发军迷上了这个少女。

1

聂发军怎么也没有想到漂泊了三个多月，从张家界到乌鲁木齐，再从乌鲁木齐一直往北走，竟然走到了沙漠的边缘。

20世纪70年代初，饥荒蔓延在整个甘肃地区，聂发军从甘肃民勤县跟随人流爬上了去新疆的火车，一路上他照顾孤寡老人，帮难民拉行李，收获了三个白面馒头才熬了下来。

到了乌鲁木齐，他并不敢停留在这个地方，一方面四叔给他写信说青河有饭吃；另一方面，一停留就好像会被饥饿抓住，人没那个心气儿，就容易挺不过去。他就继续，一个人如同蒲公英一般，吹到哪儿算哪儿。

他爬进了东风牌汽车的斗子里，从乌鲁木齐到青河。走到第五天，戈壁和沙漠还有蓝天都变成了一色，苍黄的色块压在他的眼前，最后的口粮早已经吃完，别说村户，连一个人影都看不见。一股强劲的风刮过来，夹杂着沙粒打在他的脸上，如同叮咬一般。他迎着风沙整理了一下衣袖，一只蜥蜴藏在不远的沙窝里打探，灰黄的云压着黑色的雾，又重重叠叠地压在沙海上，最后压垮了聂发军，他倒在了车斗里。恍惚间，一峰骆驼带着他回到了小时候，炉子里冒着旺旺的火苗，铁匠师傅四平八稳地站立，腰弯成拉箭的弓，敲打起来，火花从铁砧四溅到天空，变成了一颗颗闪耀的星星。

聂发军并没有死在车斗里，他被司机师傅救了出来，一点点地喂了水，慢慢苏醒了过来。他吃力地爬了起来，说了两个字："青河。"便又晕了过去。

2

等聂发军再次清醒过来，他已经躺在了一条街上，旁边围着几个人。他问路人："这是哪儿？"路人说："这里是青格里，也叫青河。"

聂发军在这个只有一条街的小镇上，找到了四叔。四叔一家三口挤在一间30平方米的屋子里，但这并没有难住他。甘肃老家人都会把老人的棺材和寿衣准备好，聂发军就住在了棺材里，晚上冷了还有寿衣可以盖。

这一住就是三个月。进入冬季，青河时常零下三十五摄氏度，聂发军和四叔商量，把棺材搬到了牛圈里，这样会暖和一些。晚上太冷，他还会自己给自己合上棺材盖，露出一条缝隙，透过缝隙可以看到满天的星星。

有一天，四叔找他抱怨："你出去干点儿体力活儿，别整天混吃等死。"然而在寒冷的冬天，并没有打土块盖房子这样的体力活儿，牧民在这个季节都把羊圈在冬牧场，能干什么活儿？盖上棺材，聂发军心想：要是没了这一条缝隙，是不是可以安详地睡过去。

青河的冬季漫长无比。第二天聂发军跑到市场上，用自己唯一的小刀换了一把剪刀和针线，那把小刀是他自己打的。在学打铁之前，聂发军还学过裁缝，放弃裁缝的原因特别简单，打铁要吃饱饭再干活儿，但是裁缝都是干完活儿才能吃上饭。小时候，他饿得挺不住，就缠着老爸把他送到了铁匠师傅那里。

他决定在青河靠着裁缝手艺养活自己，至少可以对付漫长的冬季。他跑到市场上，和下象棋的、卖肉的、卖土豆的闲聊，闲聊的时候让那些人拿出衣裤，缝缝补补，一个男孩飞针走线的样子让很多人惊讶。

终于有一天，有一个胖女人，拿出一件明显穿不上的裤子，让聂发军改肥。就好像变魔术一般，经过聂发军一下午的缝补，那条裤子奇迹般地合身。"聂发军是裁缝"这件事慢慢被传开，渐渐地，有人找他修裤边裤脚、改瘦肥，他有了一点儿积蓄，买了一个二手缝纫机。

剩下的积蓄，聂发军在小青河租了一套四十平方米的房子，他把二手缝纫机放到了窗户边上，这样方便看到窗外的风景，出门绕道走五百米就能看到小青河。这个地方叫基建队，来自各地的"盲流"聚集在这里，有"超生游击队"、没有地的地主、养鸡专业户，但裁缝铺还是第一家。

墙角有两个锈迹斑斑的木箱子，上面扣着一块大木板，披着米白色的布，充当着烫衣板和裁剪台。房间正中间有一座铁皮火炉，最里面是一张木板搭建的单人床，白天客人落座，晚上睡觉用。

开业并没有燃放鞭炮，聂发军喝了一大杯白酒，就跑到了市场上，用仅有的几毛钱买了一块丝绸，铺在木板上，用如蛇般的卷尺比画，捏着粉笔冥想片刻，如草书般画出直线和弧线。弄好后，剪刀咔嚓几下，把剪好的绸子放到缝纫机上，双脚踏动踏板，车轮有节奏地转动，熟悉的声音如同美妙的歌谣，长长的银针上上下下如同母鸡啄食一般，双手按着布料来回挪动。太阳落山前，一件美丽的连衣裙就做好了，在夕阳的映照下，散发着金辉。

聂发军并没有根据谁来做这件连衣裙，但他一定想过，如果有一个女孩穿上这件连衣裙，在夕阳下站在小青河边翩翩起舞，一定倾国倾城。

那件雪白的裙子就好像一件展示品一样挂在屋子里。

当地一个哈萨克族牧民把孩子送到了聂发军这里说："这个嘛，好，我的孩子嘛，学。"其实他的羊少，孩子多，就想放到聂发军这里吃个饱饭。聂发军收了第一个徒弟，叫哈力恒。

哈力恒汉语不错，聂发军给他讲的第一条戒律就是：师父放下筷子，徒弟也必须放下。小时候，聂发军每次和师父出去干活儿做裁缝，师父吃饭快，自己总是吃不饱，后来就给师父故意舀锅底最烫的白粥，自己喝最上面那层比较凉的白粥。

哈力恒支吾了半天，憋了句话出来："师父，我嘛，汉语不好，你的话嘛，你懂就好。"

汉语不好没关系，能喝酒吧？聂发军端出了三杯酒，拜师父就要喝酒，这是传统，硬是逼着哈力恒喝完，晕乎乎地躺在床上睡了一天。

3

李玉莲闯进裁缝铺的时候，聂发军正在教哈力恒擦机器、上机油、绕线底这些基本操作。用余光打量了这个少女，见她穿着布衣长裤，抬头看了看连衣裙，问聂发军："这个怎么卖？"

"不卖，那是样品。"聂发军低头继续教着哈力恒。

片刻间，李玉莲脱掉棉衣把连衣裙套在了自己身上，翩翩起舞。

那一刻，就好像沙漠上出现了彩虹、夕阳挂上了笑容。连衣裙意外地合身，而且是完美的搭配。那少女，尖尖的下巴骄傲地扬起，柔润的唇边闪着一抹淡淡的微笑，那一刻，聂发军迷上了这个少女。

"你发什么愣？"少女问道。

聂发军缓过神来，局促不安地问道："吃东西吗？我这里还有红枣，吃吗？"

自然而然地，他们在温暖静谧的大青河边追追打打，橘红色的夕阳把青草连成了一条丝线，编织成美丽的衣裳，套在他们的身上。她的碎发被风吹散，她小鹿一样奔跑，空气安静芬芳，他们都忘记了自己正身处戈壁滩的腹部，一个小小的绿洲上。

"我当你徒弟吧。"李玉莲站在裁缝铺门口，用脚来回扒拉着一个羊粪蛋说道。

"嗯。"聂发军用力地点了点头。

"那我给你唱一段评剧吧。"李玉莲说完就唱了起来。唱什么不好，唱了一段《牧羊卷》，在戈壁滩深处，这故事从远而近，让人心生悲凉。

这事很快传到了李玉莲母亲的耳朵里。青河是一个馕就可以滚到头的地方，人们在街头议论纷纷，"聂发军牵李玉莲的手了""癞蛤蟆吃上天鹅肉了"……就连聂发军自己也有点儿慌张，看着这个刚刚初中毕业，比自己小五岁的少女，他有点儿犹豫了。但这一切李玉莲并没有在意，她还是会跑到裁缝铺，扮演着徒弟的身份。

李玉莲是大家闺秀，大户人家的闺女。她的母亲容忍不了这件事情发生，有一天冲进了这个杂乱无章的裁缝铺。

"你是聂发军吧？"李玉莲的母亲质问道，"请你离我的女儿远一点儿，你这个黑手艺怎么配得上我的女儿！你知道吗，她马上要上高中，她不会嫁人，更不会嫁给你这个穷酸的臭裁缝。"

自始至终，聂发军都没有说话。

那天下午，李玉莲照旧来到了裁缝铺，她挤着眉毛对聂发军说："我骗我妈妈说去补课，就跑你这里来了。我不想考高中，我想早点儿嫁人。"

聂发军看着眼前眉清目秀的李玉莲自言自语道："未来在哪里？"

李玉莲问道："师父你有心事吗？为什么脸色这么沉？"

那天晚上，聂发军整夜未眠，盯着星星发呆。如果星星可以拿到手上，那么未来就应该真的在口袋里。

4

1973年刚过完夏至，未满二十岁的聂发军踏上了当兵的路，这样家里人也会分到口粮。店铺关门，他也没有和李玉莲说再见。也许这个年龄大概是懵懂期，并不知道什么是爱情。哈力恒和四叔把他送到了车站，哈力恒并不知道怎么去表达感情，用瓶子装满了散酒，放到了聂发军的布袋里,说:"师父,我是唯一的徒弟吧?回来,我还想跟着你。"

当兵第一天,班长问聂发军:"你有什么特长?裁缝?裁缝是女人干的活儿,你没缺胳膊少腿,干什么裁缝,你是来当兵的吗?"

"我还学过铁匠。"聂发军如实回答道。

"好,你就去工程连,当一名工程兵。"班长发话道。

当兵的日子,每一个战友都会收到全国各地的来信。有调皮的战友抢走别人的信,大声念出来。那称谓多种多样:未来的将军、亲爱的兵哥哥、一条战线的革命同志……聂发军只收到过一封信,调皮的战友抢过来,见开头的称谓是儿子,就没念出来。聂发军写了很多的诗歌。

> 此起彼伏的戈壁滩,
> 用针线缝起,
> 衣袖的花纹与肩背的灰,
> 相得益彰。
> 一些故事从此长眠,
> 一些故事飘在荒漠上空,
> 与戈壁共舞。

部队工程兵,聂发军辗转于重庆、哈尔滨、辽宁、北京、南京等地,走遍了全国各地，参与了化工厂的精密铸造。从小兵崽子干成了高级工程师，也练就了果敢、坚忍的性格。

他随身携带着箱子，箱子里除了简单的军装，就是信。这些年写了很多的信，但都没有寄出去。徒弟不识字，一年打一次电话，他说："我看见李玉莲了，师父，我觉得你还是别想她了，她好看得很。"

因为优秀的表现和吃苦耐劳的精神，在部队的第3年，聂发军就当上了班长，他带领着工程连的士兵，寒冬里钻过电缆沟，三伏天走过巡检路，每一次的任务都是条件差、工期紧张。

有一次，要翻过悬崖峭壁的两座大山，去搭建一条安保线路。吊车上不去，全员士兵肩扛手拉，绳拽杠滚地把材料送到山上，带着铁锹绳子立电线杆。一个士兵没有用绳子捆好木头，木头从半山腰上滚下去，重重地砸在了聂发军的身上，把他胳膊划开一个口子，士兵吓坏了，还没缓过神来，就被聂发军吼道："发什么愣，拿出我包里的水瓶。"士兵从行军包里掏出了一个瓶，打开瓶盖，白酒味道飘了出来，他倒在聂发军的伤口上。聂发军咬着牙喊道："少倒一点儿，不够我喝了。"

第六年，部队解散了基建工程兵，各个石油单位都抢着要聂发军，部队也不愿放人，但他毅然决然地退伍了。

退伍后，聂发军回到了甘肃，用自己全部的退伍金给父母买了一只毛驴和一台缝纫机,那驴子比马小一点儿,但很有力,比一个普通的劳力还厉害,花费三百元。他抚摸着毛驴的毛说:"以后替我尽孝,要比我能干活儿,我要回到青河。"

5

当时的青河和他离开时并没有太多的变化。街是南北走向,南起大青河,北到小青河,总共5公里,这中间的一公里,就是正街。马车依旧在街上穿梭,羊粪蛋子和马屎随处可见,街上两边还是浓密的胡杨树,密密匝匝地在上空交错,阳光只能从缝隙中照射下来。

聂发军瞪眼看着,徒弟在旁边打探:"我们到哪个地方去?"

"走,看看我们的老铺子现在怎么样了。"聂发军说道。

裁缝铺的那条街依旧那么破败,荒草蔓延,可是唯独裁缝铺门口利索干净。聂发军推开门,一个女孩正在用熨斗熨烫着衣料。她抬起头,聂发军愣在那里。

正是李玉莲。

看到聂发军,她满脸泪痕地说:"你不回来,我总是缝不好裤脚,你都不写信告诉我,你到底回不回来。"

那一刻，就好像沙漠上出现了彩虹、夕阳挂上了笑容。聂发军抱着李玉莲说："我回来了，以后我来缝裤脚。"

上完了高中的李玉莲，推掉了母亲安排的工作，也把相亲对象从家里骂跑了。她回到基建队把这个铺子租了下来，弄成了裁缝铺。她知道，她的心上人总有一天会回到这片土地，给她穿上雪白的连衣裙，让她成为最美的新娘。

> 沙漠陷入了寂静，
> 天空坠入了深蓝，
> 时间涌入了幸福，
> 记忆倒入了美好，
> 大自然看到了这一切，
> 沉默不语。

这世间，一定有人如同戈壁滩上的芨芨草，坚韧而又执着。世间再变，万物凋谢，它都会守在那里，它那么渺小，又那么高贵。

店铺又恢复了往昔的温暖，徒弟还是哈力恒，但李玉莲已经是店铺的女主人了。她把热腾腾的饭菜备好，为聂发军准备一天的布料，盘算着等到良辰吉日的时候，会有一场终生难忘的婚礼。

有一天，一个女客人上门，要求用的确良面料缝一件套棉袄的罩衣，要中式领、西式袖。在青河，很少人会对定制衣服有要求。在当时，的确良也是高档面料，这件衣服聂发军要了五元钱，还说不合身不收钱。对方一口答应。

橘红色的煤油灯下，哈力恒拿着卷尺给人家丈体量衣，拿着剪刀咔咔嚓嚓裁剪布料。李玉莲准备着拉条子，这是三个月里最大的单子，要好好慰劳一下。

可是第二天，女客人上门试衣服就说不合身，偏大。聂发军争辩道："这是你要求穿在棉袄外面的罩衣，你穿上棉袄就不大了。"那时还没有押金一说，女客人偏说偏大，不要了。临走还揶揄了李玉莲一嘴："你找他，就因为他会裁衣吗？你妈妈都没脸见人。"

李玉莲在门口破口大骂，这个秀气的女孩第一次发火："你去告诉我妈，就算死，我也要嫁给聂发军。"聂发军咬着牙，喊道："我不骂女人，你快走。"

为了让别人少说闲话，聂发军说："我们结婚吧。"李玉莲点了点头。没有求婚戒指，没有甜言蜜语，婚礼特别简单朴实。在 20 世纪 80 年代，谁的婚礼都是这样。李玉莲穿上聂发军裁制的连衣裙，基建队的邻里送来了祝福。酒席只有一桌，哈力恒是伴郎，四叔是主持，唯独缺少了李玉莲的家人。

晚上，聂发军拉着李玉莲的手走在小青河的溪边，说："以后我们的铺子不光做裁缝，我在部队里学了几年的铸造技术，以后我在门口打铁，你在屋子做裁缝。"

"那我们的未来在哪里？"李玉莲红着脸问道。

"在我这里。"聂发军坚定地说道。

6

一到冬天，铺子就扎满了人，放羊回来的牧民、游手好闲的单身汉，甚至有几个老汉带着棋盘在那里下棋。因为铺子里有一个巨大的炉灶，炉灶旁边有一个老式的吹风机，发出呼呼的声音，粗壮的烟筒在屋顶上冒着巨大的热气，这里暖和，这些人白天在这里取暖、聊天，还省了烧煤的钱。

更何况，聂发军有一个小桶子装满了自酿的白酒，累了就喊上人喝一杯，一个碗轮一圈，谁不喝就不让在这里待。有些牧民骑着马来，一口就一碗酒，歪歪扭扭地爬上马背，晃悠着回家了。

火热的铁料废渣掉在哈力恒的脚上，他叼着烟，左手拉着拉风箱，右手用钳子夹着铁料放到了铁砧上。周边的人给哈力恒涂抹着药膏，他的眼光落在师父的锤子上，喝得满脸通红的聂发军，每一锤子下去都精准无比地落到铁料上，再用火钳子一撇一捺，一会儿，一个马蹄钉子就弄好了。他端详一下，对徒弟说："不喝酒，怎么可能这么完美。"

一天能做三十个，徒弟半下午就背着竹篮，看见骑马的人就吆喝："冬天到了，好马配铁蹄，祖传的铁蹄，来吧，试一试，真正的铁蹄。"

有时候，牧民还会骑马来到店铺前，一群人把马腿绑起来，放倒，叮叮当当地就把马蹄子钉好了。

马蹄子钉完了，就快到新年了。屋子里就会来各种人，定制新年的衣服，聂发军就和徒弟放下手里的打铁的活儿，开始做新衣裳。碎花棉布的小衫、灯笼袖、蝴蝶结……一家人忙得不可开交，常顾不上吃饭。

游手好闲的人会对聂发军喊话："女主内，男主外。不对，你现在就要晚上睡好觉，让老婆怀上，她就乖乖生孩子了。"聂发军也毫不客气地骂回去："没媳妇就滚回去睡老母猪，在这里闲扯个屁啊。"聂发军的脾气大家都知道，他说话别人不敢反驳。有一次，基建队有个男人打老婆，他正在打铁，气不过，拿着火钳子带着徒弟把那个男人一顿暴打并骂道："你有打老婆的力气不如过来给我打铁！"

孩子还没出生的时候，聂发军已经有了三个徒弟，每个徒弟都经历过他的酒精考验，端起一整碗都没半点儿犹豫。蒙古族的巴音专门抡大锤、搬铁料，回族的马明伟专门跑销售，哈力恒则像个师父一样教育他们：

"我放下筷子,你们也悄悄放下,但我拿起酒杯,你们就必须喝完。"

冰雪开始融化,大青河的两岸石缝里长出了绿芽。聂发军和他的徒弟边煅烧铁边用铁罐做饭,风箱呼啦呼啦地叫,片刻,铁罐内的米就咕噜噜冒泡了。掀开锅盖,放上炒过的羊肉、萝卜,关掉风箱,文火烧着,一会儿,香喷喷的抓饭就出锅了。徒弟们蹲在地上,津津有味地吃着。有时候,没活儿了,几个人就围在一起喝酒。其实大部分时间都没有太多的活儿,一个火钳子用10年的地方,确实活儿少。

在这家杂货铺,冬天红红火火,夏天热火朝天。打铁和裁缝都是手艺活儿,打铁要掌握火候,裁缝要懂得分寸。缝纫机的脚踏声配上叮当的打铁声,在小镇如同打击乐一样飘荡,给寂静的小镇增添了无限的生机。

1983年的夏天,李玉莲的第一个儿子就出生在这家铺子里。一向刚烈倔强的聂发军在门口冒着冷汗,瑟瑟发抖。哈力恒问聂发军:"师父,怎么感觉你在生孩子?"一声啼哭,孩子出生。看着儿子平安出生,聂发军整个人都轻松下来。李玉莲对他说口渴要喝水,聂发军就跑到了知青门市部买水,老板听闻他儿子顺利出生,问道:"不喝一杯吗?"这一喝就是三杯,回到屋子里,母子都在哇哇大哭。哄好母子俩,就和李玉莲给孩子取了个名字:聂磊。

1985年,杂货铺迎来了第二个孩子聂峰。孩子没出生多久,李玉莲的妈妈带着一堆好吃的上门,对聂发军说道:"我女儿嫁给你,孩子也有了,这辈子就照顾好他们吧。"说完就进到屋子,抱着外孙开怀大笑。徒弟偷笑,他们等这一刻,等了十年之久。

家人的祝福从来不会缺席,这一次只是迟到了。母女俩紧紧拥抱在一起,一向坚忍甚至有点儿暴躁的聂发军,第一次偷偷地抹眼泪。

这一年,聂发军把弟弟和妹妹都接到了青河,弟弟来的时候,正是小伙子,吃饭用盆,喝酒用桶。聂发军死活不让他当徒弟干体力活儿,逼着他在屋子里写字,整个屋子都是墨水味道。聂发军说:"我们吃了没文化的亏,你不行。"

本来就是勉强度日,因为弟弟妹妹的到来生活变得异常艰难,那一年的新年,别人家都在团聚,喝了点儿酒的聂发军,非要去小青河捡牛粪拾柴火。他走到森林的深处,想从里面一路捡出来,突然路边蹿出一只兔子,他就追着兔子跑,不知道跑了多久,天慢慢黑了下来,他在森林里迷了路。

兔子在前,狼在后。他冷静下来发现漆黑的夜晚里,有一双蓝色的眼睛在盯着他。他遇到了狼,一匹饥肠辘辘的狼。他爬到了树上,观察这匹狼,狼也观察着他。他发现这是一匹离群的狼,跑到了离村落不远的地方准备偷食圈养的牛羊。他从树上下来,拿着一根粗大的棒子,对狼呵斥道:"你想吃我,我还想吃了你呢。"他们僵持在那里。狼低声嘶吼,也不敢冲上来。聂发军知道自己不能跑,跑了狼就认为你厌了,就凭着酒力,对狼骂着脏话:"卖沟子的,你来啊!"

那天晚上,整个基建队的人都被李玉莲喊醒,点着篝火,沿着小青河往里走。哈力恒骑着马前行,最终在一片森林里找到了聂发军。他拿着棒子在那里四处打探,看到徒弟来才松了一口气:"酒喝少了,要不抓匹狼回家炖掉。"

7

我就是在基建队长大的,知青门市部和这个杂货铺是我小时候最愿意去的地方,我可以用1毛钱买一把的糖,也可以站在铺子门前看他们光着膀子打铁,冒出的火花比烟花还美。

哈力恒身穿羊皮裙,鬈发黄毛,面色乌黑,总觉得是被热铁熏烤的结果,因为他身上总是冒着肉香,我时常看着他想咬一口。他总是逗我:"小鸡鸡有没有?"那些老牧民问我,我会脱裤子给他们证明,但哈力恒问我,我就伸出小拇指做个鬼脸,他就会拿着通红的火钳子假装要追我,我一溜烟就跑回家。

慢慢地,我就不怕他了。聂磊是我的小学同学,他带着我认识了他爸爸聂发军。哈力恒一吓唬我,我就躲到聂师傅的背后,身上满是酒味的聂师傅瞪哈力恒一眼,呵斥道:"孩子你也吓唬!"哈力恒委屈地说:"我是孩子的时候,您也没少吓唬我。"

铺子门口堆积了好多铁器:火钳子、铁钩子、马钉子、铁链子。有些铁器表面已经有了褐黄色的锈斑。透过铺子的窗户，一个清秀的女子正在认真地盯着缝纫机的机针，有节奏地踩着踏板，铺子外面，铁锤正在击打着铁料，火花四溅。这声音伴随了我整个童年，包括那个时代寒冷的冬天。

聂发军好喝酒是小镇人都知道的事。他性格暴烈，如同打铁的撞击，时常带着徒弟出去打铁，到了牧民家，打完铁就要酒喝。吃完抓饭喝完酒，别人给工钱也不要，绝对不要，酒都喝了，钱怎么能要。只有一次，他和一个蒙古大汉喝到了天亮，他喝醉了，大汉没一点儿事，把钱塞到他的口袋里说："聂师傅，少喝点儿酒，钱收着。"他无力拒绝，被徒弟抬到家里。

李玉莲劝不住，喝多了骂也没用，哭也没用，关在门外天气太冷。早晨起来，聂发军就用熟悉的方式，温暖霸道地安抚李玉莲："老婆啊，酒不能不喝，要不打铁没力气，没力气了，我怎么养活全家，怎么照顾你？"

如果说青河是顺着酒瓶子就能找到的地方，那么这个铺子就是酒瓶子的终点站。

20 世纪 90 年代，打铁的声音越来越小。好多人说："聂师傅没有力气了，技术不如以前好了。"他想包地，他想承包加油站，他想做建筑，都被李玉莲一一否定。打铁是喝酒才有力气，但是做这些喝酒会误事，不能干。聂发军后来买了电焊机和氧焊设备，还有一个大院子——他买了铺子周围的房子，弄了一个院子。在院子里，他们焊铁时手拿着护眼罩，焊出来的东西速度快还好看，但没有打铁的那种质量，而且我老妈也不让我在围在铺子前，说伤眼睛。

有一天，我和聂磊放学回家，看到醉醺醺的聂发军走在路上，他看到自己儿子，叫了一声："儿子，儿子过来。"聂磊拉着我就跑，边跑边哭着说："你不是我爸爸，我爸爸不是酒鬼，我爸爸不会让妈妈伤心。"

那一刻，聂发军酒醒了，他回到家就和李玉莲保证道："我再也不喝酒了，喝多了丢人，儿子都不认我。"从那以后，谁喊他喝酒都不喝。

不喝酒的聂发军晚上还会和李玉莲一起散步。在基建队的街上，我还看到聂叔牵着李阿姨的手，见到我还会刻意把手松开，我也假装不懂事地和他们打招呼："叔叔阿姨好。"

哈力恒回到了牧场，他认识了一个哈萨克族的姑娘，就娶了她回到牧场。他在那里弄了个小铺子，把师父陈旧的设备弄了过来，靠着打铁继续维持着生活。

聂发军去过建筑公司和政府机关车队，做电焊技术工，但都没舍得关掉那家铺子。没几年辞职后，继续开着铺子。照李玉莲的话说，"他是一个潇洒爱自由的人"。

再寒冷的日子，山上的水塔，地里的管道，都有过他的身影。就连我的新年新衣也是出自他媳妇的手，他们把看起来苦到掉眼泪的生活，过得有声有色。走过嘈杂的基建队，溪水湍急的小青河，历练了劫数和人间百味，他们看起来更加干净和动人。

时间飞快，我甚至没有看到铺子的落败，没有看到蜘蛛布满漏风的窗户，没有看到杂草丛生长满门口，院子连带着铺子都要被征收了。聂发军性格刚毅，死活不想要楼房，那破楼房能焊铁铸钢吗？李玉莲也不愿意，那破楼房能种菜养鸡吗？领导说动了聂发军，毕竟他是一个军人，知道这是为了小镇好。却没有说服李玉莲，她说："这院子，是我用两卡车的木头盖出来的，不能搬。"最后还是聂发军说服了她："你不搬迁，以后院子你清雪，我不干这活儿。"要知道青河的冬天，下一米的积雪算是日常，大雪一下三天，常常早晨推不开屋门。李玉莲一想到清雪，一气之下就签了字。

时间进入 2010 年，基建队发生了翻天覆地的变化，只有那个建于 20 世纪 60 年代的知青门市部还孤零零地立在楼房之间，像是在诉说着远去的故事。

老两口又开了一家杂货铺，如一般商店那样。要不是那台锈黄的缝纫机和一把锤子，人们都快忘记了他们曾经在寂寞的小镇奏起的交响曲，还有那交响曲后面可爱的爱情故事。聂发军老了，耳朵也有点儿背，但每次见到我都是慈祥的表情，那暴脾气和打铁也都从我的生活里消失了。

2014年左右,聂磊和聂峰都结婚了,次年兄弟俩的孩子也相继出生了。聂叔和李阿姨在青河的小商店里看护着孩子。那年春节,我回到了青河,住在了聂磊家。哈力恒带着自己的孩子登门拜年,在几个小朋友的叽叽喳喳声中,他们喝着小酒聊起了那时候的故事。我说聂磊遗传了聂叔的基因,每次应酬都替我挡酒;说聂磊到现在也改不了不吃萝卜的习惯,吃个抓饭都能把萝卜一一挑出来。我好奇地问道:"聂叔,你是怎么来的青河?"话匣子就这样打开,就好像电影一样放映在青河的上空,孩子也许都听不懂,但我都一一记在心里。

他们都是为了家庭,为了青河,为了边疆,贡献了自己的青春和力量。

2018年,聂发军金婚,聂磊带着父母在乌鲁木齐最好的婚纱馆补拍了婚纱照。聂发军突然就害羞了,那样子就好像第一次见到李玉莲穿上雪白色的裙子的情景。

那一刻,就好像沙漠上出现了彩虹、夕阳挂上了笑容。连衣裙意外地合身,而且是完美的搭配。那少女,尖尖的下巴骄傲地扬起,柔润的唇边闪着一抹淡淡的微笑,那一刻,聂发军迷上了这个少女。

"你发什么愣呢,爸爸?"聂磊问道。

"聂叔，你是怎么来的青河？"话匣子就这样打开，就好像电影一样放映在青河的上空，孩子也许都听不懂，但我都一一记在心里。

5
Chapter

老杨

　　此刻的南方，细雨绵绵不绝，新疆最西北的青河县已是冰天雪地。如果一切不曾改变，或者回到二十年前，那么我们一家四口会在西伯利亚的冷空气下，烧着柴火，喝着奶茶，遥望家家户户炊烟升起。回忆起那段日子，我最怀念的人是老杨。

此刻的南方，细雨绵绵不绝，新疆最西北的青河县已是冰天雪地。如果一切不曾改变，或者回到二十年前，那么我们一家四口会在西伯利亚的冷空气下，烧着柴火，喝着奶茶，遥望家家户户炊烟升起。回忆起那段日子，我最怀念的人是老杨。

1

老杨叫杨长根，他父亲杨锦山毕业于中国人民大学，参加过抗美援朝，20世纪60年代响应国家号召，从北京支援到了青河。老杨1970年坐上火车到青河找他父亲，谁知道遭后妈嫌弃，长期吃不饱饭，便在四年后到卫东公社下乡，接受贫下中农再教育。1976年，老杨在新疆尼勒克服役，任副班长，参与修建了独库公路。

1979年，老杨因为身上长满红点儿住进师部医院开始治疗。住院三个月没治好，去军区医院检查是银屑病。回到师部继续治疗，治疗了半年没效果，还得了"三怕"——怕冷、怕热、怕风。1980年3月，老杨从师部带病回到青河县，县政府把他分配到一个牧场供销社，任管理员。

1981年，老杨通过媒人介绍认识了于兰花，老杨坦白了自己有皮肤病。于兰花问自己父亲:"会死人吗?"父亲说:"不会。"于是结婚。

1989年,老杨去了阿勒泰党校接受再教育,回到青河后当了一名记者,给各大报纸供稿。1990年,老杨成为青河县粮食局主任,同时把家搬到粮食局,三间平房一个院子。1994年,老杨被调到青河县宣传部任副部长,成为宣传青河的第一把手。

这些都是我后来才知道的。

我初中时,每一次大雪天,学校都会组织学生清扫马路,积雪被牛马压成块,清雪如同搬砖,要用铁锹砍成四方形再撬出来搬到路边,上午两节课都不一定能做完。南疆的学生要摘棉花,北疆的学生要清雪,谁也逃不了。那时零下三十多摄氏度,道路两边积雪比人高,雪也比砖硬,打个雪仗搞不好头破血流,好在棉服从头裹到脚,也感觉不到疼。

他老远就喊我来,我想谁也不会拒绝一个要烤火的可爱的小男孩。老杨对我说:"你坐在那个板凳上,那儿有报纸你可以读,顺便再帮我用老虎钳子夹几个煤块放到炉子里。"

小镇人民订阅的所有报纸都是先到这个办公室,再从老杨的手里分发出去,老杨是这个县城最早知道全国大事的人。老杨读完报纸就在本子摘抄记录,他的桌上有厚厚一摞稿纸,有时候我晚自习放学回家,还能透过窗户看到他借着头顶十五瓦的小灯泡发出的光,一字一句地誊抄。泡一杯温热的黑砖茶,点一根报纸卷的莫合烟,沙沙沙的轻响中,两种青烟,各自袅袅。

但我不是听话的孩子,我放到炉子里的是一个大雪球,发出嗞嗞的声音,一下子煤炭就灭了。老杨的脾气大,提着扫帚追着佯装要打我,他边追边喊:"你个勺子(傻子)么,你想把我冻死吗?"

后来再去办公室我都很老实,因为烤炉上多了几个玉米,烤得外焦里嫩的,大老远我都能闻到清香。老杨知道我最爱玉米,抓着玉米举到高处让我把试卷拿出来,过八十分才让吃。每次吃的时候老杨总是一脸慈祥地看着我说:"当年哪,我们逃荒,玉米棒子都抢着吃,吃完不消化就拉肚子,拉出来玉米粒子洗洗再煮着吃,你可要吃干净。"

老杨这么一说,我就舍弃了玉米,爱上了炉子上的土豆。

久而久之,在寒冷的冬季,我也爱上了坐在屋子里读书。外面飘着雪,炉子里闪出有温度的光芒,我蹲在炉子旁边认真看《人之初》与《妇女生活》,这也许就是为什么我比同龄人更招女孩喜欢。

有一次青河二中征文比赛,我求助了老杨,我参赛的征文是《一朵云彩》,用尽了我当时储备的所有词汇,从云彩的形状到特性以及它的美好,都在我笔下展现。那一次老杨给我讲解了"的、地、得"和"再、在"的用法,得到了老师们一致的嘉奖,其实写云彩是因为我喜欢一个女孩,她名云。最终比赛我获得了二等奖,第一名是马史写的《我的部长爸爸》,原来亲情比爱情更有说服力啊。

那之后,我更加关注老杨,他的名字常见于新疆的各大报纸,年底一定是优秀通讯员或者记者。这个小县城里的"象棋村""拉屎遇到狗头金""阿尼帕收养孩子""漂流乌伦古河"等素材最后都成为老杨笔下的故事。他骑着一辆"二八"自行车穿行在青河大街小巷,记录着每一个有价值的故事,回到办公室再写成稿子。每一次的稿子都要投三五家媒体报纸,他就会手抄三五遍,每篇稿子字迹工整。他小心翼翼地折叠放进信封里，再点一根莫合烟，抽一口后，用舌头舔一下邮票背面，贴在信封上，一并塞到邮筒里。

冬天大雪封山，出县城唯一的路常常会因为积雪变得不通畅。一篇新闻寄出去少则一周多则半个月，新闻都变成了旧闻，只是在当时县城发生的故事都是慢悠悠的，就和这路途一般。通常一篇稿子从青河到新疆各地，再从新疆各地变成报纸铅字回到老杨的办公室都要二十天左右，老杨不紧不慢，把报纸上署自己名的那则新闻剪下来，贴在一个又厚又大的笔记本上。

青河很小，道路两边白杨树林立，一到夏天就漫天飘着杨絮，就好像棉花一样落在你的身上，又像蒲公英一样到处飞舞。县里开大会，讨论是否砍掉道路两边的杨树。老杨站起来坚决反对，每一棵杨树都代表了一个生命，它们耐生长，它们滋润大地，树树有声。

一向平和的老杨大闹了县领导会议，不过最终的结果还是每一家负责砍伐三棵树。小镇的人全部出动，年轻人砍，老人捡柴火，小孩围着砍断的树面数年轮。

我记忆中，树根都很深，每次都只能先把树拦腰砍断，再挖树根。老杨家的三棵树并没有砍，县领导来的时候对他大发雷霆，扣一个月工资。几个人要砍树，被老杨拦下，在拉扯中，老杨哽咽着喊道："让我再看一眼树。"老杨站在树下，他抚摸着杨树，抬头仰望，就好像最后的告别一样。

后来他告诉我："杨树不枝不蔓，不骄不躁，扎根在贫瘠的土壤中，随处发芽，随遇而安，早春开花，与世无争，多么像那时候我们的生活。"

2

在小镇的中心有一座商贸城,在它旁边有个小摊位,一个老头摆了一副象棋,输了五角,平局二角五分。老杨如果不写稿就会在那里下棋,老杨喜欢穿一双布鞋,一件发旧的西服,蹬着一辆自行车,把自行车停在路边,一下棋就会忘记回家。

那可能是县里唯一的娱乐场所,总是站满了各种各样的人,甚至有牧民把马车停在路边围观,老杨是象棋高手,在那里手下败将无数。有一次从塔拉提来了一个老汉,老杨死活下不过,老汉临走时对老杨说:"在我们村,我也排不上前三。"

后来,老杨蹬上自行车背着一袋象棋就去了塔拉提,真的遇到了三个高手。没多久"塔拉提有一个象棋村"的故事就上了报纸,他拿着报纸给老汉看,说:"下不过你,但我能报道你。"

也是下象棋的时候,老杨无意间听到了一个故事,一个叫阿尼帕的老人收养了很多的孩子,他就跑到了阿尼帕家里采访,那篇稿子登上了《中国民族报》。很多年后,阿尼帕成为"感动中国"人物之一。

那摆象棋摊儿的老头我也很熟悉,没人的时候就会摆个残棋,笑眯眯地对我说:"来破残局,赢了我给你二元,输了你给我一元。"我就揣着家里给的买课外书的钱站个半天,每次都输得1毛钱不剩。

如此几次以后,老杨知道了这件事情,就在办公室里摆出残棋一步一步地破。后来我去找那老汉破残局才知道他已离开了这个世界,我再也没有机会赢回我准备买娃娃头的钱。

老杨也会教我很多课本上没有的知识。他喜欢问我一些问题，而我总是答非所问。他从不会不耐烦，总是认真地纠正我。

老杨和我说这些的时候喜欢抽根烟，一脸神奇地告诉我他最喜欢的还是报纸卷成的莫合烟，那些没有他署名的报纸都会被卷成莫合烟。他笑着对我说："生活祥和，来根莫合。"

老杨会说一口流利的哈萨克语，每天骑着破自行车出去采访，牧区放羊的孩子都认识他，老远都和他打招呼，邀他骑马。老杨骑多久的马，小孩就能蹬多久老杨的自行车。

老杨喜欢摄影，结婚十年里买的唯一贵重的就是一个专业相机。他随时都会把那个相机挂在脖子上，晚上就去县城唯一的名叫"永生"的照相馆洗照片。久而久之，老板和老杨成了朋友，老杨也学会了自己冲洗胶卷。照片里有他孩子的微笑、他媳妇腼腆的样子，更多的是青河的山山水水与青河质朴的人们。

老杨领个稿费都会骑着自行车驮着媳妇欢天喜地去邮局。老杨的媳妇是粮食局的收银员，工作不算清闲，但福利总是很好。夏季分的西瓜堆满了床底，冬天分的白菜和土豆堆满地窖。时不时拿一些麦子回来喂鸽子，老杨家的院子里养了几十只鸽子、兔子和鸡，老杨的媳妇每天都背着一个算盘，比老杨更会盘算生活。

小镇上的很多人知道他们的爱情故事。1978年夏天的某一天，刚下完了小雨，在小青河的吊桥那里，两人第一次见面。媒人的介绍方式是让两个人一起去捡蘑菇，双方都很腼腆，只顾低头找蘑菇，不敢多看对方一眼。整个林子的蘑菇都找完了，两个人也不舍得离开，老杨说："你看这里还有一个蘑菇冒出了头。"一直到天黑,那只蘑菇才长大,他摘了下来送给了女孩。

见面之后相互都有好感,但是都不敢主动联系对方,直到一天老杨得病住院,有朋友找到女方说:"于兰花,你对象住院了,你怎么不去看看?"当天下午她推开了老杨病房的门,老杨说:"我都一周没吃上热饭了。"女孩从此给老杨送饭。从粥到馒头,她都是骑自行车以最快的速度送到老杨那里,看着他把饭吃完。老杨就每天给她写一封情书。老杨的媳妇说:"要不是他文笔好,当时的我可不缺媒人介绍对象。"

老杨出院后,开始讨好女孩。有一次,他看到牧场一户人家有罕见的乌鸡,老杨特想买两只乌鸡送给女孩,但他的请求被这家主人拒绝了。老杨不死心,一次次上门求鸡,最后主人问了情况被感动了,送了老杨两个乌鸡蛋。当乌鸡蛋孵出小鸡后,老杨就送到了女孩的单位,这些小鸡真的稀罕。小鸡长大以后,老杨和女孩正式确定了婚事。老杨用牛粪、敌敌畏,还有芨芨草熏走了宿舍墙壁上成堆的蚊子,他们就在那里完婚。

当时,老杨的媳妇所在的粮食局需要一份总结报告,他媳妇主动推荐了还在供销社干活儿的老杨,结果老杨出色地写完了材料。局长发现了老杨的才华,很快提拔他当上了办公室秘书。

后来,老杨家就搬到了粮食局。老杨家的邻居是蒙古族家庭,老杨一直很乐于和他们交往,因为媳妇总是用一些黄瓜、大豆、西红柿换取马羊牛肉。老杨总是把院子里的菜种得漂亮又合理，做饭还很美味，这让蒙古族的邻居羡慕不已。他们起先是不吃菜的，觉得那是草的一种，后来看得多了也觉得吃菜很不错。

邻居是冷库的库长，库房里面冷冻的牛羊肉足够我吃一辈子。逢年过节，他从仓库里出来时总是提个羊腿，老杨就提一壶酒默契地去敲门。

通常邻居仰头举杯一饮而尽，老杨就埋头撕肉细嚼慢咽不亦乐乎，吃喝到高兴时还能高歌一曲。当响亮的《小白杨》响起，这就代表邻居和老杨喝高了，然后各回各家，收拾餐具和残局。酒宴都设在邻居家，邻居唱着唱着便倒头鼾声大作，即便是耳边打雷身淋暴雨也毫无影响，对接近二百斤的大胖子，两家人只能叹而观之。

老杨时常会给我描绘他在巴音布鲁克草原当兵时的生活，还有草原上那令人迷醉的美景。一群人在那里放羊、种田、盖房子。草原一望无际，那里的牧民给他们送肉送奶茶，他们就还回去各种蔬菜。

在我认识老杨的日子里，从没见过他穿短袖，整个夏天无论多热都是长袖。办公室的柜子里放着各种各样的药，都是治疗皮肤病的。

不过老杨的媳妇并不在意这个。老杨的媳妇爱笑、爱聊天，和谁都能聊两句，尽管老杨有皮肤病，但在她的眼里，认为医学再发展二十年，肯定会治好。青河的日子就是那样简单，那个年代的爱情也就那么简单。除了在院子里种菜，老杨还养了几十只鸽子，他从来也不舍得吃，只把它们赶出去练飞。老杨的媳妇在家闲余时，会缝制一些鞋垫和毛衣，那鞋垫非常耐磨，在寒冷的地方非常保暖。

老杨在青河名声在外，走到哪里都有人打招呼，小镇就那么大，所有人都觉得老杨一家人会过上幸福的生活。

3

许多年后，我离开小镇到处求学，也带走了我最纯真的回忆。海棠果随着粮食局院子消失了，菜窖随着高楼消失了，西红柿酱随着院子消失了，就连做饭的鼓风机都随着火墙一起消失了。

每次擦鼻子都觉得纸不干净，绑在脖子上的手帕去哪儿了？每次吃土豆都想起老杨办公室里的炉子，每次吃西红柿炒鸡蛋，就想起了家家户户用吊瓶装着的西红柿酱，那几年医院最怕丢吊瓶；每次吃着用天然气做出来的饭，就在想一定不如用鼓风机吹着火苗做出来的饭好吃。

可我们都回不去了。

我想起了鸟巢禅师那首诗：

> 来时无迹去无踪，
> 去与来时事一同。
> 何须更问浮生事，
> 只此浮生是梦中。

伴随这些消失的还有老杨。如果你现在再去青河，问起那些老青河人，一定会说起原青河县委宣传部副部长，这个叫杨长根的人。

他们都会说，他是一个有才华的人，可惜英年早逝。

1999 年 6 月，因为长期吃乙双吗啉来控制皮肤病，导致急性白血病。老杨被送到北屯的医院，抢救无效离开了人世间，那一年老杨 44 岁。他去世的时候我并不在身边，听说咽气之前还念叨着工作。

那一年我才 15 岁，他的葬礼我去了，几乎小镇上的所有人都去为他送行。大家都说他英年早逝。老杨被埋在小镇的后山，那里埋的都是最早开垦边疆的人。

后来，还和青河的老领导聊起他。老领导说，1998 年，老杨的稿件被区内外各大报纸录用 534 篇，他走后，整个青河的新闻滞后了 10 年。

4

2016 年的春节我回到了青河，一群好友在牧场闲逛拍照，一个老牧民老远就喊我，我走了过去，他握着我的手问道："你是杨长根的儿子吗？"我用力地点点头。他说："你父亲是个好人。"我低头喃喃地说："他是一个好人。"

是的，老杨是我的父亲。

那天，被马史叫了出来，说要品尝青河最纯正的牛肉馅饼。在二中旁的那家小店里点了奶茶和牛肉馅饼。马史说："这家店你还记得吗？我们曾经常逃课筹钱来这里吃饭。"

这碗奶茶把我拉回了从前的日子。曾经家家户户订牛奶，都是早晨新挤下来的鲜奶，有时候牛奶里还会漂着牛毛，送牛奶的是个很腼腆的牧民家的孩子，能听懂一点儿汉语。父亲常常开玩笑地对她说："我们要的是牛奶兑水，而不是水兑牛奶。"新鲜的纯牛奶煮熟了都能漂着厚厚的奶皮，我最爱吃的就是奶皮子，觉得那就是人间美味。

有时候奶也会坏掉，漏掉水就变成了甜奶疙瘩，我每次都特矛盾，因为我们总觉得甜奶疙瘩也是人间美味，但吃奶疙瘩就喝不上奶茶了。有时候喝不完，父亲就用多余的牛奶做酸奶，那时候的酸奶真酸，要放很多糖才能下肚。

一壶奶茶和几个包尔萨克饼构成了青河人的生活味道。茶是砖茶，奶是真正的纯牛奶，再放些许盐熬出来。从小镇出来以后，我最怀念的就是那里的牛奶，因为奶变了，茶变了，生活味道也就变了。

我喝着奶茶，低着头。马史问我："怎么了，为什么不说话？"我说："这茶是真的砖茶，奶是真正的纯牛奶，可就是有点儿烫，烫得眼泪都快下来了。"

朋友给我介绍起青河的发展，曾经的平房早已建成了一座座漂亮的楼房，他说："这路灯换了好几茬儿，这次最好看。"

我说我还是怀念有树的日子，他问我为什么。

我不知道，我什么都没说。

有树在，可以夏天避开阳光，冬天避开飘雪，春天看到雨露，秋天看到落叶。小时候，我特别喜欢雨天在小树林里转悠，小镇的雨天那么少，在树林感受雨带来的湿润和温和是至今都难以忘却的。

我一个人从小青河一直走到大青河，再从大青河走到山后面，去看山看水看看父亲的坟，收拾一下四周的杂草。父亲离开后，生活虽有困顿，但我和老妈更多的是想念。

老妈在我上学的时候,给我写信说:"你老爸一辈子的辉煌,是不是也有我的功劳?"我说:"是的,青河的建设离不开你们的贡献。"

我的父亲杨长根,当兵时参与修建了如今壮美的独库公路——那是一条牺牲了一百六十八名官兵、伤残了几千人才谱写出来的壮丽之路。至今,父亲在部队时获得的那张奖励卡还被母亲保留着。

父亲参与青河新闻报道以来,先后获奖五十余次,被各类杂志录用稿件二千余篇。即使担任中共青河县委宣传部副部长,也时刻不忘记自己是一名普通的新闻工作者,他经常骑着自行车,下到基层一线采访报道。

爷爷杨锦山,参加了淮海战役、渡江战役和抗美援朝。1960 年,响应党的号召,从中央地质部办公厅档案处调往了新疆青河,1961 年至 1981 年任中共青河县委宣传部部长,为青河的宣传做了一辈子的贡献。

谁还会记得这青河小镇的故事,在中国靠近蒙古的边界上,在准噶尔盆地东北边缘,在阿尔泰山脉南麓。他们,一代又一代的人,建设边疆、支援边疆,把青春和生命都贡献给了这片土地。他们是最应该被怀念的平民英雄。

有时候,一个人静静地坐着,就会想起青河那些熟悉的场景,它们在我记忆中一尘不染。习惯在深夜看着窗外月朗星稀的夜空,想起父亲,内心平静安详。夜阑人静,空气轻轻地流淌,吹拂着回忆,像童年时父亲的抚摸一般安逸。

5

不知不觉间,父亲离世已有二十个年头,从他离开那天起我开始独立成长,面对这个世界,妥协与容忍,屈辱与荣耀,以及思念。

父亲,永远都活在我心里,留给我的印记陪伴我一生。

父亲,遗传给了我银屑病,让我经历了他所经历的生活。

我曾经问过医生:"为什么是我?"
医生反问我:"为什么不是你?"

年少的时候总会犯一些错误,父亲的方式就是打,不打不成才。身边有啥就拿啥打我,用过扫帚、凳子、毛巾甚至棒子。老爸离开前的一个月,我因为打架被通报,胆怯地回到家里。

"吃了吗?"
"嗯,没。"
"快去吃点儿饭,以后回家别太晚。"
"嗯。"
"以后别打架了,你也打不过谁。"
"嗯。"

我低头站着，老爸并没有打我。我想，他或许期待我们可以有一些交流。如果我知道那是我们第一次谈心，也是最后一次，我会好好地道别。多少年来，我都在幻想老爸还在，我们能来一场敞开心扉的父子交流。

父亲的手稿都焚烧成灰，只留下来一个笔记本，每一张纸的两面都贴着剪下来的报纸，都是署着父亲名字的报道。今年除夕无意间弄掉了一张报纸，发现笔记本上有老爸的字迹，有一段是这样写的："我知道很多药对自己有副作用，甚至会引发别的疾病，但我都要尝试一遍，找到最有效果的，这样我的小孩就不用和我一样吃那么多药，还不好。"

爸爸，银屑病是你留给我最好的印记，让我时刻想起你，它让我知道你生活里的煎熬与坚强，你的痛苦与无奈，也让我成为更好的自己。

爸爸，你不知道我有多想你！

一看见别人一家子团聚热闹总是会有几分羡慕，这些年我从来不看讲述父爱的电影，那些细微之处能立刻击穿我的内心，让我不知所措。

如果你在的话，我们一家子肯定坐在一起过年。和你一起谈论人生，说起生活的点滴，那才是最完整的家。

二十年辗转尘世，历尽坎坷和创伤，爸爸你看到一定会心疼的，儿子学会了坚强，也学会了悲伤。爸爸，如果你再见到妈妈的话，一定认不出来了。妈妈老了，头发都白了，可是妈妈每天都还在念叨着你的名字，和你曾经共同度过的生活。

爸爸你在天堂还好吗？儿子替你写了书，替你成了作家，爸爸，骄傲吧？

爸爸，金笔陪伴着我，那是我最想念你的方式。

我想你了。

"我知道很多药对自己有副作用,甚至会引发别的疾病,但我都要尝试一遍,找到最有效果的,这样我的小孩就不用和我一样吃那么多药,还不好。"

6 Chapter

绿茵少年

新疆男人在我看来最不擅长的就是悲伤,一旦悲伤起来,就会有人说:"你是儿子娃娃。你是站着撒尿的男人(要像个男人的意思,儿子娃娃是值得新疆骄傲的男人)。"大部分新疆男人的标签就是豪爽、大方与勇敢。很多年来,我都觉得新疆男人也有悲伤,那悲伤来源于足球。

2019年4月，在长沙民间足球赛上，我因一个惊世骇俗的倒钩成了长沙野球圈的知名球星，小视频刷爆了长沙各大足球群，也登上"懂球帝"当周十佳进球的番外篇，抖音点击量两百多万。

最让众人津津乐道的，飘逸的凌空一射是在挺着大肚子的情况下完成的，挂靴十年后，我用了近一年的时间以一周两赛的方式重新捡起了足球，也捡起了80后的青春。

当天收到了我的老队长——当年青河一小和二中的队长努尔波力的鼓励："劳道呢（新疆话俗语，厉害的意思）兄弟。"我回复道："谢谢队长教会了我倒钩，现在还能耍个帅。"要说起我的足球生涯，不得不说的一个人就是努尔波力。

1

努尔波力是我们青河县小学汉校里面不多的哈萨克族人，他家人自小让他学习汉语，上汉语学校。就因为他的存在，我们一小在县里小学足球比赛中，对阵二小，改写了多年不胜的历史，靠他的一脚任意球绝杀了比赛，获得了冠军。

当年他有很多的绰号,有人叫他"铁头",有人叫他"铁腿"。有一次别人打他,棒子敲在他头上都敲断了,那人就用自己的头撞他的头,最后他啥事没有,那人进医院缝了十几针。他的头给我留下了深刻的印象,无论飞来的是球还是石块,你都能感觉他想用头顶一下。

那时候,卡洛斯风靡全球,他和卡洛斯一般个头,身高一米六八,罗圈腿,走路永远内八字。最重要的是他踢的任意球和卡洛斯一样,炮弹一般飞出去,没人敢挡,所以关于他到底是铁头还是铁腿,至今江湖还有争议。

当然他对我的印象也非常深刻,我就是那个传说中"把球给我,我要回家"的孩子。那时,县城就三五家商店,每家一旦进一个足球就会有一群小伙伴围着,在橱窗外打量,大胆的还会进去摸上一两下。要知道我们小时候,大部分人的球感是在冬天上学的路上踢羊粪蛋,至少羊粪蛋还是圆的。所以要有人带个球走在路上,后面肯定有一群小伙伴哄着。那时为了引起大家注意,我死缠烂打地让家人买了一个足球,自此谁不听我的话我都会说:"把球给我,我要回家。"但这招对努尔波力完全没用,他问我:"你想进小学足球队吗?"

他这句话让我乖乖地把球留在了球场。踢足球是阿勒泰地区冬天最受欢迎的运动,因为阿勒泰地区有漫长的冬季。雪地里踢球是儿时最多的回忆,累了就趴在雪地里吃一口雪,雪的味道我至今都能想起,微甜,入口即化。

我从来没有想过为什么那么热爱足球，只记得小学三年级举行班级球赛，当时气温零下三十五摄氏度，全场就我一个人，既是啦啦队队员，又是球童，还兼观众。在冰天雪地中，我冻得鼻涕直流，终于感动了努尔波力，他把我招入了班队。到了五年级时，因为我不怕与高大的后卫冲撞，甚至在一次比赛中与对手铲球时被撞晕过去，被校足球队教练沙勇敢老师招到足球队成为球队的替补。

每年夏季都会有一场全县小学足球比赛，有从塔肯什口岸来的蒙古族的球队，有从冬牧场来的还拿着马鞭子的足球队，还有不知道从哪里来的鞋子都不穿的足球队，每年比赛的决赛冠军都是在我们汉族足球队与县里少数民族足球队之间产生。

决赛会吸引全县所有人来观看，有孩子的家长、牧区的老者、粮食局的搬运工、带着鹰骑着马的牧羊人、放羊的娃、送牛奶的小女孩，他们将球场围得水泄不通，场景不亚于一年一度的阿肯草原弹唱会。

连续三年我们都败给了少数民族学校，因为他们自幼吃肉身体好，决赛中的大部分时间我们都是防守，小部分时间也是防守。不知道的人远远看过来就以为我们在踢半场球。

第四年，在努力波力的带领下，我们赢得了比赛，成为学校历史上的第一次。所有球员包括替补都被带去吃了一顿包子，吃光了包子铺所有的包子。

现在说起那场比赛还会让人心潮澎湃，但唯一让我遗憾的是我没吃上包子，因为在小组赛中我进了一个乌龙球，他们说我根本没脸吃，就把我刚要放到嘴里的包子抢走了。

2

初中那年，努尔波力有意识培养我们的技术水平，在动不动就是几十厘米的大雪里他叹气道："我们就从倒钩开始练习。"厚厚的积雪如同海绵一般，飞再高摔下来也不疼，他就把球扔到空中，要求我们倒地的时候双臂和后背一起撑地避免受伤。

那时候，尽管我们学习了倒钩，但在比赛中，我们更多的是把球一脚踢远，在雪地里你技术再好都不如别人一个大脚。这对我产生了深远的意义，上大学后第一次参加院里的比赛，教练问我以前踢什么位置，我说前锋。踢了半场以后，教练就把我安排到了后卫，说："你这脚劲那么大，不踢后卫多可惜。"

足球是我们小镇为数不多的全民热爱的体育运动，每天早晨八点天蒙蒙亮，大家就都会在县转盘中心踢球。那时候县城的交通工具只有马车与自行车，大家不分民族，很自然融洽地在一起踢球，足球也是我们沟通的最好桥梁。很多年后，我们曾经的那些对手都会邀请我们参加他们的聚会与婚礼，很大原因就是在足球场上的表现让他们竖起了大拇指，他们会把你当成很好的朋友。

上大学时，很多认识我，但不知道我名字的人都叫我"小新疆"。我很喜欢这个名字，因为别人这样喊我的时候，总有些女孩投来惊奇的目光。那些和我一起踢球的朝鲜族的朋友都叫我"羊肉串"，因为在延吉的新疆人基本都是烤串的师傅。我不介意，毕竟我也姓杨。

初二那年，正好是1998年世界杯，我和努尔波力穿着棉胶鞋踩在雪地里到处打探，谁家爸妈不在就混到谁家去看比赛。但看的也只能是重播。努尔波力抱着足球对我说："我也要成为一名足球运动员，我要为国争光。"

也是在那一年，我有了自己的偶像，也是我人生中唯一的偶像——巴乔，即使他射失了所有的点球，他也是我的偶像。他的画像被我贴在了墙上，陪伴了我整个青春。我在他的画像上一笔一画地写上：坚持就是胜利，挺住意味着一切。

努尔波力没有考上高中，但他以体测第一的成绩考上了自治区体校，专业学习足球。他在体校里养成了一个习惯，就是别人跑圈，他在球场中心用头颠球，别人跑完了，他的球还没落地。

2002年世界杯，中国队一球未进，一分未得。在寝室里看完所有比赛的他，抱着足球找到了系主任斩钉截铁地问道："怎么样才能为国效力？"系主任说："需要被伯乐发现才会有机会。"

他反问道:"伯乐是谁?有电话吗?"

那一年,他的技战术、身体素质、团队意识,以及个人能力早已得到学校所有人的认可。他回青河参加过一场比赛,以一己之力击败了一个队,也成为当时的传奇人物。

在我们县,传奇人物是会受到尊敬的,沙勇敢老师和努尔波力都是。比如你坐在酒吧里喝酒,会有人送酒过来。那时候,我们都不知道出路在哪里,但我们都觉得努尔波力会闯荡出一片天地。

在高中,我也有了自己的外号,我是当时全中学唯一的汉族球员。他们给我起了一个外号叫"夏利"。在当时的阿勒泰,大家唯一知道的车的品牌就是夏利,走在街头看到一辆夏利车都忍不住回头打量一番,何况夏利车和我一样底盘低。可能这样说你才明白,那相当于在这个时代大家叫我"法拉利"一样的感觉。

3

大学一年级暑假,我在北京见过努尔波力一次。我们站在天桥上看着车来车往,从来不学习的他用蹩脚的汉语说了一句:"北京真是车水马龙啊。"我当时差点儿跌下天桥。

他有一个很大的特点,就是从来不和任何人联系,但是在任何地方都能找到我们的同学。他站在北京大学某个宿舍门口,把哈力木吓了一跳,理了光头,一脸横肉。体育课上,哈力木和同学们跑圈,他一个人站在操场中间用头颠球,最后老师都不跑了,看他表演。

后来,他又在大连理工大学找到了别克,在北京公安大学找到了赛尔江。他都是突然出现,又突然消失。

后来的日子,他去过全国大部分地区,只要那里有足球俱乐部。

他去了长春,人家在铁栏里踢球,他就在外颠球,时不时地喊叫一声引起大家注意,最后保安把他哄了出去。

他去了大连,毛遂自荐跑到俱乐部领导办公室里,他拿着球,穿着一双破鞋在办公室里表现起来。领导并没有正眼看他,他灰溜溜地离开。

他去了广州,在路上他听别人的话,买了一条烟,送到了教练那里。那烟不值钱,却是他最后的希望,教练并没有收他的烟,好心地问他要了联系方式。

他去了很多城市,抱着足球,穿一双早已破烂的球鞋。一瘸一拐地走着内八字,晚上就睡在公园的椅子上,饿了就买一个饼,他希望有一家俱乐部能收留他。

2006年世界杯，所有人都选择了站队，为自己喜欢的国家足球队加油。我选择了西班牙队，因为西班牙古老的斗牛让人迷恋，西班牙的球员好像人人手里都有一把剑，他们拒绝狂野，用一种细腻打动了所有观众。我给努尔波力发了QQ留言：你支持哪个队？一个月后，我收到他的留言：我支持中国队。

在浪迹了一年后，终于有一个球队收留了他。陕西的一家俱乐部，在试训了三个月后跟他签约了，每个月工资二千元，管吃住。在他看来，只要有球队要他，有没有钱真的无所谓，能吃饱肚子，能上场踢球，他就谢天谢地了。

只是我并没有在电视上看到他，甚至连名单里也没有看到他的名字。那几年中国足球臭不可闻，领队说只要他上交五万元就可以踢上主力，踢上主力后就有可能参与赌球，赚更多的钱。

努尔波力问了家人，即使把全家族的牛羊卖掉都不够五万元。

于是他喝多了酒，打了领队。一群球员把他围在一起踢，踢他的脸，踢他的腿，他蜷缩成一团喊道："中国足球不死！中国足球不死！中国足球不死！"

2008年的《春晚》上，赵本山问宋丹丹，什么让人揪心？足球。什么最让人揪心？中国足球。我还给努尔波力打了电话，他已经回到青河当了小学体育老师。他说:"沙勇敢老师老了,总要有人接班去带孩子们踢球。"

新疆男人在我看来最不擅长的就是悲伤,一旦悲伤起来,就会有人说:"你是儿子娃娃。你是站着撒尿的男人(要像个男人的意思,儿子娃娃是值得新疆骄傲的男人)。"大部分新疆男人的标签就是豪爽、大方与勇敢。很多年来,我都觉得新疆男人也有悲伤,那悲伤来源于足球。

每次在网上看到很多人的评论,中国足球有希望吗?中国足球的希望在西部,我都能感受到深深的凉意,我们细数着几个在国内踢得不错的新疆球员,盼望着有一天,在新疆这片土地走出来一个真正的足球队。

那时候,乙级联赛在新疆举办过几场,我去过的一场,是在乌鲁木齐二宫体育场。当时震惊了全国,是因为四万多球迷到场呐喊。我第一次在现场玩人浪,也是第一次被呜啦呜啦的呐喊声感动。一个老人坐在我旁边像个孩子一般欢呼雀跃,他还用很不流利的汉语对我说:"我们球迷捐款,不能让新疆足球缺钱啊。"

讽刺的是,那一年新疆球员站在火车上回家的照片,通过微博赤裸裸地摆在了公众面前。我就想起努尔波力对我说:"在冰天雪地的土场地上,少年队员在训练,他们无一例外地穿着棉胶鞋奔跑在雪地里,不知疲倦。"他说:"那些孩子踢得越高兴,我心里就越难受。"

有一天半夜,我收到了努尔波力的短信:"你在外面要是出人头地了,也带着孩子去踢踢球,长长见识。"

巴西著名作家保罗·科艾略曾经说过:"足球让我变得偏执。"可是中国足球让整个国人都迷失,让新疆男人悲伤。

4

2014年,一个公益组织委托我给小镇的小学送了三十个篮球和三十个足球。我与努尔波力见面,岁月拿他确实没脾气,他一如之前的老气,只不过眼神有点儿呆滞,肚子鼓着。他和我站在人群中,我把东西分给了一群孩子,谁知道有一个孩子抱着篮球到我面前说:"叔叔,为什么这个足球那么大?"我当时特别难过,我说:"大的足球大孩子踢。"然后我看到一群孩子在踢着篮球,那么认真,那么开心。

他和我聊天的时候,一群小孩在篮球场踢着篮球,踢到支撑篮筐的柱子上就算进球。那股劲儿和我们小时候热爱足球是一样的。

我问他:"你后悔吗?"

他说不后悔。他说,总要有人做先行者,也许并没有蹚出这一条路,但这也是鼓励后来者唯一的办法了。

回到乌鲁木齐,马史说他要拍一个新疆足球题材的电影,我自告奋勇地说我一定要参与到这个故事里。可每次提起,我心里都特别纠结。几百年来,在同样的土地上,这些孩子为了足球依旧会赤脚,依旧在尘土飞扬抑或冰天雪地的土地上激情地奔跑,开心地踢球。

还好,在所有人的努力下,我终于看到一群孩子在柔软的草坪上肆意地奔跑,那是他们梦想的起点与摇篮。

努尔波力就是为足球而奋斗的人。2012年到2015年之间,他带领青河一小获得地区小学的四连冠。2013年到2016的四年间,在北疆校园足球比赛中,都获得了前三名的成绩。

"2019全国第二届青年运动会"u18岁组足球比赛中,努尔波力教练带着阿勒泰的小伙子们终于走出了阿勒泰,在全国的比赛中拿了第三名!小伙子们把奖牌都挂在了他的脖子上。我是在微博上看到的这个新闻,我在那一条微博下留言:那是我同学,那教练是我同学,那教练是我的老队长!

那一刻的喜悦就好像回到了少年时光,努尔波力带着我们赢得了青河少儿杯足球赛的冠军。

足球是一辈子的事情,还好,中国足球不死!

很多年后，我们曾经的那些对手都会邀请我们参加他们的聚会与婚礼，很大原因就是在足球场上的表现让他们竖起了大拇指，他们会把你当成很好的朋友。

7 Chapter

回到1984

　　第二天晚上，在私人微信群里，我们探讨着切胃会不会对性生活有影响。我们聊着等他好了，快点儿回长沙。最后他发了一条：趁夜幕还没来临，好好活明白；我的夜幕已经来临，我先上。

1

1984年的春天,在风沙漫天的吐鲁番地区的大河沿车站,秀姐忍不住摸着肚子,回望站台,眼泪在眼眶里打转。

比这再早一年,秀姐坐了六天七夜的绿皮车,也是在这个大河沿车站,结婚两年只见过两次的老公在这儿接她。秀姐很少坐火车,一路上吐得死去活来。硬座一路坐下来,腿肿得跟大象腿一样。接上秀姐,一刻没停,两个司机轮番开车一路颠簸,花了一天的时间到了马兰基地。

马兰是硕爸当兵的地方,离和硕很近。李硕的名字就是这么来的,小名疆疆。秀姐也就是在马兰探亲期间怀上的李硕。李硕就在这时期,降生在只有不到三千人的和硕县苏哈特乡。

我比他稍早一个月出生在靠近蒙古的边界小镇。即使都在新疆,这两个地方距离也有一千多公里。许多年后,我们在异域他乡见面,我问他是新疆哪儿的,他问我:"和硕知道吗?"我反问:"在和田那里吗?"他问我:"你是新疆人吗?"我反问:"你知道青河在哪里吗?"他支吾不语,过一会儿,他对我说:"我的家就在马兰基地。"

确切地说,李硕的出生地是在离博斯腾湖(中国最大的内陆淡水吞吐湖)只有二十五公里远的马兰基地。在外地的很多年里,除了遇到新疆老乡,别人问他老家是哪里的,他都说马兰基地。在他出生的二十年前,第一颗原子弹就在这里实验成功,马兰基地因此被外人所知。

给他童年留下最深印象的还是无边的戈壁滩。他所在的苏哈特,是蒙语红柳滩的音译。在干旱的戈壁滩里,红柳和芨芨草顽强地生存着,而这里的人们也如红柳一般,不怕风吹沙打,扎根、繁衍。

小学毕业之前,李硕都像是在父亲的背上度过的。给他留下印象的,除了漫天的灰色沙尘,就是差点儿要了他命的哮喘。他瘦小,胸闷,没办法和小朋友一起打闹玩耍,只要天气好一点儿,父亲就会一把把他背在肩头,沿着乡里转悠一圈。乡里邻居好心,用拖拉机把他们父子俩拉到了博斯腾湖,父亲抚摸着他的头说:"等你好了,一定要出去看看,海比这里大几十倍呢。"一直到初中,李硕才摆脱了哮喘的困扰,从父亲的肩头下来,踏在土地上,独自背着书包去上学。

后来很多次,我都试图和李硕聊起他的童年,童年对我来说是所有快乐的源泉,但对他来讲却是灰色的,就好像马兰的永久沾染区一般孤寂与荒凉。

2

考上了乌鲁木齐的新疆大学后,李硕原本瘦小的身躯长到了一米八。

他在大学里一刻都不停歇，组建户外社团，又在校外户外俱乐部做兼职，协助户外爱好者游新疆。不但从中赚到了生活费，又在大学期间走遍了新疆的山川河流。有一次，他协助一支日本的登山队攀登慕士塔格峰，站在美丽的帕米尔高原上，面对辽阔壮观的雪山，他冒出一个兴奋的念头：这一生，要做一件很酷的事，就在户外领域。

新疆似乎并不是他的羁绊。和其他在外地上学、纠结回还是留的新疆孩子不同，2006年大学毕业以后，李硕背着双肩包只身从乌鲁木齐搭车去了西藏，又从拉萨坐了三天三夜的火车跑到广州。他并没有人脉或者资源，只知道广州有比较成熟的户外自助的消费人群。他想利用西部自然资源的差异化，结合俱乐部模式，把沿海发达地区、境外的目标人群带到西部去，做高端定制探险的新疆游。

第二年，他从广州来到杭州，已经小有收入。这一年，老外消费收缩，国内旅游慢慢起势了。他放弃赚钱的项目，投出了人生中的第一份简历，去了杭州最火的"19楼"论坛，做旅游版块的运营、策划与销售。他想更加深入地了解互联网，从互联网的角度去审视户外领域和旅游行业。

如果2013年移动互联网没有来临，如果李硕没有那么大的野心，以他当时的能力和业绩，可以在杭州过上很好的日子，不用焦虑不用奔波，娶一个杭州女孩，过上令很多人羡慕的一生。

那时的他一心想创业，放弃了高薪，拒绝了别人的邀约，他要做自己的公司，要建立一个俱乐部！与传统户外俱乐部不同的是，他要建立一个户外旅行的小规模互联网公司，以期依靠互联网系统工具运营，做到提升效率的同时，还能降低技术成本。

3

2013 年盛夏，在杭州滨江某小区物业公司二楼的沿街阳台，简单的铝合金围出一个办公室。环境非常简陋，一有车路过，办公室咣咣响，两个大排风扇拼命吹，几个人盯着电脑汗流浃背地拼命写代码。就这样，李硕拉上另一个新疆老乡——他的兄弟郑义，两个完全不懂技术的人，带着几个小伙伴，想要创建一家针对户外业务的互联网公司——小毛驴科技。

创业第一笔钱是向他另一个兄弟颜伟阳借的，十万元。公司就从负债十万开始了，这个公司的定位是要开发国内首家针对户外俱乐部的 SaaS 系统——驴管家。但以当时的技术能力和资力，去开发这样一套系统根本不可能实现。

这群小伙伴，拿着 SaaS 系统的理念，干着建站的事情，不计代价地拿下了第一个标杆客户——王石创办的深圳登协。能签约的很大原因是当时的负责人看重这个敢想敢做的团队。

其间李硕参加中国登山协会年会，一个户外行业的老牌互联网公司负责人看到他的产品，把李硕拉到房间。意思是把团队合并起来，一起干大的，公司估值会很高。还承诺会帮他把之前投入的清了，给他股份。

负责人还派合伙人来了杭州一趟，李硕也去了这家公司深入了解了一趟，最终还是放弃了。李硕不想跟小伙伴前脚吹牛讲要做个多牛的公司，后脚就把大家给卖了，关键啥都还没做出来。

但是这件事让李硕明白，要找投资，要接触投资人。他一边做业务，一边搞产品，一边找投资人。见好多投资人，数量都记不清了，聊完就修正，每次会面都会引发李硕更深入细节的思考。

李硕第一次是在微博上物色了一知名投资人，找到其邮箱。"像模像样"写了第一份商业计划书，一周没回复就再发一次。直到有一天，投资人回复一句话给他："自己玩玩好了，你这项目不用融资。"

面见的第一个投资人，是《产品经理修炼之道》的作者费杰给李硕介绍的黄云刚，那时黄云刚刚投完"快的"。毕竟是老乡，关系近了一层，一起吃了个饭。但回复是市场太小，比较难。

也是通过费杰，李硕认识了瀚奇。2014年年初，一次在车上，瀚奇说："李硕，我把车卖了，投你点儿钱怎样？"李硕苦笑着说别开玩笑了，内心压根儿没当回事。没多久瀚奇拉着朋友来看李硕的项目，结果真的把自己的卡宴卖了，和路也、晓红给小毛驴科技众筹了第一笔种子投资资金60万元。

2014 年 3 月，李硕有了真正的团队，SaaS 系统的开发提上日程。谨小慎微地扩展、连哄带"恐吓"在全国户外俱乐部中推广这个他们还没整明白的 SaaS 系统。

同年 6 月，在系统应用推广到 1000 家时，小毛驴科技获得了来自魔漫相机天使投资人翁晓冬的百万级天使投资。

此时，大众创新、万众创业进入高潮。身边很宅的人都开始像模像样地跑马拉松了，玩滑雪、玩潜水的人也多了。驴管家大规模地现身于全国重点区域推广俱乐部系统，各种荣誉、创业奖金也扑面而来。

同年年底，在驴管家推广到 6000 家左右的时候，团队内部出现分歧，合伙人走了，公司遭遇了发展危机。李硕找了小白，正式邀请他加入。小白放弃了阿里巴巴几百万的期权，加入了小毛驴科技。

经过梳理，大家一致认为，俱乐部 SaaS 系统需要投入更多力量，围绕俱乐部做深度服务，做成变现接口。到了年关，小毛驴科技拿到了千万级机构的投资。

之后的 2015 年，是李硕最疯狂、最焦灼的一年。出于对技术、模式、数据焦虑，很快公司人员扩编至 50 人，最多时达 70 人。要知道，无论拿多少钱，像这样的公司，生命周期都是以月计的。

本来就一万多家像样的俱乐部，还都不成规模、体量，不足以支撑小毛驴科技前期对市场的设想，有数据、有增量，但变现能力太差。想从不赚钱的商家手里赚钱，得有多难。李硕每时每刻都在盯着公司的生命周期，每天只有四五个小时的强迫睡眠。

不能在焦虑的时候做大决策。李硕和团队决定，换种角度，通过技术工具做桥梁连接。一头整合服务供应商，一头找用户。帮供应商找的用户，总可以多分点儿吧。

同时在 2015 年 8 月，没有经过验证的情况下，荡客——小毛驴科技面向消费者的子产品上线，它是一个为户外爱好者提供户外线路和活动的 App。

4

这一年，荡客在新疆推广的负责人是大雄，他负责对接俱乐部的领队。我跟他是在李小娜的"小隐"吃饭时相识的，他抢着买单的精神感动了我和马史，从此走得很近。也知道他的老板是新疆人，叫李硕。我就把我在职大的办公室一分为二，免费提供给了荡客的员工，那时候我的人员和他的人员加起来勉强像一个公司，我也时常为荡客的宣发出谋划策。

我问大雄："为什么叫荡客？"

他说："所谓荡客，是想用一批有着户外生活理念的爱好者，去影响更多年轻人加入。它可以成为一个社群，一种人群标签……"

我打断他的发言，慎重地问道："不是因为你的老板比较荡吧？"

那时候，我并不知道荡客陷入了困境，也不知道李硕面对那么大的压力，我只是觉得牛，一个新疆人可以在杭州立足，靠自己融资做互联网App已经可以吹一辈子的牛了。

那一年，在大雄的安排下，我和马史与李硕第一次见面。我们四个属鼠的人一见如故，我们在西塘喝大酒，吹牛，完全看不出来他的公司接近倒闭，我甚至还对李硕说："乌鲁木齐办公室的房租就算我对你的前期投资了。"我对商业一窍不通，只是和李硕沉醉在老乡情意里。

荡客倒闭以后，李硕和我聊起那段日子，一条战线拆两条，重点多了和没有重点一样，都做不好。整个创业过程最焦虑的时候从荡客上线就开始了，每天都游走在崩溃的边缘。数据、流量、变现、模式、团队，问题越来越多，更不要说用户体验了。

现实很残酷，在挣扎、焦虑中艰难前行，更大的风险接踵而至。没有盈利，不够直接、环节太长，无意义的用户增长带动不了盈收。

2016年初，耗尽二千万后，李硕又借了投资人一百多万发工资，融资失败，熬到最后选择关停项目。五月清理完公司，累计负债几百万，员工补偿、供应商催款、投资人借款……这一跤让李硕跌入了深渊。

除了偿还债务，大半年的时间李硕几乎不说话，就这么呆呆地坐着。无论是对自己的失望、反思、崩溃还是迷茫，李硕都在经历着一个失败者的自我救赎。

最终他选择在那一年回到新疆，回到马兰基地。奋斗了十年的李硕回到了自己的出生地，在那里度过了最安心的三个月，家乡给予了他力量，他决定从头开始。

5

2017年，我们都在经历着各种状况。大雄在几个公司之间摇摆不定，马史在拍片子的同时也学着与投资人沟通。这期间，李硕调整了状态，开始做荡客特卖，投资人依旧对他充满信心，他带着大雄在杭州、沈阳、天津等地做特卖会，卖一些户外用品、帐篷、防潮垫，一次展会下来精疲力竭。大雄时常不接电话，我想我们都有新的开始，但依旧为生存奔波着。

2018年过完新年，我承诺组建的公司并没有和大雄兑现。他有新的选择，一家互联网公司高薪聘请他，年收入三十多万。这个时候，李硕给他发了信息，年后要到长沙去，和罗静组建一个新的公司，这是一个翻身的机会，让兄弟挺他一把。

过完年，我一个人跑到重庆，住在青旅，在陌生的城市里写书稿。大雄给我打电话："要不你来长沙，我和李硕租了一个大房子。你可以住，继续完成书稿。"

于是,我在长沙又见到了李硕,一头长发,精瘦高挑,白天奔波在各种事情中,深夜会给我和大雄炖牛肉。吃饭时,他帮我梳理各种事情,教我商业谈判中的技巧。即使他负债累累,但从他的脸色中看不到疲倦,我们也时常聊起我们的家乡,各自的小镇,聊起我们那时的生活。

2018年4月18日,我的生日。马史去一个蛋糕店,对服务员说:"买个最便宜的蛋糕,过生日的人81岁了,买个做做样子。"据说差点儿买成模具。那个晚上,大雄、马史,还有李硕给我过了"81岁"的生日。李硕那一天并没有去拿化验单,他刚在医院里做完检查,我们四个人还说要在长沙做点儿事,要完成各种目标。

我想,如果那天我看到了李硕的化验单,一定会把蛋糕丢到垃圾桶里,这辈子都不会再惦记生日这件事。

我总说,长沙会是我们的福地,我们四个出生于1984年的人,会在这里有一番作为。可是就在我过完生日的第二天,李硕的化验单上写了两个字:胃癌。

第二天一早马史飞回北京,落地时接到我的电话,电话那头他说:"求求你了,别骗我。"我也接到大雄的电话,他在电话那头说:"我腿软,我该怎么办?"

我一直觉得有李硕这样的新疆老乡,我在长沙也心里有底。我一直觉得未来有机会我们会一起做事,甚至我都想了公司必须是李硕主导。

晚上回到屋子里,李硕哽咽着问我:"吃鸡吗?"我和大雄,还有李硕组局玩"吃鸡"游戏,我怎么也瞄不准人,怎么也保护不好李硕。玩了几把以后,大家都放下了手机,陷入了沉思。

我多么希望我们能继续一起吃把鸡,好截图留个纪念。

他习惯性地点根烟,被大雄掐灭。然后就坐在那里一声不吭。

第二天,我陪李硕去了医院,拿着所有的化验单,办理转院手续,看着瘦高的李硕无助地站在医生面前。等他出门以后,医生拉着我说:"快点儿手术,太年轻了。"

我们站在医院门口拦出租车,车水马龙就是打不上车,我和李硕就站在路边,李硕忽然拍着我的肩膀说:"能活一年就好,多一天就是赚的。"马路上车来车往,我转过头掀起T恤抹眼泪,但怎么擦都擦不干,就低着头喃喃地说:"没事,没事,会好的。"

我不知道他有多能忍,一路上安慰着我,好像化验单上是我的名字。

他一定没有多坚强,父母已年迈,还在马兰基地;孩子才上小学,还在杭州。

我也不敢直视大雄的眼睛，他的眼眶为什么那么湿润。

第二天李硕请团队里的所有人吃饭。他亲自买菜，亲自下厨，一桌子菜，新疆大盘鸡色香味俱全，每个人都赞不绝口，可是我吃到嘴里为什么是苦的。我吃了一口就放下筷子，其他人并不知道什么情况，我也只能假装淡定。

他一口没吃。自此，他与这些辛辣食物绝缘了。

他对我说："总是想奋斗个结果出来，现在好了，就想好好陪陪家人。想赚点儿钱，再去好好检查一下。"他说，总会还的。他说，料到了这一天，只是没想到来得那么快。

第二天，他收拾好行李，我送他去了高铁站。他对我说："兄弟，一定要照顾好自己的身体。"临别前，我给他一个深深的拥抱，站在大厅里一直看着他，直至他从我的视野里消失。

回杭州没几天，我看到李硕微信头像变了，变成一张充满帅气、阳光的写真。如他所说，他要给孩子、身边的人留下最美好的样子。

第二天晚上，在私人微信群里，我们探讨着切胃会不会对性生活有影响。我们聊着等他好了，快点儿回长沙。最后他发了一条：趁夜幕还没来临，好好活明白；我的夜幕已经来临，我先上。

无语凝噎。

李硕回到了杭州，接受胃切除手术。把癌细胞全部切除吧，大风大浪都过来了，这点儿事算什么。

突然想起他离开长沙的时候，在电梯里对我做了个鬼脸，对我说："我见过得胃癌的人，最后都要瘦到皮包骨头，比这个鬼脸还可怕。"我说："你别再吓唬我，我可不想别人知道我被一个鬼脸吓得哇哇大哭。"

那一刻，我看着他的眼睛，里面有失望和迷茫，但更多的是向往。他做户外就是想去看更多的世界，却在这一路上磕磕绊绊。

李硕回到了杭州，我和马史、大雄常常陷入沉默。我想等他病好了，再次回到1984年，重新认识这个世界。那时我们刚出生，看看属于我们的马兰基地和我们的童年，还要给小时候的自己一个大大的拥抱。

回到1984。

8 Chapter

丫头子

我爬着一样冲上了舞台，拿着吉他唱着蹩脚的歌曲。台下人起哄着骂道："哪儿来的卖沟子的，又矮又丑还胖得没边，快滚下去。"很快我的歌声被淹没在嘘声中。没调的旋律，没谱的歌词，但它就那样出现在我的脑海中，我一个字一个字地把它唱出来。

我爬着一样冲上了舞台，拿着吉他唱着蹩脚的歌曲。台下人起哄着骂道："哪儿来的卖沟子的，又矮又丑还胖得没边，快滚下去。"很快我的歌声被淹没在嘘声中。没调的旋律，没谱的歌词，但它就那样出现在我的脑海中，我一个字一个字地把它唱出来。

1

马蛋蛋是我表白的一个女孩，在新疆这个到处是帅哥美女的地方，表白是需要勇气的。马史时常鼓励我："你要坚持，表白过百，我就不信没有瞎眼的。"

和马蛋蛋表白是在她家楼下，我记得那里——新疆乌鲁木齐青河路社区汇嘉园小区一家哈萨克馆子，喝奶茶。我说："你看，你住在青河路社区，青河是我家，这不就应该和我在一起吗？"马蛋蛋小巧玲珑，笑起来如风拂面，会把你吹得心花怒放，说话又轻声细语，这就让我表白得理直气壮，而且我还加了一句：鸡下蛋一定沾粪，粪蛋不分家，永远在一起。

我经历过很多次表白失败，比如我在牛肉面馆请客是怕人财两空，人家丢一句吃牛肉面还想泡妞就转身走人；比如我下定决心吃烤羊腿，表白后，刚从羊腿上割下块肉，还没等吃，女孩就拿着刀子直勾勾地看着我，看得我毛骨悚然。马史总是对我说："看开点，毕竟你是一个连自拍都需要勇气的人。"

但是马蛋蛋不是那种人，她温柔地递过来一句话："你是好人，但我们不合适。"我听过很多拒绝的理由，什么扁豆面旗子想进宴会厅，什么馕上放烤肉，你以为是比萨。还有更多的情况都应了马史那句话：杨奋的女性朋友特别多，因为一旦表白，女孩总会说，我们还是做朋友吧。所以马蛋蛋的话温暖到我，像春风一般安抚着我。我说："别怕，其实我不是好人。"

我真的不是好人，年少时，哪怕表白失败都会在女孩家门口吹一晚上口哨，在与马史三十多年的交情里，他对我的定位从人渣演绎成为千斤顶。他总是劝我，在女孩沉默并不回绝，还和你有点儿千丝万缕的关系时，一定要当机立断，避免钱包不保人财两空。

"那为什么是千斤顶？"我问道。

马史淡然地看我一眼说："换备胎用的。"

难怪！好几个女孩让我帮忙去买避孕套，最后开房的时候却没我什么事。

但马蛋蛋却是我在乌鲁木齐这个充满套路的城市里见到的，唯一愿意当千斤顶的人，并不是因为她可爱的脸蛋、清水般透彻的眼睛，更不是因为她翘翘的屁股动人的身材，而是她愿意陪我去水磨沟散步、爬红山，去二道桥闲逛,还愿意吃烤羊排、喝奶茶、看电影,并且每次都抢着买单,抢到脸红脖子粗,私下好几次我认真地说:要不你把钱发红包给我,男人都是要面子的。

马蛋蛋是大客户经理,在鄯善出生长大。鄯善是世界上唯一与沙漠相连的城市,常年炎热干燥,她自幼就希望有一天被埋在大雪里而不是吃沙子。那一年冬天,阿勒泰冰雪节,她负责在冰雪上雕刻一个广告logo,而我以微博达人的身份过去蹭吃住,一群人站在阿勒泰将军山山上看着一望无垠白雪覆盖的大地,天空正飘着雪花,几个人在堆雪人打雪仗,就她瑟瑟发抖,我说:"怎么了,太冷了吗?"马蛋蛋很紧张地抓住我的胳膊问:"下雪天会打雷吗?"

我在阿勒泰地区生活了二十多年,遇到过暴雪、风吹雪、雨夹雪、冰雹夹雪、三天三夜大雪,但还是第一次听到这个问题:下雪天会打雷吗?

在寒冷的西伯利亚冷空气的吹拂中,马蛋蛋就好像小鹿一样,活泼可爱,脸蛋冻得红通通,伸手接着落下来的雪花,就好像把沉甸甸的生活接到了手里。

下山以后,马蛋蛋指着湛蓝的天空说:那片云彩飘得好快,阿勒泰就是不一样。我面色尴尬,因为有一个大大的烟筒被眼前的楼房挡住了。也许因为沙漠里没有牛羊,在车上马蛋蛋兴奋地喊道:你看那匹马,过马路不怕车。顺着她指的方向一头牛慢腾腾地从车前走过。

我忍不住喊道:"你是傻吗?"

马蛋蛋低着头就好像犯了错的小孩一样回答我:"你养吗?"

2

有一次,因为男方身高问题被马蛋蛋家人极力反对,那段恋爱她谈了两年,家里人以各种理由反对。她就拉着我去了国际大巴扎(意为集市、农贸市场),要了一个石榴汁,喝了一半她哭着对我说,你也算新疆半个诗人,送我一首诗吧,我想了半天,就在纸上写道:

天,
蓝扆子的;
云,
白扆子的;
不见你,
想扆子的;
见到你,
烦扆子的。

妈妈佛,
新疆丫头子,
爱吗爱扆,
不爱吗算扆;

爸爸佛，

儿子娃娃，

去吗去尿，

不去吗算尿。

（注："尿"只是语气助词，没有实际含义。）

从那以后，她变本加厉，只要我不配合，就会站在人群中对我喊，杨奋，你个卖沟子的。喊得我不知所措。

比如乌鲁木齐下起了大雪，她就站在友好商场的门口，仰着头伸着手接雪花，然后问我："为什么要接雪花？"我支支吾吾地说："因为雪是孤独而又肆无忌惮的，你接住雪花，它就有了归宿，在你温暖的掌心。"她满足地看着我说："那你接一手雪花送我。"乌鲁木齐寒风凛冽，路上行人行色匆匆，还不时地回头看我在那里接雪花。后来马史对我说："你还不如当个卖沟子的。"

比如，秋天的乌鲁木齐落叶满地，她会拉着我去植树。在南山的脚下，她拿着一棵小树苗，我用铁锹吃力地刨开一个坑，她就问我："为什么秋天来植树？"我心想勺子吗，但是看到她认真并且随时可能爆发的表情，我回答："小树苗在秋天里会感受到沧桑、无助与寒冷，就好像我们的父辈，他们开垦这片土地并不一定是在阳光明媚的夏日，也许在冰天雪地里开垦了荒地，小树苗会感受更多的凄风凉雨，也会更加茁壮成长，变成参天大树。"马蛋蛋满意地看着我说："记住了，它是用羊粪施肥的，它如果死了，就别让我再见到你。"

更过分的是马蛋蛋拉我陪她去相亲，那是一条不归路。从相亲网站到亲戚朋友家人的介绍，从火车南站到地窝堡飞机场，只要有个男孩，马蛋蛋都恨不得上去问一嘴，结婚吗。

有一次，马蛋蛋去见一个相亲男，约在了乌鲁木齐的瓦伦丁西餐厅。马蛋蛋先到，坐到了无烟区，相亲男来的时候已经迟到，还对她说："谁让你坐无烟区了。"马蛋蛋说那个晚上是她最无语的时刻，相亲男把烟灰弹到地上，油嘴滑舌，一会儿服务员长，一会儿餐厅短的。到了晚上，马蛋蛋突然收到了相亲男的短信：结婚以后，你要努力照顾家。马蛋蛋并没有回，第二天早晨便接到了相亲男的电话："你为什么不和我生孩子，你知不知道喜欢我的女孩排成排了？"马蛋蛋不会骂人，回了句神经病，就挂了电话，当天晚上收到了相亲男的短信：我恨你。

马蛋蛋无奈地问我，为什么找一个能托付终身的人就那么难？

有的相亲男赶时间，就把她约到公交车车站，匆忙见了一面就地立刻赶公交车去了，把马蛋蛋扔在八楼的二路汽车站台那里不知所措；有的相亲男通过不同的人介绍，见了三回，彼此恨不得通上高压电，就把终身大事定了；还有相亲男对她认真地说：我们结婚吧，但我是同性恋，以后你过你的生活，我过我的生活，相安无事一辈子多好；还有相亲男消失出现又消失；还有感觉不错的，但是前女友离婚与相亲男在一起，把马蛋蛋扔到了儿童公园哭鼻子。

这一年里,我陪着马蛋蛋相亲不下三十次,每次都得去,不得不去。后来的很多次,马蛋蛋都当作工作的一部分,每次相亲完,我都会陪着马蛋蛋去吃爆辣的米粉,一直吃到眼泪流下来。马蛋蛋不会难过也不会高兴,只会傻傻地对我笑。我就安慰她说:"我要是能说服你爸妈,分分钟把你娶回家,一秒都不等。"

3

马蛋蛋工作的地方在人民路新宏信大厦,从珠江路下河滩到人民路桥没有红灯,我每次都会在她问有没有时间一起吃饭后,二十分钟到她楼下。

她知道我这个穷酸作家没有太多收入,所以每次都会主动买单。从人民路走到南门巷子里,吃黑白肺子、手抓羊肉、爆辣米粉,她喜欢吃肉,无肉不欢。周末的时候,她会叫上几个好友去她家吃海鲜,她家附近有一个北园春海鲜批发市场,老板娘从来不会缺斤少两。我说,丫头子不应该做汤饭、油馕吗?她并不反驳,而是在海鲜之余做一顿美美的粉汤。

她的楼下总有几只流浪狗,每次出门都会围着她转,因为她总是留一点儿肉在骨头上,下楼时喂给狗吃,而我总是把骨头啃得干干净净,她就很嫌弃我。马蛋蛋说，有一天，有钱了，就买一个院子，养几只流浪狗，在院子里种满花花草草。

我非常相信她会种满花花草草，因为我们一起去过那拉提草原，在一片薄荷地里，她让我分辨有几种薄荷，问题是我连薄荷都不认识。她俯下身子，挑一片光滑的薄荷让我闻，形容它的味道。

"清新，如果用两个字去形容。"
"就这么简单？"
"虽然还没有泡入茶杯，但它已经在我心里，浸泡了整个夏天，迷人的香味如同童年的回忆，还像翩翩起舞的蝴蝶，它没有牡丹的雍容华贵，也没有茉莉的娇小纯洁，但它是那样顽强。最重要的是薄荷饺子也比较好吃。"

一花一世界，在那拉提草原上马蛋蛋忘记汗血宝马、空中花园，但记得每一种花草的名字，她会深入山沟里采树莓和野蘑菇。她会安静地看看每一种花草，就好像风中凌乱的芦苇，苍苍、萋萋、采采。

马蛋蛋站在乌鲁木齐的红山上问我："你能看到什么？"
"我看到这个城市车水马龙，也看到了这个城市的悲欢离合。"我说。

马蛋蛋站在那拉提草原上问我："你能看到什么？"
"我看到苍茫大地，生机盎然。"我说。

马蛋蛋自言自语道:"如果我是一只鹰,翱翔在天空,我能看到什么?"

在乌鲁木齐的街头,我和马蛋蛋走在街上,看到一个卖水果的高喊着:"五元一公斤,不甜不要钱。"我问马蛋蛋:"想吃苹果吗?"
"想是想,可是我们把零钱都花完了,就剩打车钱了。"
"嘛事没有。"
我走到了水果摊位上仔细端详着每一个苹果,然后认真地问卖水果的:"有不甜的吗?"

事后我真的拿了一个大苹果放到马蛋蛋手上,但是苹果背面的一半都已经烂掉了。她捧着苹果说:"生活多像这个苹果,越是早熟,越是烂得快。"

那段时间我天天缠着马蛋蛋,等她下班以后,同事都走了,就陪她一起回家。马史问我:"你是她的跟屁虫吗?"
"不是,我是她的守护神。"我辩解道。
白天我都是小心翼翼地和她交往,生怕被别人知道。
她问我为什么。
"我不想影响你找男朋友。"
"那你会一辈子跟在我屁股后面吗?"
"我跟在你屁股后面是为了挡住马史的目光,他总是盯着你的屁股不放。"

路灯洒下似纱似雨的光芒,在这座城市有一个女孩与你互相鼓励,让你开始在意这座城市的点滴,我把这种感情告诉了马史,马史说:"你不要再耽误我们新疆丫头子了。"

4

有一天,马蛋蛋突然辞去了工作,她说要去外面看看。临走的时候,我送了她一个书包,里面全部是馕。我说:"如果有一天,你吃不到新疆的汤饭,至少还有一书包的馕让你垫肚子。"

马蛋蛋去了青岛看到了大海,给我发照片说:"这是不是你曾经站过的地方?"风吹散了她的头发,脸蛋依旧红通通的。她的身后就是金沙滩,远处是辽阔的大海,她对我说:"青岛确实比青河繁华,沙漠里的绿洲也不如大海边的沙滩舒服。"吃了扇贝、海蟹、大虾,还和我抱怨,乌鲁木齐北园春海鲜批发市场还是有点儿贵。青岛夏天有海风,冬天有暖气,她说:"难怪你那么喜欢这里。"

马蛋蛋学着我写了一首诗:

> 有防鲨网的海边,
> 就有细沙,
> 人们在这里玩水嬉闹。
> 我喜欢礁石密布的海岸,
> 只有我和渔民,

游客是路过他们的生活，
而我是在经历。
天蓝海辽阔，
生活在远方。

马蛋蛋去了北京，她说一个人走，世界越繁华自己越孤单，地铁里挤满了人头，连阳光都被高楼遮住了。她问我："你还会北漂吗？"我沉默了好久后说："也许岁月会带走那份勇气，但没有根的地方，哪里不是漂？"

马蛋蛋爬了泰山，她说登高的时候让人心空空的。看着大自然的一切，人太渺小了。低头看到那么多熟悉的花草，却没有人陪她一起鉴别。

最后马蛋蛋去了吉林，给我发来熟悉的背景照片。我来你的大学了，这里的炒面竟然是酸甜口味的，烤串竟然是木扦子，教堂下面没有卖烤红薯的，松花江的水也不清澈，你是不是应该给我写首诗？

我说，你的路线是我规划的。
她说，我不管。

于是我认真地写了一首诗：

　　我觉得，
　　你男朋友就是风，

会轻轻抚摸你的脸庞；

我觉得，
你男朋友就是风，
带给你空气的清新，
吹乱头发。

而我，
在没风的地方，
陪你看风景。

不知道她看到这首诗没有，反正再也没有给我留任何消息。

那段时间我正创业，想做个新疆特产网，把新疆的大枣、葡萄干、哈密瓜、香梨、和田玉卖到全国。整个人陷入了极度的焦虑中，时常为发不出工资而叹息，也会因为不参加聚会而被人嫌弃，渐渐地便躲藏起来，偶尔马蛋蛋发一两条短信也全当没看见。

马史说得对，每个人都有自己的生活，不去刻意打扰应该就是最好的成全。而我想马蛋蛋也会有她自己的生活和幸福。

后来，有一次马史开车拉着我经过开发区，他指着路边一个花店对我说："那是马蛋蛋开的，你要不要去看一眼？"我拒绝了他的好意，马蛋蛋曾经对我说，如果没了工作，就在乌鲁木齐开一家花店。还逼着我给她写花店的祝福语，我说你开了就写，她说你写了就开。

于是我在她的记事本上写过这样的一段话：

总有一天，沙漠开出了鲜花，你的情话如同流水，滋润着花开花落。趁着回忆还有温度，想念还未封存，开一个花店，用一株草，一瓣花，一片叶去编写密码，让城市留在春天里，续写你我的故事。

这都是鬼扯，沙漠里开不了鲜花，连水都没有。乌鲁木齐也没有春天，一到冬末整个四季都会乱象。但我没有想到的是她真的开了一家花店。马史说，她开了一家花店，还嫁给了一个爱他的小伙儿，过上了想要的生活。

时常路过牧羊人烧烤店，想起她一个人能吃掉一公斤的架子肉，想起她一旦不吃肉就会没有精神。

也会想起她喝醉酒了站在楼下堆雪人，认真看着月亮发呆，还会问我，你看我像不像白雪公主？

想起她吐槽那几个相亲男，并且鼓励我上电视相亲去，默默地在嘴里念叨："你去了，全场灭灯事小，全城停电事大。"

想起她总是要戴着花色的头巾做粉汤,说这才是正宗的粉汤。

也想起她逼着我剪掉乱糟糟的胡须,戴上围巾,说这才是老到的新疆诗人该有的样子,想起她在班的书店里逼我看一些哲理书而不是我爱看的小说。

5

熬过了冬天,我的公司彻底倒闭了,解散了员工我回到青河休息了一段时间。牧民从冬牧场赶着骆驼队去了春暖花开的地方。风,从我身边刮过发出梦魇般哭泣的声音,戈壁滩上芨芨草顽强地生存,也一起迎接春天的到来。

回到乌鲁木齐我又继续过着邋遢的生活,按照马史的说法我就是有点儿文化的盲流。我挺喜欢盲流这个词,因为会看到这个社会最真实的一面。

年前的时候,我收到马蛋蛋过马路被车撞了的信息,马史开车把我拉到了黄河路中医院,在那儿我看到了满身伤痕的马蛋蛋。

嘴上插着吸管,车祸伤到了胸腔,她听到马史说杨奋来了,缓慢地睁开眼睛看着我,我握着她的手久久没有说话。

她闭上眼睛，医生说没有生命危险，但要多休息，在出门的时候我看到她流下了眼泪。这是她出门旅行回来后我第一次见到她，这一别有两年了。我曾经幻想过无数次再见面的情景，都不是这样的脸色苍白如生命最后的尽头。

对不起，我欺骗了大家，马蛋蛋是我的女朋友，在阿勒泰将军山上她对我说，如果你能接住一把的雪花，我就做你的女朋友。那一天，我们开始恋爱了。

我们曾经一起努力争取家人的同意，有一次，马蛋蛋壮着胆子告诉她妈妈："我喜欢了一个男孩。"她妈妈对她直接说道："那个男孩家庭那么差，还有可能遗传的皮肤病，你怎么想的？"寒假的时候，马蛋蛋的妈妈就把她禁足了，不让出门。每天我只能和马蛋蛋发短信，每天晚上我都会站在她家楼下，和她在窗户上对望一会儿，一直冷到全身打战站不下去才回家。马蛋蛋是近视眼，为了让她看清楚我，我都会穿上红色羽绒服。终于有一天，她答应了她妈妈去相亲，我才有机会陪着她。

她也曾拉着我跪在她家人的面前，说我们会好好在一起一辈子。但是，我还是被赶出了家门。

马蛋蛋对我说："如果你结婚当天新娘不是我，我就穿着一条红色的连衣裙，你们宣誓的时候站在礼堂上看着你们。当司仪问新娘愿不愿意，我就大声喊我愿意。"我笑着对马蛋蛋说："中式的婚礼是拜天地，不说愿不愿意。"马蛋蛋依偎在我身边,捶我一拳说:"那我不管!"

马蛋蛋去了外地,她说让我们好好冷静一下。可是在外地我们无时无刻不在发信息,每天晚上我们都会视频,每天晚上我都会看着她睡去再挂掉视频,她问我:"关掉灯,看不到我,为什么还要等我睡着?"我说:"听到你的呼吸声,我才能安然入睡。"其实马蛋蛋不知道,也或许她知道,在她睡着的时候,我都会给她念一段诗才去睡觉,那些话只有她睡着了,我才有勇气说出来:走在乌鲁木齐的街头,我总想牵着你的手,从下雪天一直走到炎炎夏日,只有我们在一起,我才能知道自己存在的意义。

马蛋蛋喜欢吃螃蟹,每次买了螃蟹都会让我把螃蟹扔到锅里,躲在我身后抱着我,问我会不会太残忍。她不敢看锅里正在挣扎的螃蟹,却无辜地问我:"要不要放点儿盐?"

马蛋蛋抱着 iPad 看韩剧,她总是会被一些小细节惹哭,哭得就好像她是里面的主人公一般,问我你爱不爱我。马蛋蛋是双鱼座,爱幻想,爱做梦,她会靠着我的腿哭着哭着就睡着了。
"你说,我们会分开吗?"
"傻孩子,我不是在你身边吗?"
"奋奋,我累了。"
"那就睡吧,我会一直陪着你。你怎么还不睡觉?"
"奋奋,我怕醒过来,你就不在我身边了。"

乌鲁木齐发生了一次轻微的地震，马蛋蛋哇的一声扑到我的身上，吓得哭起来。我笑话马蛋蛋："你真没出息，一个微地震就吓成这样了。"马蛋蛋生气地让我解释："杨奋你给我解释清楚，要不我把你从八楼扔下去。"我说："那是因为，因为你怕，你怕失去这么美好的生活，你怕我被压在倒塌的废墟下，你听不到我的声息，你看不到我对你笑，你会恐惧，会难过得喘不过气，所以你哭了。"

乌鲁木齐没有春天，马蛋蛋会在家里摆满花盆，种上喜欢的鲜花。马蛋蛋对我说即使外面没有春天，家里必须得有春的气息。马蛋蛋穿上雪白的长裙，在家里欢呼雀跃。

有一次我们俩喝咖啡，我说刚放的《山丘》很喜欢，过了一会儿店里又放两遍，原来她过去问老板，再放一遍可以吗？还有一次吃牛肉面，我要了一份小菜，结果上桌全是豆芽菜，她觉得这样不合理，拿着小菜要服务员把另一半换成更有营养的菠菜。

她会和我两个人包场去唱歌，会强迫我喷香水，抹擦脸油，还会帮我想怎么穿比较得体。和她一起待一天，手机电量最多用百分之八。我不想接电话不想看朋友圈。她心烦的时候吃巧克力，她嗨的时候特别开心。冬天她会把自己的围巾披在我的身上。

马蛋蛋结婚的时候，我在红山公园里喝掉了一箱啤酒，对着马史喊："不是说心情不好的时候，站在红山上看这个城市，车水马龙就会让人忘掉忧伤吗，为什么我那么心疼？心疼到无法呼吸。"

我怎么会是冷漠的人，陪马蛋蛋相亲我多么希望每一次都失败，这样我们还有那么点儿希望在一起。马蛋蛋抱着我哭着说："你怎么忍心让我去相亲？"可，马蛋蛋你忘记了，你怎么忍心让我陪你去相亲？

我们可以改变性格，让外向变得内敛；我们可以改变工作，从打工到小老板；我们可以改变房间的布局，把客厅变成书房；但是我们改变不了马蛋蛋家人的态度。

这三年，我耽误了马蛋蛋，我在她最需要我的时候，选择了离开。

如果下雪天会打雷，我会把闪电涂成七种颜色，白雪飘飞在天空里像烟花一样绚丽多彩。

如果沙漠里会长出鲜花，我会让花开的地方布满玫瑰，让沙漠成为红色的海洋。

如果我们能牵手走过每一个四季，我会带着马蛋蛋去一个有漫长春天的地方，静静地看着大地复苏，万物生长。

下雪天不会打雷，沙漠里长不出鲜花，而马蛋蛋也不会陪我看四季更替了。

6

你一定会保留一些习惯,在你失去的日子里不断地重复。比如会在雪天里接雪,在秋天的时候去南山看护一棵小树苗。

> 走过这个季节第一场雪,
> 张开双臂不断地拥抱,
> 再来没有你出现的地方,
> 只有一棵树苗孤单地生长。

你也会失去一些习惯,在你回忆的日子里不敢触碰。不会再去和女孩表白,不会去吃爆辣的米粉、飘香的粉汤以及脆香的架子肉。

马史并不会理解我这一切,但也不会去问为什么。他说服了我去北京看一看,闯一闯。

临行前,马史带我去了 FM 酒吧,我喝了几口酒,就默默地玩手机,打开了好久没看的邮件,看到半年前马蛋蛋给我发的邮件:

> 杨奋:
> 你是不是还在给哪个女孩写着情诗?你会区分在和再的意思了吗?你在我身边和你再一次见到我是天壤之别。

我去了你的大学，还问了卖水果的姐姐，她在学校里卖了10年水果，我问她还记不记得有个叫杨奋的人，她说记得。记得你每次买上半个西瓜就在操场上啃完再回宿舍，你怕被别人分着吃。杨奋，你的抠门是天生的啊！

杨奋，我去过南山看到我们种的小树苗，竟然还活着，不可思议吧？我开了花店，可是你都没有来送花祝贺，你又跑哪儿喝酒打台球去了？

杨奋，我要拉黑你了，明天我就要结婚了，他是相亲对象里面最帅最高的，虽然你长得歪瓜裂枣，可是他就不如你顺眼，拉黑你是不是就能忘记你了？

杨奋，我又哭了。我以为我会成为你的依靠与未来。我会为你做好每顿饭，我以为我们坚持了，道路就会通向明天，会收到全世界最美好的祝福。可是我们不能在一起。失去你我还有什么，我的温暖就那么多，我全给了你。

杨奋，你知道吗？你再坚持一下，我的家人就会同意了，他们只是担心你这个穷小子照顾不了我。杨奋，你现在发财了吗？

杨奋，你一直说我会是世界上最美的新娘，你明天会来看我吗？你不是说我们的孩子叫杨奋蛋子，霸气还任性吗？

杨奋，如果有下辈子，你还会用那种老土的办法和我表白吗？

　　我要擦去眼泪，忘掉奶茶，忘掉架子肉，忘掉青河，忘掉你的样子。

不会再爱你的蛋蛋

　　曾经那个觉得自己牛×哄哄不会在众人面前掉眼泪的我竟然像个孩子一样哇哇地哭了出来，马史拉着我问："怎么了，怎么了？"台上主持人问道："谁还来献唱？"我高举着双手喊道："我来。"

　　我爬着一样冲上了舞台，拿着吉他唱着蹩脚的歌曲。台下人起哄着骂道："哪儿来的卖沟子的，又矮又丑还胖得没边，快滚下去。"很快我的歌声被淹没在嘘声中。没调的旋律，没谱的歌词，但它就那样出现在我的脑海中，我一个字一个字地把它唱出来。

　　春天我听到小草变绿的声音，
　　阳光柔和得让人迷失方向；
　　你在我面前沉默不语，
　　发丝被风吹起的丫头子。

　　乌鲁木齐不说再见，
　　鲜花不说永远。

你说沙漠也有故事，
埋藏在绿洲的腹部，
雪花的漂泊向往手心的温暖，
落地的瞬间成就了你我。

丫头子，
你是全世界最美丽的姑娘，
不用酝酿，
就想做你的新郎。

9
Chapter

驻疆记者

有些情感，不知不觉，流进了血液里，根深蒂固，与你说的每一句话每一个动作都息息相关，散发着缕缕温情。对新疆，有那么多的标签，但在孙继文眼里，那里已经是家乡。

2018 年，我在长沙见到了央视驻疆记者孙继文，这个湘妹子一口的新疆口音，按照她的话说："在新疆，你要是不能一次吃掉一串用手指粗的红柳枝穿上的带骨头的羊肉串，或者是无法一口气吞下两斤过油的肉拌面……你基本就不太会受欢迎。"

我询问她："你前一阵子在上海报道首届中国国际进口博览会，是不是要离开新疆了？"

她反问我："大家都在问我什么时候回新疆，为什么你是问离开？为什么要离开？是新疆的肉不好吃，还是水果不好吃？"

这个在新疆驻扎了 6 年的湖南妹子，经常被人以为是新疆丫头子。这 6 年里，孙继文走遍了新疆的山山水水，在占据祖国 1/6 国土面积的土地上，她做着新闻报道的工作。我难以想象，帕米尔高原的空气稀薄，阿勒泰山下的大雪弥漫，塔克拉玛干沙漠的荒凉，边界线上的人迹罕至，以及各种突发新闻的第一线，这样一个女孩是怎么坚持下来的？

她说："你真的想知道吗？因为，因为吃。"

"吃？"我疑惑道。"烤包子、拌面、馕坑肉、架子肉、馕、缸子肉、薄皮包子、抓饭等等，每道新疆美食不仅味美而且独特。""你要给我讲什么呢?"

那天,我坐在小龙虾馆里,听孙继文给我讲了三段关于吃的故事。

1

随四季变化赶牲畜转场,逐水草而居,这是哈萨克游牧民族沿袭了上千年的传统生活方式。在新疆生产建设兵团,有一群牧民,他们肩负着特殊的使命,每年冬季要奔赴二百多公里外的边境牧场,放牧、守边。其间,他们要从红山农场,穿越新疆著名风区三塘湖,和八十公里的无人区——寸草不生的黑戈壁,到苏海图边境牧场。刚来第二年,也就是五年前,站长让我和同事走全程跟拍这群牧民的冬季转场。

已经六十三岁的主人公宝汗·艾恩赛根,从 1989 年开始,每一年的牛羊转场他都没落下过。宝汗大叔和家人一周前就开始收拾转场需要的东西,七天路途中需要的吃的、喝的、用的,还有搭建毡房的材料,已经全部准备妥当。

"牧民吃的你肯定吃不惯!一路上他们风餐露宿的,睡帐篷,啃干馕!你可好好照顾自己!"出行前亲朋好友都这么叮嘱我,包括新疆朋友们。我和同事准备一大兜子干粮:桶装泡面、榨菜、饼干、面包、士力架等。想着初来新疆的自己,就参与报道过天山牧民大转场,风雪中采访过赶着牛羊滞留在天山深处的兄弟俩,报道过山边挂满一两米长冰溜子的艰辛转场路……只要能吃饱穿暖，就没什么能难住我。

近年来随着生活条件的改善，牧民定居点也越来越多，很多传统的生活生产方式随着时代也在慢慢地改变着，转场也可能会成为"史书"般的记载！我国与蒙古国在苏海图边境牧场有二十个界碑。从20世纪80年代初开始的军民联合守边传统，一直延续到了现在，牧民在放牧的同时还要流动巡逻。宝汗大叔最割舍不下的，就是长达四十一公里的边境线。从出发到抵达目的地，宝汗大叔他们需要跋涉二百多公里，每天赶着羊群至少行走三十多公里，也就是一天至少要走八个小时。一旦遇上糟糕的天气，不仅没办法正常前进，人和牲畜的安全也会受到威胁。

一想到自己的采访拍摄有可能成为日后珍贵的资料，出发前的我只有满心期待和豪情万丈，哪儿来的畏惧。

趁着天气不错，牧民们第一天就行进了三十多公里。虽然我们有采访车，但是记录式地拍摄和采访都是靠步行。牧民们时而骑马前行，时而下马赶羊，我们跟在后面吃了一整天尘土。看着遥远的太阳，零下十几摄氏度的气温，又冷又饿，终于熬到他们生火烧茶，其实转场路上的牧民并没有准时的饭点儿，走到一个适合栖息的地点，正好又渴了乏了，就停下来"生火"。第一天的第一顿饭，我蹭了刚烧开的水泡了一碗"酸菜牛肉面"，然后就好奇地看他们从各种编织袋里都掏出来些啥。一种黄色菱形的油炸食品最受欢迎，应该是主食，人手抓好几个，吃完了再从袋子里掏。往水壶里搁上一把茶叶，煮好后倒入牛奶。我们拍摄的主人公宝汗大叔拿出几个花色不同的、还有些缺口的碗给大家倒上热奶茶。我和同事也席地而坐，捧着泡面和饼干，跟大伙儿侃大山。

有个小伙子从一个大布袋里掏出来一个小袋子，打开来是几层小塑料袋装着粉末状的东西。他用手抓了点儿粉末放到碗里冲水，又把碗晃动了几下，一碗稠糊糊飘着莫名香味的糊糊就调制好了。我问他吃的是什么，原来那是用各种干果、豆子、芝麻磨好的粉末，营养丰富且美味！这不就跟我们平时买的芝麻糊、杂粮粉是同样的东西嘛！难怪闻起来那么香！宝汗大叔抓了几个油炸的菱形小果子给我，真香，软硬适中，我很快就吃完了，但又不好意思再去拿了，我记住了它的名字，叫包儿萨克。这是哈萨克族的一种传统食物，主料是牛奶和面粉，口感有点儿像扎实一点儿的油条。

大家吃饱喝足，便又开始赶着羊群奔跑……哦，不，是数羊。我和摄像大哥看得目瞪口呆，一群群羊从宝汗大叔他们面前快速跑过，不是一只只哦，只见一个人在前，一个人在后，在前的人嘴唇飞速张合着，不一会儿就响亮地报出总数给后面的人。我凑近了试着数了半天，连半群羊都数不明白。

接下来的行程，也都是日行三四十公里。我们穿越了著名的"三塘湖风区"，新疆九大风区之一，风力最大可达十一级，也就是说，可以把人和牲畜都刮跑。风裹挟着黄沙打到人脸上生疼、睁不开眼，羊群更是会因视线受阻而无法辨别方向，甚至受惊不听指挥。好几户转场中的牧民都被吹感冒了，宝汗大叔也不例外。给大家送药的是红山农场牧业二连的连长胡安，也是宝汗大叔的大儿子，他的职责就是保护转场路途中所有牧民的安全。

离苏海图边境牧场还有八十公里，牧民赶着羊群不眠不休需要走整整两天，开车只用一个多小时。这几天路途劳累，胡安提出要开车先将年纪稍大的父亲送到目的地。宝汗大叔却固执地叫儿子不要管，回家去。毡房里好一阵尴尬，之后有人从编织袋里拿出了风干肉，开始炖肉下面片儿……刚出锅的手抓肉香气扑鼻，已经没有人记得刚才的尴尬，我们也赶紧开机记录下这转场途中最豪华的一顿晚餐。采访过程中摄像师谢鹏哥腾不出手吃肉，我就用手抓给他吃来解馋，胡安还特意下厨，用洋葱、青椒等炒了个肉。不知又是谁从哪个袋子里变出两只酒杯和一瓶白酒，大伙儿轮流小酌上几杯……欢声笑语肆意飘荡在寂静的戈壁滩，抬头望天空，毡房顶上只有星星朝我眨着眼睛。

最后两天还是马不停蹄地赶路，不同的是我的伙食丰富了起来，泡面里泡着包儿萨克，热奶茶就着饼干……最后我索性不吃泡面了，直接围坐旁边乖乖等着被分配"统一的伙食"。

转场队伍停下来小憩，我就会到车的后备厢翻出我们带来的矿泉水，都结冰了，牧民兄弟们倒是不介意，边用手焐边晃瓶子边喝。

时隔近五年，能记住的倒不是零下十几摄氏度喝着冰水的透心凉，也不是一望无际戈壁滩里的漫漫长路……而是宝汗大叔他们笑起来眯着的眼和晒在身上的暖阳，是包儿萨克、咸奶茶和手抓肉的唇齿留香，还有夜晚生着火炉的毡房里，睡意蒙眬中不知道谁的大手温柔地给我盖上了军大衣。

在蒙古语中，苏海图是"一片汪洋"的意思，可这里却是黄沙漫天、石山林立，牧民们的冬窝子就在这群山之间。到了苏海图，虽然两百多公里的长途跋涉结束了，但冬季里牧民们还有更重要的使命，那就是和边境哨所的官兵们一起守边。三十年来的每一个冬天，宝汗大叔都在苏海图群山间度过，这里将近二十公里的中蒙边境，他们都是用自己的双脚丈量的。

宝汗大叔的五个孩子，现在都已成家立业了，孩子们的童年几乎都是在苏海图度过的。除了山里的十户牧民和山脚下的哨所，这里方圆几百公里内荒无人烟，在那个与外界联络极为不便的年代，所有人最害怕的就是放牧途中遇上极端天气。零下四十摄氏度，扬风搅雪，年轻小伙儿去找羊，从马上摔下来，这些场景宝汗大叔都还历历在目。

一个人，一群羊，就这么日复一日，安静地行走在群山之间。在这里放牧并不轻松，每天平均要走一二十公里，翻过四五座山头，只为了巡遍每一寸边境线，羊群也可以流动着吃上最好的草。

如今，宝汗正式将这个任务交给了小儿子别克。

2

我是个恋家的人,所以在新疆过年次数并不多。有一次是2015年临近春节,我又在出差走基层。每天看好几次手机日历倒数回家的日子,生怕片子做不完。这次是在古尔班通古特沙漠腹地,这里夏季地表温度最高能达到五十摄氏度以上,而冬季的最低气温能低至零下四十五摄氏度。我的采访对象是在荒芜的沙漠里日复一日地巡线、检修,保障所有气井正常运转的新疆油田公司采气一厂克拉美丽气田的员工们。

克拉美丽气田每天产天然气二百一十万立方米,稍有疏忽,就可能有几百万户的家庭用气受到影响,更何况冬季是用气高峰期。而这个时候也是最容易出问题的,因为气温太低,采气管道经常被冻住堵死,这就要第一时间调用蒸汽车来解冻。蒸汽的温度有上千度,反溅到人身上,虽然隔着棉服,但还是会感觉烫。零下二十多摄氏度的天气,湿了的棉服不一会儿又会结成冰,这种又冷又热的体验,大家开玩笑称之为"冰火两重天"。为了现场采访和拍摄,我和摄像师在气井爬上爬下,羽绒服外还套着油田公司专属的红棉服,不一会儿就热得后背贴身衣物都湿了,这时候脱衣服肯定着凉,后背发烫,脸和手脚却冻得生疼,这感觉我还是第一次体验……我们拍摄的搭档三人组,老刘刘卫军、小刘刘伟和曹战平哥儿仨,却不知道一天到晚要"冷热交替"多少回。

拍完工作画面,我和摄像师钱重宇找了一处山头,好衬着背后荒凉的戈壁滩录制采访。我好死不死还来例假，钱老师二话不说脱下自己的红棉服让我坐着。老刘告诉我，在这里工作八年，只回家过过一个春节，每年过年前都要给快九十岁的爹娘炖上一锅红烧肉，分小袋冻在冰箱里，让他们每顿饭都拿出来吃点儿；而小刘的烦恼是根本找不着对象成不了家，回家过年吧父母催婚，回不了家过年吧心里又愧疚，怕老两口孤单；曹战平则是气田上小有名气的"科学家"，原因是沙漠里实在太无聊了，只能自己结合工作搞点发明创造。他们问我的烦恼，我说有时候特别恨自己是个女儿身，尤其是在新疆这样的户外环境，当个女记者太惨了，比如每个月的这几天，大伙儿都乐了。

一没留意天都黑了，寒风凛冽吹得我们瑟瑟发抖，腿不知道是冻麻了还是保持一个姿势坐麻了，我抻了半天一瘸一拐走下山。大伙儿聊高兴了，情到浓处实在没法儿收尾，曹哥提议今儿不吃食堂了，要去宿舍亲自下厨让我们好好吃一顿！

就地取材，气田上的员工自己在沙漠腹地里种各种蔬菜，养着鸡、鸭、鹅等，实在馋了还会拔些沙葱，我没吃过，他们说就是沙漠里的韭菜。我回房间洗了个热水澡的工夫，就有人敲门告诉我开饭了！循着走廊的香气，我们走到员工小饭堂，好几道硬菜已经上桌。

大盘鸡这道新疆招牌菜肯定少不了，红的绿的辣子点缀其中，还有混在汤汁里的土豆冒着热气儿，让人立马就忘记了天寒地冻！让我惊讶的是，这沙漠里竟还能吃上鱼。曹哥说在这儿要是想吃鱼了，就要叮嘱休假的同事从城里带过来,着实珍贵,也是一大盘!大盘鸡、大盘鱼、大盘肚……任何菜只要架上"大盘"两个字,就有了新疆的气息,我总觉得就像新疆人的个头儿和气魄一样!

曹哥手艺好是出了名的,他说,在这沙漠里没什么别的念想,经常是一忙起来饭也不能按点儿吃,吃上的时候饭菜也都是冰的。休息的时候吃好点儿,也就是善待自己了。吃吃吃!孙记者你要多吃,你一个外地小姑娘,跑这么远来我们新疆工作,有句话叫吃饱了不想家!曹哥不停地给我夹菜,我的碗里已经堆成了小山。

桌子不大,凳子不多,所有人挤一块儿吃得又香又暖和,这个时候只需要大快朵颐就好。几杯酒下肚,大家都很高兴,我的脸也开始慢慢发烫。

老刘问我知不知道为何每次都要给自己年迈的父母炖好一锅烂烂的红烧肉,我说因为老人家牙口不好,喜欢吃炖烂的红烧肉。老刘跟我说,因为儿子不能回家过年,但是儿子想让父母吃上自己做的菜。老刘又问我,你知道什么叫家的味道吗,就是家人做的饭的味道。趁着大伙儿觥筹交错,我偷偷抹了把眼泪,也许是酒后有点儿莫名的伤感,也许是太久没有吃到家的味道了。

小刘给我夹菜,告诉我多吃点儿沙葱,这是沙漠里才会长的东西,别的地儿吃不到。我问小刘,小伙儿长这么帅怎么会找不到对象?小刘聊到前女友唏嘘不已,找了女朋友要你有什么用,该你在的时候你不在,该你照顾的时候你照顾不上,自己理亏,陪人陪不上。

吃饱喝足,他们带着我,我带着剩下的菜和馒头,去喂狐狸。
对啊,你没有听错,是野生的狐狸,不是流浪的小猫小狗。

沙漠腹地人少,动物也少,时间长了,野生的狐狸竟也成了老刘他们的宠物兼老友。冬天里食物少,隔三岔五去喂狐狸,已经成了工友们之间约定俗成的任务。如果去得不够勤,还会有狐狸自己找上门来讨吃食的。我们刚到作业区的办公室,正在用手把馒头掰成小块,就有个小家伙儿探头探脑地进来了。老刘捏着馒头递过去,小家伙儿叼了就吃。老刘逗了逗它,它竟然站了起来扒在老刘裤腿上……这场景挺眼熟的,就跟喂猫猫狗狗一样。我又兴奋又紧张地伸长胳膊,小狐狸迅速跑过来把我手里的馒头"拿"走了,毫无戒备地再次来到我跟前,等着下一块。

我和同事在年前顺利完成了采访,片子是在大年初一早上播出的。哥儿仨都在克拉美丽给我发了信息,说谢谢你孙记者,我们家里人都看了新闻,同事之间也在互相转发,这是给我们最棒的新年礼物!躺在湖南家里的沙发上握着手机,我看着忙前忙后的父母,想到了老刘的父母,不知道他们是不是正在吃着老刘炖的红烧肉。

后来,回到乌鲁木齐,小刘休假时特意给我送来了他妈妈包的沙葱饺子,告诉我想家的时候就煮饺子吃。他告诉我,他交了女朋友,我去参加

Chapter 9　　177

了小刘的婚礼，曹哥老刘也都在。这顿饭，我没有喝酒，也没有偷偷抹眼泪，只有实实在在的高兴。

3

刚到亚博依村，村委会的厕所着实让我惊艳了一把，咫尺之处一只鹦鹉踩在对面的铁丝网栅栏上，横着身子盯着我看……我抬头，上面还有鸽子，一低头是鸡……这是个综合式庭院养殖示范点。张自强跟我说："厕所对面修这个，就是为了让每个来上厕所的老乡看一下，他们觉得好奇了，觉得好了，就方便跟他们推广这种科学立体的养殖方式了。"我真是不得不为驻村干部们的脑洞点赞。

2015年，是新疆开展"访民情、惠民生、聚民意"活动的第二年。这年年初，张自强和另外八人一起作为新疆艺术学院驻村工作组成员，深度入驻位于塔克拉玛干沙漠南缘的小村庄——亚博依村。

其实，还有一件事情让来采访的我和同事很惊艳，那就是工作组饭堂的饭特别好吃！刚来第一天，一碗美味的拌面就把我的胃征服了。但是我用良心保证，这绝对不是我前后采访了一个月的原因。

最早，我和同事是奔着采访驻村干部们来的，到村里之后，我却发现了更有意思的人和事。

第二天一大早，村委会院子里好不热闹，说人头攒动一点儿也不夸张，因为有一场"纳格拉鼓大赛"即将拉开帷幕，这是当地举办的一场由二百多名纳格拉鼓爱好者参与的竞技大赛。有个腰间系着绿色粗布条做腰带的老头儿格外引人注目，要说是因为那一抹绿色很抢眼，还不如说是因为他敲起鼓来那陶醉的姿态：闭着眼，白花花的胡须随着身体的节奏一颤一颤，拿鼓槌（红柳枝）的手抬得比别人都高，腰杆挺得笔直，在人群中格外有气势。

"我跟你讲，老人家叫依明，是个鼓痴！"张自强凑过来小声说。

我退到舞台边上在第一排找了个角落坐下，比赛开始了，除了一个个轮流上台展示敲鼓技巧，还有一项是鼓乐队大合奏。依明老人的位置在队伍的前排居中，他跟旁人交流时下巴也是微微抬起。其实队伍中胡子花白、年纪辈分大、个头儿高大的有好几个，相对来看依明算是其貌不扬的，但他骄傲的神情和肢体语言，让我的目光总忍不住回到他身上。

零下五摄氏度的气温，还刮着小风，刺骨的寒冷阻止了我聚精会神地观看比赛，我一会儿拿出纸来擤鼻涕，一会儿不停跺脚搓手，冻得直哆嗦……我回头一看，身后小板凳全部坐满了，还有大部分人站着挤着踮着脚看。我就纳闷儿了，怎么这么冷的天气搞活动，一大早还能呼啦啦来一两千人围观！

张自强说道："这种场面的合奏别说在当地，就是在新疆也是独此一家。"现场除了纳格拉鼓，还有中华大鼓，稍加留意还能听到演奏中包含着类似爵士鼓的鼓点儿。这支风格独特的鼓乐队是新疆艺术学院工作组给大家编排设计的。

忙前忙后地拍完采访完，早已经过了饭点儿。张自强宽慰我说："你虽然没吃上大妈家的抓饭，但我们饭堂的抓饭也不会让你失望。"

和也是刚刚忙完的工作组一起回到村委会，抓饭刚上桌，每盘晶晶亮亮的米饭里除了有葡萄干、红萝卜和黄萝卜，都还有一大块儿羊肉！人还没坐定就能闻到一股子香甜的气味儿。狼吞虎咽啃完肉，我开始大口吃抓饭，香甜软糯，油而不腻，吃完又添了一碗。听说新疆的媳妇儿基本上都会做抓饭，而抓饭也是新疆各族人民日常生活中不可或缺的传统主食之一。曾经有好几位来过新疆的朋友，都对这里的抓饭念念不忘，虽然我按照他们的指示，寄了只有当地才有的黄萝卜过去，但据他们反馈怎么也做不出来新疆抓饭的味道。我想这也许是每一位来过新疆的朋友留在心里的一份新疆情结，更是一方水土养育一方人和饮食吧。

"你以为做抓饭这么简单，没有这里的羊肉，没有这里的食材，哪里做得出来这么美味的抓饭！"幕后大厨卡德尔老师现身说法，"你今天吃的抓饭，用的羊肉是亚博依村的黑羊肉，在整个南疆都出了名地好吃！"可惜老乡们都是随意地散养，既没有规模化养殖，也没有实现品牌化的推广。亚博依村是一个深度贫困村，为了能使村民增加收入，塔院长没少带着工作组走家入户去做工作，还专门牵头成立了合作社。

"昨天的拌面也超级香！平时出差老吃抓饭和拌面，我从来没觉得这么好吃过！"我发自内心地赞许。

"拌面那么鲜是因为里面有鸽子肉，就是你上厕所看到的那些。"

结果就是每次去上厕所，我都不忍直视前方了。

第二天一早我就去依明老人家采访他，他很高兴，自信地表演敲鼓，依明的夫人努尔尼莎汗心情也不错，在炕上铺了小毯子，摆满了窝窝馕，依明老人不停地吩咐儿媳妇给我们添热水。我吃了一块软趴趴的西瓜，打心里觉得那一定是天底下最珍贵的西瓜。

后来在我的央求下，张自强经常陪我去依明老人家，常常一聊（采访）就是一整天。八十多岁的老人就像时光沉淀下来的宝藏，而我则收获了很多亚博依村不为人知的故事。

老人年轻的时光，很是美好。音乐是他生命中的一部分，甚至当年连爱情也是因为他出众的演奏技艺而得来的。

"当年的一次演出，在奥达木敲了一晚上鼓。她在台下就动了情，决定一定要嫁给我。我老婆非常优秀，要不是那个晚上，她不会想要嫁给我的。"依明看了一眼身边的努尔尼莎汗，老太太布满皱纹的脸上竟有着少女般的娇羞。"那时候，他弹都塔尔，我拿萨帕依，他弹奏，我跳舞……

现在腿疼，跳不动了……"

聊到过去的时光，老两口微微眯起眼睛，仿佛融化在了美好的回忆中。"我们在街上、集市上遇见时，大家都互相问候：'嘿！怎么样？好的呢吗？那一天去不去？去！'谁家跳舞我们都会去，当时这样快乐的事情特别多！"

"跳舞到处都有。有的在家里，有的在院子里，有的在外面露天举办。大家聚在一起，跳舞、做游戏，还有各种惩罚措施！比如说扮成骆驼，或者拿柳枝打屁股！非常好玩！参加的人都在笑，欢呼声不停！我们弹着乐器，跳着萨满舞，每次活动都不少于四十人，多的时候有上百人，大家都抢着举办。"

大家已然沉浸在了依明的描述中，那个无忧无虑的世界里。我环顾四周，每个人的嘴角都不自觉上扬着……

2015年，工作组来到了亚博依村，驻村干部们下定决心，要让纳格拉走出亚博依村！而他们做的第一件事，就是找到依明，请他牵头组建一支鼓乐队。现在，不仅邻村的民间艺人慕名来参加鼓乐队，连新疆维吾尔自治区举办的大型演出都邀请他们到现场表演。纳格拉鼓敲响的不仅是鼓乐队的名声，还有村民们对美好生活的向往。

转眼一年过去了，工作组在亚博依村的驻村工作也结束了。我和摄像琪琪也要离开亚博依村了。我们一起去找依明老人和努尔尼莎汗道别。

"你们个个就像是我们的孩子,你们离开了,就像是小鸡离开了母鸡一样,我们的心里特别难过啊!"我点头,却不敢直视听起来已经哽咽的努尔尼莎汗,鼻子一阵阵发酸。

尽管语言不算通,但我到现在都依旧认为,当下的自己拥有一种神奇的感知力,让我能够读懂努尔尼莎汗和依明的心。

方才还兴高采烈的依明开始抹眼泪,用不标准的汉语问我:"你叫什么名字?"

"我叫孙继文。"

"孙继文,孙继文,孙继文……"

我手里攥着啃了几口的馕,努尔尼莎汗攥着我的手。我的胸口在依明的重复声中开始闷痛,仿佛马上就要爆炸一样。

"你一定要回来看我!"还没来得及开口,我就听到了努尔尼莎汗的声音。明明已经认为控制好了情绪,却一个字也说不出来,只能转身拥抱,任由眼泪决堤。

其实我本就是想说："我一定会回来看你们。"

4

讲到这里，孙继文声音哽咽了。有些情感，不知不觉，流进了血液里，根深蒂固，与你说的每一句话每一个动作都息息相关，散发着缕缕温情。对新疆，有那么多的标签，但在孙继文眼里，那里已经是家乡。

那一天，正好是孙继文三十岁的生日，我听到她讲述了新疆的点点滴滴，那些故事就好像是一条小溪，在蜿蜒的时间里就那么流淌，源远流长，最终汇聚成了大海。我这样一个写字的人，听到了这些故事，该是多么幸运。

第二天，孙继文给我发了一条微信信息，她说：可能这辈子我也吃不尽这世界上的饕餮美食，但是我相信这些年来在新疆吃过的肉，喝过的酒，听过的故事，足以支撑我今后走很远，在很长的时间里照亮我，温暖我。

可能这辈子我也吃不尽这世界上的饕餮美食，但是我相信这些年来在新疆吃过的肉，喝过的酒，听过的故事，足以支撑我今后走很远，在很长的时间照亮我，温暖我。

10
Chapter

老壳子

　　过了夏至，白天变长，漫天的星星点缀在老肖的小土农庄里，吃饭的客人络绎不绝。透过苍茫的夜色，是否，每个人都是一颗闪烁的星星，只有那些有过疲惫，熬过痛苦的，才能成为青草尖上最美的露珠？

1

如果河滩上还有流水，
流水荡漾夕阳跟船回，
干燥不会在乌鲁木齐扎堆，
忘记了离海最远的世界之最，
朝着对岸喊你是我的谁。

如果博格达峰开满了玫瑰，
看山跑死马也不后悔，
那就是乌鲁木齐的光辉，
爱情与钟灵毓秀在这里交会，
夕阳西下我们一起回归。

我把这段话发到朋友圈时，已是半夜。寥寥无几的点赞中，只有老肖认真地回复了一句："河滩只是快速路，博格达峰玫瑰也不去，你也别想爱情了，唯一能安慰你的就是：这苦不堪言的日子，回忆起来才会美好。"

老肖与我同属于阿勒泰地区的人，比我年长，总说自己是 80 后，其实是 1980 年生人。说话直接，办事也利索，可以打电话对我吼一般地借钱，也可以把我独自扔到高架桥上，开车绝尘而去，说要去约会。但在乌鲁木齐这个城市里，我喜欢和他在一起。你总愿意和一个比你混得惨但比你还乐观的人在一起。

老肖是他自己起的昵称，用在互联网各大平台。长期以来，连年长十几岁的人都习惯叫他老肖。你要是看到他本人，就不会觉得这名字唐突。但老肖这长相并不会让秀秀厌烦，他总有各种各样的办法逗秀秀开心，比如他们一起去银行，他问秀秀说："我这张汇款单上的用途可以填小费吗？"我真的佩服老肖的勇气，因为他是去汇款还账。倒是秀秀一脸认真地回了句："你这个老壳子。"

用"老壳子"来形容老肖一点儿不为过，这个词用北京话来说就是"老炮儿"。但老肖看似有老壳子那种仗义，却多了一点儿抠门。老肖跑黑车之余会送秀秀回家，他递给她口香糖，小心地倒出来一粒，很认真地说："别相信广告，一粒就好了。"秀秀觉得他幽默，我是真的相信他说的是实话。他的破车有时候没钱加油，就会送我回家，在离我家还有一站路的取款机那里，停下车一本正经地对我说："你看我把你送回来，刚好没钱加油了，你取点儿。"我说："取款机取不出来毛毛钱啊。"他就会扔下我掉头走人，剩下的一站路我晃悠回家。

老肖在乌鲁木齐跑黑车，谈不好价钱会骂人坐不起车，坐在副驾驶不系安全带也会被他骂："不想死就系上安全带。"特别是对秀秀，那种男人温柔的霸道一出来，就会忽略他开黑车这件事情。我坐过他的车送过货，在下河滩的时候狠狠地追了别人的尾，他对我说的第一句话是："你看系安全带你没飞吧？"

老肖学的是兽医，开过公司，做过销售，卖过特产，但是一一失败，微信签名是"兽医界厨艺最好的黑车司机"。自己把微博头衔认证为"总经理"，加了一些僵尸粉，就到处声称自己是大V。好处就是打着帮餐厅做宣传的旗号，可以带秀秀免费吃饭。他的浪漫会让你觉得神奇，例如，当初他和秀秀谈恋爱第一次拥抱的时候，他鼓起勇气对她说："向前一小步，文明一大步。"这句男厕金句让他说出来竟然还有几丝浪漫，因为我亲眼看到秀秀真的向前走了一步。

这个失败的半老壳子是偶然认识秀秀的。那时老肖做特种旅游，被朋友拉到一个五百人的群里，发了一组广告。仅秀秀一个人加了他的私信，说："我喜欢旅游。"通过验证后，彼此一句话没有说。十天后，秀秀给老肖发了第一条信息："给个定位，我想找你了解去罗布泊的行程。"那是他们第一次见面，秀秀好看得让老肖都忘记耍嘴皮子了。介绍完行程之后，老肖独自开车走了，秀秀自己打车走了。在路上，老肖接到秀秀的微信："一点儿都不绅士，也不知道开车送我。"老肖尴尬地回复道："我怕你觉得我无事献殷勤非奸即盗，就假装矜持了一下。"

从那以后，秀秀一生气都会喊老肖"老壳子"。

2

在没认识秀秀的时候,老肖就已经离婚了。关于这段婚姻,老肖在我们面前只字不提。他不提应该是有不得已的苦衷,这段婚姻维持了七年。据老肖自己说,前妻是他的初恋。

自从我认识老肖之后,就很少听他提起家人孩子,也很少早早回家。我和他打台球、吃椒麻鸡、在南山散步,就是没见他媳妇打来过电话。直到遇到秀秀后,他才和我提起他的婚姻状况:"离婚两年了,净身出户。"我说:"就你那破身价,不离婚口袋也很干净。"他说:"怎么了,我有车,你有什么?"

老肖从来不会在外人面前给我面子。我公司刚开业时有三五个员工,他带着秀秀过来,把包括我在内的人挨个儿教育了一番,互联网怎么做营销,公司怎么管理,头头是道,唾液横飞。直到我说:"这里是时代广场,楼下停车七元一小时。"他拔腿就跑,飞速离开公司,跑黑车去了。

秀秀是房地产销售员,工作比较忙,时常莫名其妙地头疼。老肖说:"等我发财了就包养你。"每到这时,秀秀就会露出羞涩的笑容。老肖白天送秀秀上班后,都会拉着我兜一圈找一个地方蹭饭吃。我们免费吃过大西迁的锡伯大饼、三味珍火的手切牛肉、小隐的辣子鸡、瓦伦丁的烤牛肉、牧羊先生的拌面,也吃过几次闭门羹。老肖每次吃完总能找到一些不同的建议送给老板,就好像他开车有路怒症,但骂人的方式从不重样。你能想到最毒的词语,他全部用在车上开骂。

"这个傻×,驾照是在网吧学的吧?"

"跑那么快,奔丧去吗?"

"投胎也没见过你这么急着变道的!"

"在我们布尔津牛羊都知道让路,大城市畜生比人多。"

"傻×,不会开车就滚回家带孩子。"

我坐在老肖的车里曾经无数次看到老肖摇下车窗与人对骂。基本上他发怒的样子都能镇住别人,无论对方开的是宝马还是奔驰。不管是在高架桥还是河滩快速路,他开着小破车都能碾压式地逮着机会开骂。有一次,秀秀坐着他的小破车从乌拉泊下河滩,他一路和一辆帕萨特飙车,虽然老肖的车破,但是直到华凌立交桥,那辆帕萨特也没超过老肖。老肖有一句名言:"飙性能,我的车肯定不行,但是比技术,管你是奔驰还是宝马,都得靠边。"

秀秀觉得这个时候的老肖最有男人味儿,老壳子就该是这个样儿!可是老肖想不通而我能想通的是:他的车牌经常被"949交通广播电台"曝光,而他只收听这个台。大部分台词都是:曝光一个车号,开车没素质,窜来窜去。

老肖是一个爱憎分明的人,为数不多的业余爱好之一是足球,他是阿森纳的忠实球迷。他总是吹嘘当年踢球有多厉害,深夜发的微博都是关于阿森纳的种种。他鄙视看篮球的人,要是再有他看不惯的事情还会用"傻×"收尾。有女孩给他发过微信:"过节求红包。"他会回一句:"我这里有缺口的碗,还有棍子,你要吗?傻×。"然后就把别人拉黑了。但他却每天给秀秀发一个红包,不大,13.14元。他说:"要是有一天不发了,就代表不爱了。"

老肖还有点儿才气,还会给秀秀写诗:

可是你没有

记得那一次,
我说要吃椒麻鸡,
你说你想吃水晶粉,
我以为你会说,
我不想吃椒麻鸡,
可是你没有。

记得那一次,
你说你要吃胖子烤鱼,

我非要带你去吃杨乐辣子鸡，
我以为你会生气，
可是你没有。

记得那一次，
你说大西迁的醋烹羊肚特别好吃，
我以为你要请我去吃，
可是你没有。

——爱你的老壳子

老肖开黑车还能听到各种各样的秘密，而他就像一个树洞。有乘客搂着姑娘打电话："老婆，我去见个客户，晚上晚点儿回去。"然后挂了电话让老肖送到酒店，下车问："多少钱？"

老肖："五十。"

"怎么这么贵？"

"肉涨价了。"

"肉涨价和车费有什么关系？"

"我要吃肉啊，你不是也在吃肉吗？"

曾经有一次我们聚会，大家聊起老肖这个人，一问起十个里面有八个被他借过钱。大家都纷纷下了定义：不能和老肖玩。可我并没有表态，一方面我在他这里学会了追姑娘的方式，另一方面和他在一起觉得小人物也有自己快乐的理由。

大家都好奇地问我:"老肖没问你借过钱?"

老肖当然问我借过钱。我说:"我要和女朋友商量一下。"电话那头老肖诧异起来:"你他妈的有女朋友了?"我认真地对他说:"没有,所以没的商量。"

3

老肖的乐观也会感染秀秀,每当他感觉困惑、难过的时候,他就会拉着秀秀去那家绝对是全乌鲁木齐最难吃的牛肉面馆(为了避免广告嫌疑就不说是哪家了)要一碗清汤牛肉面,眼含热泪地吃完后告诉秀秀:"人家的牛肉面做得这么难吃都能坚持好几年不倒闭,我有什么坚持不下去的?"秀秀每次都是硬着头皮吃完,还含情脉脉地看着坚毅的老肖。

你能理解一个三十多岁只有一辆破车的男人多需要理解吗?他时常跟秀秀说:"如果许多年以后,我还是一无所成,甚至沦落到回家乡布尔津拉游客赚生活费,你怎么办?"秀秀说:"那我就去当导游,我们可以每天游山玩水,不亦乐乎。"

也许是这句话打动了老肖,在多次借钱失败以后,老肖找到了老家的远房亲戚,跟他们说要在新疆开一家椒麻鸡店,一个老哥给他免费的配方,开起来还能做真空包装,送到全国各地。那个亲戚吃过老肖做的椒麻鸡,认为有市场,就答应投资十五万元合伙儿开一家椒麻鸡店。

他前期给了老肖五万元作为设备购置和市场调研的费用。老肖务实，知道这是一个机会，就买了一个小推车，招牌写"老肖椒麻鸡"，每天夜里就推到七一酱园下面的夜市。他测试不同的肉鸡，看顾客有什么回馈、给什么建议。每天白天去采购鸡肉，中午做好，晚上推到夜市叫卖，生意一直还不错，口碑也慢慢有了。秀秀闲时都会当个服务员，帮忙端盘子、打包、收拾桌子。没人的时候老肖还会亲自拌一份豆腐多的椒麻鸡和秀秀喝上两瓶。

秋天的生意渐渐冷淡，夜市也将要关闭。老肖跑遍了乌鲁木齐大街小巷，终于在火车南站附近找到了一家转租的店铺，不大，三十来平方米，门口还能摆两张桌子。转让费五万，房租也不贵，一年八万。火车站人流量大，很多来旅游或者回家的人都会想吃一份椒麻鸡。确定了房子，老肖付了定金就开始装修，那个亲戚也带着钱从江苏赶了过来。

那是 2014 年 4 月 18 日，老肖带着椒麻鸡和秀秀给我过生日，我们在瓦伦丁喝酒，我问秀秀说："老肖在你眼里有什么优点？"她说："没有。""没有为什么还要在一起？"秀秀不解地看着我说："为什么有优点才会在一起，没有优点就不能在一起？"老肖喝大了搂住秀秀说："你不离不弃，我终生难忘。"那是我见过老肖不多的真情流露。

还有十来天房子装修好，老家的亲戚一来付完房租，老肖的椒麻鸡店就会正式开业。老肖对我说："这才是起步，我要开连锁店，遍及新疆各地。"我看着他动容的样子，说："开业我给你买花。"老肖摇摇手："不，你虽然长得比我丑，但是你有才，好好写一篇软文发到网上，再做个转发抽奖，一天抽取一份椒麻鸡，连送三十天，疆内加微信好友通通转发，就是对我最好的支持。"

我很想说我转发一条微博至少二百元起，软文五百元起。但老肖趴在桌子上就睡死过去，连结账都错过了，一句生日祝福也没有给我。你这个半老壳子！

老肖其实长得挺阳光的，虽然有时候也挺刺眼。他看不上任何人，但能自己放下身段赚小钱，很多人借给他钱也不会急着要回，至少看他还能踏踏实实做一些事情。老肖也从不给秀秀远大的承诺，只会每天发个小红包逗秀秀开心。

2014年4月30日下午，我约了老肖一起去吃锡伯大饼，第二天就要去接他从江苏来的亲戚。吃饭的时候，他接到房东的电话，说房子要拆迁，让赶紧把东西搬走。老肖拉着我就去了现场，和房东吵了起来，房东说："转让费找上个二房东要，房子已经签合同了，一周内拆迁。"老肖无奈打电话，二房东的电话已经销号。老肖知道他被骗了。

那天晚上，老肖不停地给亲戚解释这只是偶然事件，他会想办法解决，但还是没能阻止亲戚在甘肃嘉峪关下了车直接买了返程的票，亲戚说："前期投资都不要了，但不要骗人。"老肖打了无数电话，最后亲戚直接关机。放下电话，老肖问我："怎么办？装修钱拿不出来，五万元转让费也拿不回来,来来回回赔了十万。"

他打了一圈电话,有关机的,有没等老肖开口直接要钱或者问老肖借钱的,有不接电话的,只有一个大学同学答应借钱,只能给不到两万。老肖想了想给房东打电话说:"能不能退点儿装修费?"房东破口大骂:"你耽误我时间,我还没有问你要钱,你他妈的还想要装修费?"

最后他打电话给秀秀说:"对不起。"秀秀问他:"你哪里做错了?"老肖说:"不知道。""那你为什么要说对不起?"老肖很可怜地说:"如果没有未来,总要有个人说对不起。"秀秀说:"要说对不起的也应该是我,我要离开你了。"

当天晚上我和老肖喝得烂醉,他说:"晚上不能摆摊儿了,椒麻鸡也卖不了了。我是傻,我是背。"我看着喝醉的老肖抱着酒瓶躺在地上,酒水洒了一地,他在地上打滚,我怎么也拽不动他,就坐在旁边看他睡去。

等他酒醒后,发现秀秀的电话关机,连微信都拉黑了。

4

2009年那会儿老肖还在做会展设计,当时接待了一个参展商,合同金额是五十万元。策划方案就是把外地厂家的拖拉机拉到新疆农村溜达一圈,每卖掉一台老肖还有两千元的提成。老肖打算自己开着拖拉机去农村转悠。那时候老肖结婚3年，他对媳妇说："等这个单子完事，你别工作了，我拉着你去农村转悠一圈，我们下半辈子就够了。"

谁知道签完合同后做展台，他的工人从架子上摔了下来，不治而亡，老肖一下子赔了十几万。那一年的乌鲁木齐冷冷清清，参展商放弃了乌鲁木齐的营销计划，导致合同也作废。没有生意，不得已老肖只能关门，清算下来杂七杂八欠了别人二十万。从那以后老肖一蹶不振，每日大醉，回到家与媳妇吵架。

离婚一定有很多因素。但我一直猜测没钱和不能给老婆带来安全感，是老肖离婚的最重要的原因，虽然老肖总是拒绝正面回答我，总之，离婚了。离完婚，老肖搬出来租了一套房子，也是在那个时候，老肖开始开黑车、做销售员，慢慢还债。

有一段时间，老肖会在下班高峰期时，站在军区医院的天桥上看着不远处的BRT（快速公交系统）车站。有时候还拉着我一起，看着站台上川流不息的人群，就会说起在乌鲁木齐度过的这十多年，说起每天和三百万人口生活在这个找不到存在感的城市，说起他从年少轻狂、意气风发到一无所有，他会一本正经地问我："你说人群中是不是总有人和我们一样，被逼无奈地接受着自己并不想要的生活方式？"

从天桥上下来，老肖开着自己的小破车在克南高架绕外环溜达，看着这个熟悉又陌生的城市里的万家灯火，他不知道一座一座钢筋水泥的房子里是不是有人和他一样无助、茫然、惆怅。

十四年前,不知天高地厚的老肖从旱涝保收的事业单位停薪留职,义无反顾地从阿勒泰来到乌鲁木齐,任性地想去看看外面的世界。过了这么多年,老肖并不愿意把自己跟失败者画上等号,可成功对他来说却已经远去。

深深地吸了一口烟后,老肖发了微博说道:"我从来没有想过离开新疆。因为这里有我的父母、我深爱的女人、我喜欢吃的椒麻鸡,还有一帮有情义的兄弟。"

5

故事并没有结束,乌鲁木齐恢复了往常的样子,老肖也是。只是他变得越发孤单。

老肖会自己开着车爬到山顶,然后走下山给车拍个照片发到朋友圈。车孤孤单单的,人也是,就好像乌鲁木齐这座城市一样让人心疼。他不会找任何人去说心里话,因为每个人都语重心长地对他说:哈哈哈哈哈哈。

他依旧会在这个城市里开着小破车窜来窜去,在单行道逆行时也会被司机开口大骂"傻×,会不会开车"。骂得老肖连还嘴都顾不上,他茫然若失,自己到底怎么了。我说:"你是不是想秀秀了?"老肖回道:"想个尿。"然后自言自语地说："上车都是我给她系安全带,她不喜欢吃的东西推到我这里让我吃完,累了我还会背着她上楼。可是她现在走了,也好,不然还要一起吃苦。"

这个城市就是让你在看到大地吞噬夕阳的绝望后,又让你看到亮起路灯的希望。习惯了乌鲁木齐的一切,连那点儿不悦都欣喜。

老肖说："我早就知道结果了,因为秀秀从来没有告诉过我她公司在哪一层,也不知道她家是哪个单元、哪个楼层。"没事的时候,老肖还会拉着我去她家小区公司楼下等着,但是自从秀秀拉黑了老肖,就好像从人间蒸发了一样。

老肖说："她在,还能数落我,我也不还嘴。"

老肖问我,在我眼里他是什么样的?我说："以前老肖不懂事,结了婚,伤害了不少女孩;后来他离婚了,没想到又伤害了不少女孩。"

再骚情(新疆话,很牛的意思)的牛顿,也算不出老子的沉重。老肖一口一口干着白酒,喝多了就睡在小破车里。小破车很小,老肖蜷缩成一团,就好像一只受伤的刺猬。那小车陪伴着他,见过他哭、他笑,他的自言自语。

后来我才知道,他最初来乌鲁木齐,就是靠在路边起早贪黑摆摊卖手机壳、袜子，做体力活儿，干保安，一点点攒钱换来的这辆车。

所以在乌鲁木齐，他比谁都爱这辆小破车。朋友会有自己的生活，曾经的爱人会离开他，只有小破车不离不弃，这也是为什么他总是看不惯别人开车，一定是怕碰撞他心爱的小破车。

有一次，我和他在饭店喝酒，旁边桌小伙儿在跟他女朋友高谈阔论印巴问题及克什米尔问题的由来，听了一半听不下去了，老肖站起来就对那个小伙子说："一、就算你历史老师死得早，难道你不知道还有百度，可以先做做功课吗？二、面对一桌美味和一个挺漂亮的女朋友，你居然讲国际局势，我觉得你离分手也不远了。"那女朋友站起来对老肖吼道："他是我男朋友，他怎么说我都爱听，和你有毛关系，你这种人肯定没女朋友！"

喝多的老肖，嘴里嘟囔着："我有女朋友，秀秀，秀秀。"

我把喝醉的他送到车上，看到他蜷缩成一团，我给他开一点儿车窗，关上车门后，我就回家了。因为我知道，老肖无论如何也不会酒驾，因为有车并且会开车是他唯一的生存技能了。深夜看到他发了一条朋友圈消息："别人怎么看你和你毫无关系，你要怎么活，只关系到一个人。"

有一天晚上，老肖拉着我去了一趟哈密，走的是乡间小道，感觉随时可能车仰马翻。车停在巴里坤，我问他："你为什么不走高速？"他缓缓地说道:"我们要去哈密,本来可以走京新高速,为什么选择了走一级公路?风景没有独库公路好,也没京新高速舒畅,一路颠簸到吐,感觉永远走不到头。因为我们不会错过巴里坤最好吃的羊肉,一辈子忘不了的味道。"

老肖继续说道:"就像爱情,有时候难免会出现一些磕磕绊绊,但相爱的人最终会到达。回头看看,那些磕磕绊绊才是最让人怀念的。"

我没有说穿这个事实,他曾经带着秀秀到这里吃过羊肉,也是在那儿秀秀答应了他的求爱。

晚上到达哈密,路过哈密人民医院的时候,秀秀正好从那里出来,一个高大的男人陪着。老肖一个急刹车,甩开门冲了过去,开骂道:"你为什么消失,是因为这个臭男人吗?我是没有钱,但我有骨气。"那个高大的男人鄙夷地看了看两眼通红的老肖,挽着秀秀走了。秀秀脸上的表情在霓虹灯的映射下捉摸不定。如果不是我拼死拉住老肖,我想老肖一定也打不过那个男人。

那天老肖开车追尾了前面的车,还打了司机,赔光了身上所有的钱,小破车的水箱也撞烂了,在派出所待到半夜才被放出来。我们两个就困在了哈密,身上一毛钱都没有。晚上住店的时候,老肖和店主商量:"能不能我们拉来三个客人,你就让我们免费住一晚上?"那天晚上我和老肖就和站街的小姐一样,守在汽车站旁边喊着:"住宿,住宿,24小时热水,免费上网。"

那天晚上下着雨，我和老肖淋得和落汤鸡一样。我不知道老肖哭没哭，反正我分不清我脸上到底是泪水还是雨水。老肖在雨中对我说，有一次和秀秀一起吃椒麻鸡，吃完下雨，买不上雨伞，就互相推让着一件外套，最后大家都淋着雨回了家。老肖擦了一把脸上的雨水说："自小以为自己会英雄抱得美人归，现在才明白，哪儿有什么英雄主义，不过是看到生活的真相以后还能活得像个人样。"

直到半夜我们凑齐了五个人，老肖回到店里商量："我们多拉了两个人，能不能给个泡面吃？"

6

有一段时间，我和老肖很少再见面。在他眼里，我的皮包公司都能倒闭，太失败。在我眼里，他是永远把自己活成段子的人。我们在一起玩太久，会被很多人当作笑话。

寒冷的冬天，老肖说去不去南山看发哥。发哥叫刘发，一个实在的男人，因为卖自己养的鹅救了得白血病的妻子而感动了全乌鲁木齐，后来在南山开了一家农家乐。我就说："好啊，拉上我。"

我和老肖边喝白酒边听发哥讲故事。他妻子出事的时候，他给手机上每一个人都发了短信：我妻子得了白血病，只求借二千元钱。那些平时很热情的朋友反而没有了信。最感人的是一个好久不联系的同学，冒着大雪送来了一万元钱。"949交通广播"知道了他的事情,也帮他一起卖鹅,最终凑齐了医药费。

老肖喝了一杯白酒问道:"你还欠多少钱?"
发哥说:"五十多万吧,我现在卖点儿鸡蛋,卖点儿鹅,做这个农家乐,有一点儿就还一点儿。"
喝完酒的发哥说:"如果是我得了白血病,我不会让妻子受苦,会直接选择离开。"

傍窗伫立,雾霾沉沉。家家户户都有念不完的幽幽往事,悲欢离合挡不住此刻的万千思绪,日子总要从长计议。南山有丛林,乌鲁木齐有雪山,再难的日子我们三个大男人不还能一起喝酒吃喝吗?回首之间,闾巷之间,左不过欠一身债还到死。

发哥举起酒杯说道:"好的坏的都收下吧,大口喝掉,继续生活!"

那夜,我们在南山喝得找不着北,听一个乐观的男人讲述他吃苦的日子。老肖红着眼睛说:"发哥,我要帮你卖鸡蛋。"

那之后,老肖就在朋友圈兜售鸡蛋。时间长了,老肖发现卖鸡蛋比跑黑车来钱快。再者,老肖突然想起了,自己的第一专业可是货真价实的畜牧业,养土鸡也算是回归本行。

有一天，老肖告诉我，有个老哥有十八亩地，在乌鲁木齐米东区芦草沟，可以养鸡还能种菜。搞个网上认购菜地，还可以众筹一部分钱买小鸡，等鸡大了可以卖鸡蛋。再开辟出一个地方做椒麻鸡、辣子鸡，最后做成农庄！

老肖高兴地对我说："有地有房，所有设施都是现成的，接手即可营业。而且由于这个老哥无暇顾及，也暂时不收租金，条件是必须照顾好地里的一百五十棵果树苗，并且保证将挣来的钱投入到院子的建设中。"老肖说："人在江湖走，总会有人提携。"

"山路逶迤，青山翠竹，是一个好地方。"我说。

他对我说："你有文化，帮我起个名字？"
我想了想对他说："肖肖乐农庄？"
瞬间，电话就挂了。

后来，老肖给农庄起了个比"肖肖乐"还土的名字——"小土农庄"，晒得黝黑的老肖养了二千只鸡，每天在朋友圈兜售鸡蛋的时候，还不忘记晒晒阳光和蔬菜。

他的朋友圈又恢复了往日的热闹：

起舞弄清影，何似在禽间。

曾经沧海难为水，今晚我想吃羊腿。

朝辞白帝彩云间，老板给我加个面。

这老壳子变着花样过日子，每天还会在朋友圈晒几篮子鸡蛋，猜对数量的人送二十枚鸡蛋。三个月过去了，也没有人猜对几次。他还会发一些搞笑的养生建议：每天不要吃太多的鸡蛋，吃太多对母鸡的身体不好，来不及下。

两年下来，坚持按照传统方式散养且不使用任何添加剂的模式，让老肖的鸡蛋开始有了口碑，农庄的生意也渐渐开始红火起来，他每天开着那辆小破车给乌鲁木齐各地送货。我出书的时候在朋友圈卖过新书，他就负责送货，一单7元钱，我想他卖鸡蛋应该比我收入好，因为快递费比快递公司还高。就这样，他还清了一部分债务，指着几千只鸡对我说："全是我的，全是我的宝贝儿。再有两年，我就能翻身了，到时候你再出书，我包销一千本。"说完一本正经地拍了拍我的肩膀，那一瞬间让我觉得，这个老肖已经不是我认识的老肖了。

我也陪他送过鸡蛋。有一次，在回家的路上看见两个半醉不醉的中年大叔，一个要送另一个回家，另一个非不让送。老肖硬是把车停在路边，看着他俩拉拉扯扯了半个多小时，然后问我："是不是人到中年都这么无聊？"

过了夏至，白天变长，漫天的星星点缀在老肖的小土农庄里，吃饭的客人络绎不绝。透过苍茫的夜色,是否,每个人都是一颗闪烁的星星,只有那些有过疲惫、熬过痛苦的,才能成为青草尖上最美的露珠?

7

2016年的冬天,老肖知道我要去外地,拉我到小土农庄叙旧。他说:"为你送个行。"雪弥漫了整个乌鲁木齐,老肖说:"下雪的时候最温暖。"我也回了句:"这是从天而降的欣喜。"说完,老肖爬到一个小山坡上,在雪白的地上写了一句话。

那天中午,老肖接了个陌生电话。电话那头说:"先生你好,我是晨晨服饰,你一个朋友留了一个档案袋在我们店里,上面有你的名字和电话,你有空来取一下吧。"

老肖开车一路狂奔过去,老板娘拿出一个档案袋对老肖说:"原来是你啊?你以前经常把车停在我们店门口,经常跟你在一起的是你女朋友吧?一个男的把这个档案袋送来的,说是他姐姐临走之前交代他送到我这儿的,如果看到你的车就给你,没看到你的车就给你打个电话,一忙我就忘了,今天收拾东西才想起来。唉……年纪轻轻的就得了脑瘤……"听到这句话的时候老肖瞬间蒙了,他抓过档案袋转身就走,坐在车上老肖才发现自己浑身发软根本无法开车,硬着头皮打开档案袋——里面是老肖的备用车钥匙、两本秀秀给老肖手工装订的椒麻鸡调研表和一张便笺。

老肖看完便笺，咬破了自己的嘴唇，狠狠地一拳打在车上，上面是秀秀写给老肖的话——

老壳子：

你看见这张字条的时候，我已经去北京做手术了，能不能回来我自己也不知道。我跟你说我预感我们一定会发生点儿什么的时候，我就已经想到会有今天了，只是你不懂。我们刚学会上网的时候都被《第一次亲密接触》感动过，虽然我不是轻舞飞扬，你也不是痞子蔡，但是结局都一样。我们在一起的时候你问过我很多如果，但我知道我们没有那么多如果，人都是自私的，我们本不该相爱。

如果你有时间，去我们去年露营的地方把我写给你的字条挖出来看看，我知道你写给我的字条上肯定有"我爱你"。

不要在我不在的时候吃榴梿。

我在唱吧给你留了一首歌，账户和密码你知道。

少抽烟、少喝酒，不要怪我离开你。

2014 年 5 月 20 日

看完便笺，老肖就拉着我去他们露营的地方，要把那张字条挖出来看看。驱车近三百公里，从乌鲁木齐到吉木萨尔的山里，大风吹着小破车，小雪飞扬。老肖的眼泪挂在脸上，他们当时的约定是一年以后一起来看。到了呼图壁的山上，夕阳照红了大地，雪色变成了血色，老肖拿着瓶子呆呆地在山坡上坐了半天，任凭眼泪肆意流淌。

Chapter *10*

打开字条，上面也只有几句话——

老壳子：

刚才你喊我看你采的大蘑菇的时候我哭了，只不过你没看见。我觉得人的生命力有时候还不如蘑菇。老肖，我得了脑瘤，很严重的那种，如果没有奇迹发生，明年这个时候你肯定是一个人来看这张字条了，还有，你写字条的时候我偷看了。嗯，我知道了，你爱我。

看完字条，老肖像个木头桩子一样静静地坐在山坡上，一根接一根地抽着烟。直到巡山的牧民提醒我们该下山了，老肖手机还放着秀秀在唱吧里给他留下的那首歌：

想把我唱给你听，
趁现在年少如花，
花儿尽情地开吧，
装点你的岁月我的枝丫。
谁能够代替你哪，
趁年轻尽情地爱吧，
最最亲爱的人啊，
路途遥远我们在一起吧。
我把我唱给你听，
…………

（这是秀秀留给老肖的半首歌，之所以说是半首歌，是因为后面只有音乐和着秀秀的抽泣……）

回程的路上，我在车上睡着了。在梦里，老肖在"红光山年货节"上摆起了摊位，裹着厚厚的棉衣热情地招揽着顾客，秀秀站在旁边忙着收钱。老肖咧了咧嘴，满脸都是白痴一样的笑容，告诉我说："秀秀的病治好了。"卖完年货，两个人带着我回到小土农庄，唱起古老的歌谣，仰望着对面的博格达峰，拥抱在一起，互相喂菜，就好像我完全不存在一样。

等我醒过来时，我们已经回到了小土农庄。老肖点了一根又一根的烟，那几个留在雪地的大字被车灯照着，盈盈闪光：

我知道你会回来，我等。

11 Chapter

写给马小狮的一封信

暴风狂卷天山雪,犹展英姿自往还。在你的陪伴下,我会搀扶着你老爸,恢复元气,定会重回江湖,成为你最坚实的靠山。

1

小狮子：

五年前，你爸马史和你妈在一个寒冷的冬季培养了浓浓的爱意，一起撒下了一颗爱的种子，然后手牵手走进了婚姻的殿堂，从此，一个幼小的生命诞生了。

你是一个意外，你老爸知道你存在的时候，还没准备好当一个丈夫，更何况是一个父亲。但你老妈大义凛然的精神让你老爸放了心，你老爸忐忑不安地问你老妈："咋办？""生。""咋办？""结。""咋办？""养。"所以你参加了你爸妈的婚礼。

你老爸给你起的名字我有很大意见，虽然没人听我的建议。我问过你老爸为什么叫马史，你老爸说他想成为马云和史玉柱那样的人物，而且写传记也方便，就叫史记。你名字的由来我也问过你爸，马小狮（史），你老爸只解释了为什么你小名叫小西瓜，因为他爱吃西瓜。可见，你的大名并没有太多含意。

你的爷爷和我的父亲是一起长大的，我和你老爸也是一起长大的，但你却不能和我的孩子一起长大，因为叔叔我至今未婚。你比预计的早来了几天,你出生那天我们正在现场听安明亮唱《这里是新疆》,我们刚喝完一杯酒,你老爸就蹦起来,脸色兴奋且通红地对我们说:"要生了。"

从儿童公园到医学院两站地,你老爸局促不安,一会儿打开车窗深呼吸,一会儿问我到哪儿了。

你出生那刻,你老爸站在产房门口,我在楼下抽烟。护士用棉布把你包裹好递给你老爸的时候,你哇哇大哭,你老爸惊慌地问护士:"这要哄吗?"逗笑了所有人。那一刻,是你与这个世界第一次的照面,你肯定感觉到了不适,离开温暖舒适的母体。不知道你看到你老爸胡子拉碴不知所措的样子了没有。你另一个古怪叔叔许佳死活不让我看你一眼,说孩子出生时看见的人丑,长得就丑。所以你出生之后的第三天,我才见到你。

马小狮,你老爸竟然在 QQ 空间给你写诗,他的眼神充满了期许,如诗歌一般。

> 孩子的婉转啼声如第一缕阳光,
> 你与这个陌生的世界将会相识,
> 从妈妈的肚子到爸爸的怀抱,
> 你成长的未来我们小心呵护。

2

你可能不知道,婚礼上你爷爷和奶奶打扮得花枝招展,你爷爷涂着大红嘴唇,神采奕奕。你老爸西装革履,婚礼刚一结束,他连衣服都没换,就回到工作室要出一组漫画。

你出生以后,我和你老爸搞了一个工作室,在乌鲁木齐职业大学里面,搏梦工厂免费提供的一间教室,饭菜就在学校食堂吃,便宜实惠。工作室的主要业务就是拍摄宣传片和电影,自打工作室成立,三个月,我们洽谈过至少二十个项目,中标了一次还是在你老妈的帮助下。

从七一酱园搬到了职业大学,工作室的位置越来越偏,可穷困潦倒的状况并没有改变,虽然《小馕人》人见人爱,《雷锋侠》成了院线电影,但第一个月的宽带费还是我发朋友圈宣布工作室正式成立,大家来贺喜给的红包才凑来的。你老爸还认真地对我说:"这比在人民广场摆个碗要强多了。"

我们有大把的空闲时间,以至寒假期间篮球场厚厚的积雪,我们一下午就打扫干净了。在冬天,工作室成员勉强伸出五指打篮球,基本就是你老爸带着一个90后,一个90后带着我,冬天零下二十多摄氏度,我和你老爸老胳膊老腿地投篮,输了就来二十个俯卧撑,一场球赛下来,感觉冬天没那么寒冷了,这大概就是事业上使不上劲儿,球场上宣泄。

一个新来的实习员工,在实习一周后,慷慨地拿出饭卡说:今天我请大家吃饭。因为她看到每次你老爸的朋友来我都问:为什么不带礼物?算了,食堂拌面请我们吃一下!反之我朋友来了,你老爸会说同样的台词。

我和你老爸商量过无数次,要不我们工作室改名,就叫马史婚庆工作室。一周接两次活儿,依照我们的履历,我做编剧他做导演,拍个新颖的爱情微电影,量多价保,不说发财,过个小日子绰绰有余。你老爸摇头拒绝,我就质问:"那马小狮的奶粉钱咋办?"

你老爸就说看开点儿。我知道你爷爷奶奶外公外婆等一大家族养活你易如反掌,所以你老爸总说看开点儿,哪怕我们的理想上面落了一层灰。我说那简单,我们开个婚庆公司,你别吃婚礼酒席就好,我呢,最多拿两盒烟,烟钱就省了,而且我还能客串个司仪,那绝对高端大气。

你老爸觉得一旦开了婚庆公司,就与电影背道而驰了。可在我眼里,都是架个机位找画面而已。

我和你老爸有大把的时间相聚,我们可以从幸福路一直走到市政府,甚至沿着河滩奔跑。到了市政府你老爸一点儿也不想吃饭,被汽车尾气喂饱了。

我们在红山顶上,讨论过马史、杨奋究竟哪个名字更好听更生动,我说杨奋,一粒一粒的就好像元宵。你老爸说马史,一坨一坨的像宝塔。

看开点儿是你老爸的口头禅，天崩地裂你老爸都会说看开点儿。他把所有的压力都扛在自己的身上，不抱怨，不倾诉，典型的天蝎座。我和你老爸相处还是要保持一点儿距离，因为不知道什么时候哪句话得罪他了，就要小心，天蝎座腹黑。

但日子并没有因为你的出生而变好，我宽慰过你老爸："要不下部电影我客串个角色，帮你拉点儿人气，也好有个稳定收入。"你老爸看着我 360 度全死角的脸哈哈哈笑了起来说："你简直是《巴黎圣母院》的敲钟人卡西莫多，不用化装都能出彩。"可见，我要掩盖自己的锋芒绝对是徒劳。

后来你老爸终于靠自己赚到了第一桶奶粉钱，去塔什库尔干拍摄宣传片，火车来回，从乌鲁木齐到喀什一天一夜，从喀什到塔什库尔干也是一天一夜。帕米尔高原上道路泥泞，一下暴雨就容易发生泥石流，你老爸去的那天遇到大雨，被困在山谷里，山里没有信号，你老爸那一刻最担心的还是你。

宣传片拍摄了十天，就是一些艺术家在高原上探讨人文主义，你老爸扛着摄像机在海拔四千米的地方，被晒脱了皮。回到乌鲁木齐你老爸瘦了十多公斤，整个人反而精神了。

他说："我要去北京看看。"

当你老爸说要去北京，你老妈就一个字，去。你老妈骨子里比你老爸更文艺，她甚至有点儿鄙视商业行为。她对你老爸说："去吧，理想不能丢。"在这事情上，马史并没有征求过我的意见，我是反对的，不是因为马小狮你，而是你老爸去北京，我怎么办？

你老爸回复我：乌鲁木齐是家，北京要干事业。

3

我一直想认你当干女儿，但你老妈不同意，你老妈吃过我和你老爸的醋，因为我们之间有太多的故事。我和你老爸是发小，童年都是在新疆西北偏北的边界青河小镇度过的，与现在他一脸沧桑扎着马尾辫相比，最让人不可思议的是他小时候白白胖胖特别招人稀罕。

马小狮，我就像一个叔叔一样记录着你和你老爸的童年生活。

小学一年级，他总是抄同学古丽扎提的作业，有一次老师要谈好人好事，你老爸就站起来认真地说："我一直在帮助古丽扎提学习，不懂的题我都教她。"想不通的是古丽扎提竟然点头认可。

小学二年级，我们争论起兵器，你老爸眼里的小李飞刀在我这里不足挂齿，我最初对兵器的了解还是来源于我老爸的鸡毛掸子。从疼痛感来说，鞋拔子一定排在擀面杖的前面，因为擀面杖好控制力度，鞋拔子飞过来不次于小李飞刀。

小学三年级，每次放学，我们都爬牧民的马车，那时候县城主要的交通工具就是马车，起先我们都是追着马车跑，爬上马车带我们一段。那些牧民总是欢迎我们爬马车，只是一上去就快马加鞭风驰电掣，我对你老爸说："爬车容易，下车不易，且行且珍惜。"

小学四年级，冬天小镇零下四十摄氏度，你老爸就会穿上军皮靴，小小的身体，大大的靴子，感觉从膝盖往下都被靴子包裹起来。要是真的冬眠，你老爸缩到军靴里一定能过一个温暖的冬天。

小学五年级，你老爸的身边总是围着很多小女孩，而我的身边都是牛羊之类的牲口。因为你老爸在电视上看到有孩子吹泡泡，就缠着你爷爷要这样的玩具。你爷爷用电线绕了一个圈，用水和洗洁精加点儿白糖鼓捣到一起，没想到真的能吹泡泡。马史就在路上边走边吹泡泡，一堆小女孩惊喜地围着。现在看来他当导演的潜质在那时候就培养起来了。

在六年级之前我都是老师宠着爱着的孩子，有一次班主任问：谁是咱班最幽默的同学？虽然同学们的回答不整齐（由于都是孩子），但还是能清楚地听出来大家喊的是：杨奋。然后老师一本正经地转过去在黑板上写的是：马史。到现在我都想不通：帅和幽默有毛线关系。

后来，我和你老爸在北京自建房的天台上聊起我们的童年，说起这个事情，你老爸坚定地说："帅就是幽默，幽默就是帅。"

这一晃就是二十年，我和你老爸早已离开了家乡。

所有人都惊叹80后是垮掉的一代就好像在昨天，可忽然间我们就变成了中年大叔。

我和你老爸辗转在离海最远的乌鲁木齐与离梦想最近的北京之间，在回家放羊还是死磕电影中徘徊多年。我安慰他，与阴暗潮湿的地下室和拥挤的公寓楼相比，自建房楼顶带有院子的违章建筑总算是个小天台。马史反驳我，还不如羊圈。

尽管他画出来了《馕嘟嘟》，拍了《百年新疆》《雷锋侠》；尽管我已经是青河县五百年来第一个作家，但我们的生活看上去却没有那么美好。

天台上有几个生锈的健身器材，有假山和盆栽，还有一个小围栏，里面是房东养的三只鸡，我和它们成了无话不说的朋友。

每次上天台总是要穿过三个连在一起的自建房，那被马史称为库布里克迷宫。自建房的一楼有花圈店、发廊，还有各种市井小民，小巷里挤满了各类的人群，炒饭的师傅半夜吆喝着，卖水果的大妈总是缺斤少两，我尽量免费试吃多一点儿补回来。这一切就是马史和我在北京的生活，然而在这里死磕了一年的剧本《储物症》最终被投资方无情撤资，组建好的团队留好的档期却无事可做，而且我的三个鸡"朋友"被陆续做成了鸡汤、新疆大盘鸡和红烧鸡块。

每天马史靠着和你视频，我数着飞机这样支撑着生活。闲暇之余马史会画漫画，你生日那天马史因为写剧本没回到你身边，就在视频里对你说，过几天爸爸回去给你过生日啦。还好你不懂事，并不知道几号是几号。

"爸爸，你什么时候回来？"
"爸爸大后天到。"
"爸爸，小后天行不行？"

为了打动投资人，他把剧本的故事全部画成漫画写成了小说，终于在今年拿到了一笔投资，这部密室空间的小成本电影会是你老爸第一个院线电影，为此他努力了十年。

4

你一岁到现在，你老爸都没有在你身边陪你过过生日，他带你去过三亚看大海，弥补他内心的愧疚，我想那大概是因为三亚四季如春。

你老爸并没有见证你牙牙学语的样子，但你却学会了给他发视频，视频里你不说话，就在地上爬，翻腾着抽屉，抽屉似乎是你的百宝箱。你把头埋在柜子里，聚精会神地翻着你自己喜欢的东西，完全没有注意到视频这头你老爸无比紧张的样子，他担心你被抽屉夹着。

有一天视频出了问题，显示不了画面，你问爸爸："为什么看不到你？"你在视频那头就哇哇哭了起来。妈妈哄你，说："爸爸在呢，爸爸在你身边。"你老爸不知是该挂了视频重新连接还是该继续哄着，那一刻，你老爸脸上冒出的汗滴比眼泪都多。

挂断视频，你老爸就拼命工作，写剧本。我一直坚信你老爸如此努力一定会有成就，可是我也知道你最可爱的这几年，你老爸却不能哄你睡觉给你讲故事陪在你身边，你老爸只想为你打拼一个好的未来。

有一天，你来到北京，如果生活变得容易，你一定要知道曾经这里没有人为你老爸遮风挡雨，但你老爸用他的翅膀为你撑起了一片天空。

我也偷看过你老爸的微信，你老爸是天蝎座，什么事都藏得深，我只好在你老爸睡觉的时候悄悄用他的指纹打开手机，因为你老爸也偷看过我的微信。我看到你老爸和老妈互相鼓励，加油，也看到你老爸收到别的姑娘对他的表白，他的回复都是：你还怪可笑的。你老爸在一次酒后对我说："之所以要对感情如此坚定，是为了马小狮长大后，知道这个世界还有好男人。"我个人觉得他是怕被你老妈摔得粉身碎骨。

你老爸最怕坐飞机，飞机一颠簸，你老爸嘴里就是马小狮，马小狮。你老爸拉着我说："火车比飞机便宜，还能一路看风景。"我就和你老爸一起坐火车，从北京到西安停留一天看了西安大雁塔，从西安到兰州坐在黄河边上喝三炮台，最后从兰州回到乌鲁木齐。你老爸说以后在这几个城市都买房子，这样来回新疆就带着你坐火车，到哪儿都有家。可是这个时候，你老爸还没办法在北京给你安个家，把你接到身边。

回到新疆，按照传统，我们几个发小聚在吐鲁番葡萄沟的马家大院里，葡萄熟透，天气宜人。你老爸问你："谁是坏叔叔？"你指的是我。你这么小就有这么好的判断力，我也就放心你的成长了。

我们几个叔叔围着你转，阳光透过葡萄藤照在你的脸上，你留着稀稀疏疏的长发，动作轻巧灵活，像可爱的小麋鹿。一到院子里，你就把随身带的布娃娃扔掉，去抱院子里的小狗，你还给它们起了另外的名字，我们都跟着改口。可是劳拉是什么意思，好吧，小黑就叫劳拉好了。你像模像样地叫着它们的名字，还要拿着画册给它们看，不看你就生气要哭，逼着我们几个叔叔满院子抓狗，陪你读漫画册还要给你鼓励的掌声。

你可以一口气吃掉五串羊肉串，还围在烤炉跟前不挪步。你对你老爸说：水煮西瓜，我做！你费力地抱起一个西瓜放在水盆里，给西瓜冲水，认真得就好像你要招待好每一个人。

三岁的你活泼可爱，你老爸陪着你睡午觉，在院子里的大床铺上，其实他并没睡着，他只是看着你安静入睡。那一刻，他一定是这个世界上最幸福的人。

你学着爷爷的样子，拿着剪刀要剪葡萄藤多余的枝子。你看见湍急的溪水对爷爷说：白云是水吹出来的泡泡。你爷爷围着你不亦乐乎，你指着爷爷年轻时候的照片说：都怪把我生得太晚，要不我就在这个位置，和年轻时的爷爷一起合影啦。

照片的背景是在大青河的桦林公园里，你长大了一定要去青河看看，那里有我们的童年，也是你家人和我家人贡献了青春的地方。你爷爷曾经是军人，雷厉风行，如今看到你时一脸慈祥。看着你爷爷的背影，我总会想起我的父亲。他们在青河相识成为搭档，就像现在我和你老爸一样。

现在的你，有一堆漫画册，你张牙舞爪地乱撕，你的爷爷小时候只有新年才会拥有一本涂鸦册，可以每天撕还不挨骂的，叫日历。

你吃的梨是库尔勒最好的母梨，你爷爷15岁才吃上第一口梨，梨腹内酸，可他吃得干干净净。

你要去青河二中看看，如果那些树还在，上面还刻着我写的字：我爱你。之前的"谁谁谁"划掉重写了好几个人的名字。树下我和你老爸一起讨论过作业，你老爸不自信到连我的作业都抄。你去武装部看看，虽然那个院子可能变成了楼房，但曾经我在那里问你老爸要过五角钱。还要去大青河看看，水流湍急，每次我想和你老爸横渡河流，最后都被冲了好远才能上岸。

后来你爷爷因为工作变动，从全国最冷的青河迁到了全国最热的吐鲁番，每年你都会回到吐鲁番看看，在葡萄沟住一周，你老爸就奔赴北京继续北漂的生活。离别的时候,你眼巴巴地望着你老爸,依依不舍,小眼睛里瞬间蓄满了泪水。你老爸紧紧地抱着你,他比你更不舍得离开。

5

我一直想我要是有个女儿,就把她打扮成漂亮的小公主,扎着马尾辫,骑在我的脖子上,带她去看世界看星星,给她最幸福的生活。

北漂生活很压抑,我和你老爸每天都是去巴依老爷那儿吃饭,拌面是常态,偶尔加个烤肉。你老爸一拍片子就会像个野蛮人,一周不怎么睡觉都是正常,再疲倦,一听到你的声音就振作起来。

我也曾经问过你老爸,为什么不去记录你的生活。你老爸并没回答。我了解你老爸,什么事情都压在心里,默默扛着。比如帮我租过房子说是单位免费提供的,自己悄悄承担着房租。

我无意间打开过你老爸的手机,但他并不知道我偷看过他的记事本,上面有一些只可以自己看的私密记录,记录他生活的酸甜苦辣,更多的还是对你的想念。

以下摘自马史的记事本:

> 我坐在书桌前画画,马小狮拿着笔和纸问我:"爸爸我能坐在你

的腿上吗？我也要画画。""可以啊。"马小狮快速地爬到我的腿上，"好幸福。"马小狮念叨着。

"姑姑给你买了这么多好吃的，感不感动？"
"不感动。"

马小狮问我："出土文物都是土里出来的，那土豆是不是文物？"

"爸爸又去北京了，我想给他装个尾巴，一拽他就回来了。"

马小狮不注意小腿骨折了，她在视频那头哭，我在这头哄她不哭，她说："爸爸，抱抱。""抱抱。"我多想抱着你。

"爸爸，1元钱的栗子多少钱？"

"马小狮，你今天睡觉香不香？"
"香，但是有点儿辣。"

"爸爸给你讲个故事，狐狸骗走了麻雀的蛋糕并把它吃了。马小狮，你为什么哭了？"
"狐狸是坏人，为什么要吃麻雀的蛋糕呢。"

我的女儿，

我在等待你的成长，
但我更想你在身边。
想和你一起打怪兽，
想和你一起钓鱼，
想和你一起闻花香，
想和你一起爬红山，
想和你一起成长，
想和你一起画画，
想和你一起看日落，
想记录你生活的每一刻，
想……你……

我明白了为什么马史这么拼命，那是为了早日把你接到身边，享受一家人的天伦之乐。或许这样的奋斗才有意义，就好比今年你们一家人在三亚，视频里你抱着厚厚的被子，你老爸问你："马小狮累不累？"你摇摇头说："不累。"抱着被子一步一步挪动，你老爸两手空空。我想这就是一家人在一起的乐趣，爱会让生活变得有趣。

如果二十年后，你无意间在某个角落里读到了这封信，我应该已经是个老态龙钟的小老头儿，如果我还活着的话。

如果你的生活正陷入迷茫、挣扎与彷徨，请你认真再读一遍这封信，曾经那么难的日子，我们都熬过来了，你还怕什么？

我并不担心你,我只是担心你老爸。你老爸从来不说,但我知道他身体并不好,常年劳累,日积月累,怎么会有好身体。如果二十年后,他正打着吊针,倚靠在病床上,辗转难眠,咳嗽发烧,疾病正在折磨着他,我希望你还记得他温文尔雅且有职业尊严的样子。那时的他一定拥有了光环与财富,也许他已经回到遥远的边陲,闭门养身,深居简出,但我希望你在他身边,就好像小时候那样,你对爸爸说,你不走,我给你糖吃。你喂他米粥,陪他聊天,也给他讲讲你的爱情,你的喜怒哀乐。

在你三岁的时候,我曾经和你老爸开玩笑,说你长大了,会带个外国男朋友回来。你老爸坚决否定,说:"等马小狮长大了,我第一个娶她。"我想他一定会在你的婚礼上哭成泪人,因为他不可能是你的新郎。

病老卧榻,人之常情,但那一刻也最想有人相依。如果他说话缓慢,你就耐心倾听;如果他动作迟缓,你就不离不弃。马小狮,那一刻,像不像你小的时候?

暴风狂卷天山雪,犹展英姿自往还。在你的陪伴下,我会搀扶着你老爸,恢复元气,定会重回江湖,成为你最坚实的靠山。

杨奋叔叔

2019 年 2 月 19 日写于长沙

孩子的婉转啼声如第一缕阳光，你与这个陌生的世界将会相识，从妈妈的肚子到爸爸的怀抱，你成长的未来我们小心呵护。

12
Chapter

温暖新疆

　　总是遇到一些人,他们渺小,甚至只能照顾好一个小小的家;他们伟大,他们想把新疆变得更好。我时常记不住他们的名字,甚至会忘记他们的样子,甚少来往,但这些记忆都保留在我心里。

1

初中的时候,我们县城来了一个卖烤肉的老大爷,还带了一个眼睛会说话的小男孩。因为县城就那几千人,谁都认识谁,所以他们就显得非常特别。

他们在一个牛肉面面馆门口摆了一个烤肉箱子,五角钱一串,老远就能闻到香味。他租了牛肉面面馆门口的位置,按天交费。没事的时候小男孩就会围在老大爷的腿边,听着他捋着胡子讲故事。

有一天,一群喝多的酒鬼骂他的烤肉不好吃,老大爷用极其蹩脚的普通话说着:

"没结婚的羊娃子,香香的啊。"但是那群人还是不依不饶,并且推翻了他的烤肉摊子,煤炭撒了一地。

老大爷一脸的委屈,却不知道该怎么办。小男孩抱着老大爷的腿哭着鼻子,老大爷抚摸着小男孩的头不敢吱声。等酒鬼走远了,老大爷才收拾起脚下的煤炭与散在煤炭里的肉串。小男孩擦擦眼泪,帮着一起收拾,还拿着一串烤肉使劲吹着上面的炭灰,那样子可爱又可怜。

当老板从厨房冲出来的时候,酒鬼四散而跑,老大爷憋红了脸说:

"我收拾干净,今天没有钱了,租金能不能明天再给?"老板说道:"没事,没事,你就把这里当家。"

那时候全县城就这一家 24 小时营业的牛肉面面馆,我每天路过都会看到这对爷孙,他们的晚饭就是一个馕与几个没卖完的肉串。老大爷给孙子喂着肉,孙子咬几口嚼不动就塞到爷爷的嘴里,爷爷就会露出微笑。

2

我高中是在北屯高级中学上的,那里最出名的莫过于额尔齐斯河和平顶山。我的学校就在平顶山脚下,据说平顶山还是成吉思汗曾经阅兵的地方。

每天放学之后,我都会去并不繁华的街道打台球。露天的那种,杆子都是歪的,如果你不用力打球,那球在桌面上就会东倒西歪,但好在洞都非常大。

有一天,新来了一个台球案子,集市的台球案子下面都会带着车轮,固定好了就开打,晚上没人了就把案子推回家,而这个新案子就在那里固定着,即使刮风下雨或者覆盖厚厚的雪都长年不动。原因很简单,摆案子的是一个侏儒,而收钱的是一个坐在轮椅上的残疾人。

每天都会看到这两个男人，侏儒吃力地打扫落在案子上面的积雪与落叶，残疾人不动声色地在旁边架火。那侏儒也就比台球案子高出一个头。

没人的时候，我就找那个侏儒打台球，他每次都打得很认真，认真到瞄球就需要十秒，但是也很吃力，常常白球离案边稍微远一点儿就不得不用架杆，而我总是刻意地把白球打到中间看他吃力而认真的样子。在他那里我消耗了很多时间，但是和他打台球，我从来没输过，也从来没掏过钱。每次打完他都会咬着牙对我说："下次一定赢你。"

冬天的时候，他会在案子旁边架一个火炉子，就是在一个铁桶里面装点儿煤，边打边暖手。有人的时候，残疾人就会往桶里多放点儿煤，但是大部分时间都没人，就只能他们两个人围着桶取暖。

我在那儿遇到过很多对手，交过很多学费，其中有一个老汉，我怎么也打不过，越打不过就越想找他打。

有一次，下雪天我跑到集市打台球，发现那个老汉在和侏儒打球，我就凑上去围观。雪落在案子上很快就化了，侏儒戴着手套，打得非常艰难。可是每次结局都是侏儒赢，老汉总是输一个球。我第一次看到那个残疾人双手握拳，侏儒一脸兴奋，最后侏儒赢了五局，颤巍巍地从老汉手上接过来两元五角钱。

有一天，我去邮局取家人给的生活费，看到侏儒也在那儿，他见我来了，兴奋地说："我读书少，你帮我写几个字。"那字很简单，收信的人应该是他媳妇，他让我写道："新疆很好，给孩子多买点儿好吃的。"我看到他从口袋里掏出了一把毛毛钱递到柜台汇款到家。

一次晨读，我看到侏儒推着残疾人过马路，在过一个马路牙子的时候，怎么也推不上去。我想过去帮忙，侏儒笑着谢绝了，三次以后侏儒鼓足劲儿一把推了过去。初升的太阳照在他们身上，我看着他们渐渐远去，从我的视线中消失。

后来有人说起他们，说那个残疾人和侏儒本来是要饭的，他们相遇便一路到了新疆，并且用他们乞讨来的钱买了一个二手台球案子。

3

我大学毕业后，家里搬到了乌鲁木齐，在一个小山坡上，山上没有公交车，只有三轮车。从珠江路口到山坡上有很多开三轮车的，上山一次是五角钱。

熟悉乌鲁木齐的人都知道这条路很窄，旁边有一个渠，从珠江路口到山上总有一些三轮车夹在汽车中间，有时候很烦，他们总是乱插队。

有一次我回家很晚，打不着车，就在珠江路口干着急。这个时候突然来了一辆三轮车，一个看起来与我年龄相仿的人，他停下车看看我问道：

"到哪个地方去呢?"我犹豫了一下还是上了他的车。

那是冬天,车的后面是半封闭的,他的脚旁边有一个小桶,桶里面放的是正在燃烧的煤炭。他看我有些紧张,便说道:"冬天嘛,不带个炉子,膝盖被风吹着会疼。"那一路我没说话,他就哼着我听不懂的歌把我送到了小山上。到了地方,我给他钱他死活不收,他说:"阿达西,这个下班时间了嘛,我也是回家,不收钱不收钱。"

那时候珠江路口总有十几个这样的三轮车排队拉人,夏天是全敞开。他的车很好认,铺着一个特别漂亮的毛毯,坐上去会非常舒服,没有急事的话,我都会等着坐他的三轮车上山。

他有高高的鼻子和长长的眼睫毛,汉语说得并不好,却很喜欢和我交流。他问我有女人吗,我说单身,他就告诉我,他的孩子五个月了。每次说到他孩子,脸上就会露出喜悦的笑容。

有一次,我等好久没看到他。第二天我再见到他的时候他一脸沮丧。他说,孩子生病了,他开着三轮车送孩子去中医院被交警抓了。那时候三轮车只允许在珠江路和山上活动,在市区被抓到是要罚款的。

他在路上被抓了,他把三轮车扔给交警就抱着孩子跑到了医院。我算过他的收入,一次五毛,拉八个人,一天跑二十个来回,收入是八十元。他对我说,这个收入他很满意。那一次他被罚款两百元,两天半的收入。

冬天的时候,他在三轮车上装了一个小喇叭,他教过我一首维吾尔族歌曲,不过我五音不全,我只知道那歌名叫《睡吧孩子》。他说:"孩子稍微大一点儿的时候,就开着三轮车带他去南门吃一次自己从小就爱的面肺子。"我说:"你不怕交警吗?"他笑着说:"上次要不是孩子生病了,交警能抓到我吗?"

后来我回家发现三轮车都不见了,过了几天,取而代之的是几个面包车,里面都是陌生的面孔。

再后来,我坐车下山都戴着耳机听歌,不会说话,有一次竟然在耳机里听到我第一次见到他时他哼的维吾尔族歌曲,只是我再也没有见过他,不知道他和他的孩子好不好。

他曾经跟我说过,他家在南疆,家里的条件并不好,他说:"等开三轮车赚了钱就换辆出租车。"他说:"等我买上出租车,就带着孩子好好转一转乌鲁木齐,来了那么多年,还没好好看看这个城市。"他还对我说:"快点儿找个女人,有了孩子你就不会天天那么晚还在外面玩。"

4

在乌鲁木齐生活,总会有意无意接触一些书店老板。忠哥坚持了十八年的广告人书店改名为左边右边书店,搬到了果业大厦十七楼,几只呆萌的加菲猫守在书店,几年如一日照料的多肉生机盎然。店里时常有一些活动,挤在不大的空间里。他微信的个人签名是:一个靠书,靠广告活着的认真分子。

后来忠哥走访了各地的各种书店,回到乌鲁木齐后,用他擅长的设计和创意做了一家极其精致的书店。2018年他的朋友圈又活跃起来,店里有摄影展、设计展,每一周都有不同的活动、集会。我喜欢忠哥书店的标语:思想靠左,行动靠右;加菲在左,多肉在右;左边右边,对立统一的生活哲学;左边右边,可以成为朋友的书店。

新华书店的正对面是一家已经有些年头的南门阳光书店。这个书店牌子不小,很多人都应该有印象。老板姓刘,看起来不像是个文化人,但有一次和他聊天,他说:干了一辈子图书行业,也不会干别的。如今,他想在每个大学里都开个书店。他总是鼓励我好好写新疆,新疆有很多故事值得去写。

或许很多人知道友好地下通道的那家小书店,已经开了很多年了,老板也是一个中年男子,憨厚有态度,他对我说:"卖书最能看出经济的好坏。"他还兼着卖一些电影票,补贴书店。按照他的话来说,房租再高点儿,书店就很难维系了。

我是这个书店老板见到的第一个主动上门签名的作家。每次到友好看电影，我都会让司机师傅停在对面，下车走过这条地下通道与老板寒暄几句。店铺有二十多平方米，堆满了书，人稍微多一点儿就会显得拥挤。我没有记住店名，但好像也没有人关心它到底叫什么名字，甚至我都没记住老板的名字，但他会给我推荐不同风格的书。每一次买书都是七折，他说写书的人不容易，我说八折就好了，卖书的人也不容易。

早十年，这个书店就在这儿了，周围的小店换来换去，从外贸到手机壳再到奶茶店，它始终都在这儿。最初还租书，一天一册五角钱，押金单本十元钱。他给弄丢书的学生退过押金，也给路过的老奶奶念过故事。那时候他年轻力气大，所有的书都是他一个人推着拉拉车从火车头运到地下通道。一晃十几年，唯一没变的就是地下通道依旧没有手机信号，至今他还用着老人机。

5

全国有那么多可以叫上名的书店：西西弗、方所、诚品、先锋、猫的天空之城、当当，他们无一例外都没有在新疆开设分店，能在新疆投资经营书店的，他一定理解并热爱这个地方，就比如班的书店的创始人Ben。

班的书店开业的第二年，我出了自己的第一本书，我将签售会的地点定在班的书店。那以后我和Ben还有Lisa姐有了很多的交集，因为好奇便打听开书店的缘由。

Lisa 姐在商场卖了十几年的服装,而 Ben 是海归派,他俩都是地道的新疆人。他们搭配起来干什么都能日进斗金,可偏偏在乌鲁木齐开了一个书店。

Ben,眉清目秀,说话斯文得体,后来熟悉了才发现他像一个大男孩,私下活泼爱开玩笑。Ben 比我大一岁,从英国大学毕业,投了十二份简历全部通过,他顺利进入了外企银行,没几年他就独立负责一个国际奢侈品品牌中国区的业务。

他大学时兼职做导游,一个月有二千五百英镑的收入,那时我给一个杂志投稿才收到一百元人民币。他用八个月攻克了英语,与室友无障碍交流,我英语四级考了三次还没过。
大学毕业之前,Ben 周游了欧洲列国,还去了南极。

有一回,我们吃饭,我感叹道:"Ben,你的起点就是我的终点。"
Ben 反问我:"我的起点就那么低吗?"
要不是因为刀是管制器具,我差点儿拔出我三十米的大刀。

"可你为什么放弃外企高薪工作回新疆开书店呢?"我不解地问道。

那是我第一次见到 Ben 长时间沉默。

最初 Ben 的家人并没有在意他要开书店这件事情,直到有一天 Ben 把家人领到昊元上品一层空荡荡的房子里,他家人才质疑道:"你知道这么大，装修要多少钱吗？"

Ben 说："我已经算过了，书柜三十万，地面吊灯加其他一百五十万。租房合同我都签好了。"Lisa 姐说一开始也没有想过做书店，但总是觉得这件事有干劲儿，就跟着 Ben 干了起来。从店铺的选址、装修、设计，开始的三个月，这个与服装打了半辈子交道的人一天都没有干净过，她老公都不理解："你咋那么大精力？"Lisa 姐说："书店好啊，那么多人读书，这是多么美好的事情。"

可是等着 Lisa 姐和 Ben 的并不是装修这么简单的事情，而是要去面对供货商与出版社。

Lisa 姐这个坚强的女人在与出版社确定合作以后，转身泪眼婆娑。因为她在书展上跑了整整三天都没有人搭理她，一听是新疆的书店都摇摇头，你们能进多少书，那利润还不够路费的。Lisa 姐咬着牙，即使被拒绝也不死心，就等，就说，终于有一家出版社说："没见过你这么坚持的人，那我们就试着合作看看，但不铺货，你们现金先买。"

后来出版社的人来到新疆，看到这样一个书店，当时就有点儿哽咽，拉着 Lisa 姐说："以后有事找我，比如作家活动，我都尽量安排过来。"

以前都是供货商找着 Lisa 姐合作，乌鲁木齐这个城市的人爱美，奢侈品也好卖，Lisa 姐销售能力又强。可现在为了几毛钱的折扣，Lisa 姐跑遍了各种渠道。

"新疆除了新华书店,哪儿还有什么像样的独立书店啊?"有客户说。
可越是拒绝,Lisa 姐越不死心。
她要把班的书店开起来,让所有人来看看新疆也可以有这样的书店。

与此同时,Ben 也在问曾经在外企上班认识的一些明星,就问到了陈坤能不能来一趟新疆,为书店站台。

去新疆?书店?陈坤尽管有些疑惑,还是一口气答应了 Ben 的提议。

陈坤那次来新疆宣传做得并不好,我之所以知道还是在朋友圈看到的。但也是那一次,很多人知道了新疆有个叫班的书店的地方。

Ben 也感慨,说要让更多的作家与喜欢他的读者在这里见面,以前没有好的签售平台,即使有名人来到了新疆,不是卖唱就是站台,很难坐下来好好聊一聊新疆。

班的书店三周年的时候,我看到一个照片墙,陈坤、大冰、冯唐、库尔班江、艾力、田朴珺、张皓宸、卢思浩等一批作家来到班的书店做了分享会。

Ben 爱家乡,他曾深情地说过:

"有人说,诗人的天职是还乡。我想诗人泛指还愿意做梦,还有梦的人。我觉得人的一生有两个父母,一个是肉身父母,一个是故乡。是时候为还乡,做一些自己擅长的事情。书店是我的梦,也是我想给家乡的礼物。"

6

总是遇到一些人,他们渺小,甚至只能照顾好一个小小的家;他们伟大,他们想把新疆变得更好。我时常记不住他们的名字,甚至会忘记他们的样子,甚少来往,但这些记忆都保留在我心里。

而我爱上的新疆,就是这些细微到家的人生,互相照顾的侏儒与残疾人、开三轮养家糊口的人,以及给新疆带来文化的书店,每一个书店的老板。

有人爱上了新疆的草原、沙漠与雪山。而我爱上的是蜿蜒流淌的小溪,大山深处静静守候的村落,以及平平淡淡的人给我们带来的温暖。

因为新疆,他们是幸运的,也是因为他们,新疆是温暖的。

> 如雪山里缠绵的小溪,
> 如黑夜静谧中风吹雨落的清音,
> 盘亘经年甚而认定的样子。
> 温暖的新疆。

Chapter 13

淘粪年代

此刻的小城一定安静得像婴儿睡去那般,那是怎样的安详。大雪覆盖,华灯初上。那里有过我结实的脚印,有过我呐喊的声音。还有人记得我们唱的歌,记得我们的故事吗?

今年收拾老旧照片的时候，从卡片里掉出了一封信，如下：

奋奋：

　　小伙子你还活着呢？我……（省略800个脏字）我还以为你不在外面流浪八年十载的不会有音信，不想你又出现了。你的来信给我带来了霉气：化学考试鼻子（考砸了），你是个大背鬼你同不同意？你写信过来算你的良心还没被狗吃完！不是我说你，你那样还上学干吗？浪费资源。要上就好好地上，最起码对得起自己，如果连这个想法都没有，那你就是没情没义的禽兽。你走后，我看了你的日记，刚读完内心真的对你是同情，之后想你这个变态狂，没事找事和别人打架，到最后还不是自己活该，别跟我说什么"人在江湖，身不由己"，好好生活吧。高三忙，不会还过得优哉游哉吧。说实话，你的文笔不错，以后当个作家依你的"宰王"（新疆话，能吹牛）称个万人迷应该问题不大。忘了告诉你，我们足球比赛赢了四班，5比0，什么叫实力，This is（这就是）。不许把信撕了，你这个家伙，臭卖菜的。来信说说你的生活，朋友……

马丁
2003年4月18日

思绪一下子就飘到那个年代。那个年代和现在完全不同,我习惯称之为"淘粪年代",你也可以理解成"写信年代"。那个年代每个月某一天在撒大条(拉屎)时,都会看到有人挥汗如雨不辞辛苦。这些淘粪工人给我留下了深刻的印象。冬天淘粪累而不臭,夏天淘粪又臭又累。那些印象都随着那个年代旱厕的消失变成记忆中的一道美丽伤痕。一转眼也没有人写信了。

要说那个淘粪年代,就要从我的童年说起。

1

我的童年和绝大部分人不一样。没有条件也没有谁与我青梅竹马、两小无猜,不会出现一同牵手从小学毕业,然后情窦初开后到了初中发展,更不可能初中没毕业就不明不白地吃掉伊甸园的禁果。许多年后,我的爱情总是中途出现,半路消失,突然又出现了新的转机。我坚持认为这和童年的孤单不无关系。况且,小时候只知道整天背着老师,带着小班兄弟和大班师哥打啊闹啊。

在我的生活中,总是出现这样那样的人,他们的出现助长了我的威风,显得我高大雄壮。

记忆中,在那个年代小镇是很封闭的。去一次乌鲁木齐,要坐很破的车还要走很烂的路,要耗费一天的时间才能到,感觉就和逃荒一样。小镇道路两边绿树成荫连理成枝,不过交通特别差劲,牛车马车满街跑,偶尔不注意还能被撞着。除了学校周边一百米内道路上的汽车必须慢行外，其他道路都跟飞机跑道一样，四处都是贴地飞行的车。道路状况也不容乐观，两步一地泥泞，三步就一堆排泄物，不是羊粪就是马屎。

鉴于上面种种原因，王老师下达命令，顺路回家的必须一起排队走。后来我们谈论此事，都无比郁闷，同路的竟然没女生。更惨的是在通往我家的最后一站时，会路过一小，那里的学生从小喝奶茶吃羊肉长大，力大无穷，我在那里没少挨欺负。不过，大多时候我都装成好欺负的样子，等他们一放松警惕，就一个直拳反扑过去，然后疯狂地跑回家。这样一来，虽然打架不怎么厉害，跑步却在学校屡屡获奖。

和我同路的，只有比我大一岁的小伙伴马丁。他长期以我的名义干坏事。在后来的很多年里，导致我每次路过小商店，都要去跟店主解释："欠你烟钱的是马丁。"

起先我和马丁没少被人欺负。记忆中，我挨过父亲很多次的打，也挨过很多次别人的打。粮食局家属院里的几个大哥会在我父母上班以后敲开我家门，一顿搜刮就为了几根雪莲烟。有一次，我和马丁把院子的狗放开，他们一进来就被狗追着跑，放学后他们就追着我和马丁跑，和狗一样。我跑得没有马丁快，摔倒在渠沟里哇哇大哭，马丁也在旁边跟着哭。

都说《古惑仔》影响了我们这一代人。那一年，这电影的录像带终于从香港流传到了遥远的青河县,我和马丁成为地下室录像厅的第一批观众。看完以后,马丁都会在家门前挥舞棒子。他坐在教室的最后一排,时不时拿出来秀一下棒子,后来桌腿断了,用棒子支着的桌子又继续用了三年。

那时候,我还认识了一个建筑工人,他在我家门口的工地上干活儿。放学以后,我会在那里玩,他每天都教我倒立、空翻和摔跤。有一天,突然找不到他了,我还失落过好一阵子,好比八戒丢了师父一般失望泪丧。后来警察找到我,我才知道他是在别的地方犯了命案躲到了这里,难怪他每回讲起他老家时,都不是同一个地方。

那楼房盖好以后,开了一家汉族餐厅,这在当时还算一个新闻,是一家川菜馆。有一天深夜,我从餐厅的后窗翻进去,想看看汉餐厅到底有什么,刚落地就踩到了一床被子,一个人站起来打量我,我也打量他,他个子不高,操着一口地道的四川话。后来混熟了,没客人时他就给我和几个服务员讲鬼故事,说到恐怖的时候还扬手吓唬我,比这更恐怖的是他缺半根指头,小拇指只有小半截。他看着我盯着他小拇指,就对我说:"你看我戴着什么?"我一看他脖子上挂着一块骨头。在我们县里有一些讲究,戴狼的骨头或者鹰的爪子都可以辟邪,但这块骨头不像狼的关节也不是鹰爪。我就问他:"这是什么骨头?""我的小拇指。"他有些神秘地对我微笑。

他每天白天拎着菜刀切菜,晚上带着菜刀逛街。我们县上很多人会有身上带刀随时切肉吃肉的习惯,但是他这个菜刀有些显眼,走到哪儿都带着杀气，可我跟着他至少不会挨打。他带我去过他住的小屋，位置偏僻，房间里也是又脏又乱，他在那里给我讲起他信奉的"江湖道义"：能打的时候就不要吵。

没过多久，就在新闻上看到他因绑架并把人扔到废井里被抓获。警察找到我，让我带他们去他住的地方搜查，只见在破旧的桌子上放着一块骨头。我想这就是他的一种告别，自己与自己的告别。

2

我家门前不远处有一个用土块垒起的厕所，我和马丁及另一个同学杨白山总会在这里碰头。零下三十多摄氏度的冬天，我们蹲在厕所里抽烟取暖。至少有三次我被老妈拎着耳朵拉出来呵斥："再不听话，以后就去淘粪。"

我并不怕老妈，揪耳朵毕竟不算什么，但我怕老爸，一旦他发火我就会挨打。老爸爱下棋，我那时的班主任常会把我留下，说我爸和她爹是棋友，以此来威胁我交作业、不许逃课。这招真的很灵，因为我老爸每次和她爹下棋时，一提我没交作业，老爸就被她爹吃马吃炮，回到家我就免不了一顿马后炮伺候。通常我一挨打，老妈一劝架，老爸打得就更狠。

在学校对面有个陈旧的灯光球场，好多年没见过灯光也没见过篮球，门常年锁着，锈迹斑斑。这里是我记忆中最初打架的地方，很多流血"战斗"的故事都是在这里发生的。

初一那年的暑假,马丁和杨白山就带着我去看打架,是两个学校的"决斗"。我扒在灯光球场上露个脑袋,把校徽藏起来,以示我保持中立。马丁和杨白山却在我暗自徘徊时冲到了人群中,挨打最多的人就是喊声最大的那个。明显的是,我们学校的人打不过另一个学校的,尽管很团结,还是被人揍得满球场跑。就在这个时候,出现一个熟悉的身影,所到之处,不是瓶子开花就是棒子飞舞。那些人还没反应过来,就应声倒地。

这不是马丁吗?!

从那以后,马丁在学校名声大振,有了几个所谓的兄弟,从之前经常挨打变成了没事揍人的混混。

我们就是从那时开始,常在土厕所里碰面。厕所里有三个坑,我总是能遇到杨白山和马丁霸占着两个坑,见到我就说:"这里太臭,我撇不出来。"他们的眼神明确地告诉我,他们需要香烟缓解空气压力,我就乖乖地回家偷出父亲的烟。父亲总喜欢抽"雪莲",偷雪莲容易被发现,我就偷一些"莫合烟"。三个人就在厕所里撕报纸、卷烟丝,抽得不亦乐乎。后来有一次,我把杨白山抽烟的事情匿名告到黄老师那里,随后我带着黄老师到他家去家访。这次家访,导致我和他的关系发生了质变。

这是一个破碎而且不可能再完整的家庭。不足三十平方米的昏暗的房间,四周破败的墙壁,床上躺着一个面目狰狞的人。这个人摇摇晃晃地站起来时,连墙壁都似乎跟着晃动起来。也许是好久没有见女人的原因,这个人的脸上带着明显的羞涩和不安,他说他是杨白山的父亲。当他听到黄老师说杨白山抽烟的时候,他显示出他的醉态和暴力,狠狠地给了杨白山一拳。这一拳后,我听到了哭声,但不是杨白山的。

后来,这个男人去了口岸做小本生意,这个房间就成为我们喝酒聚会的地方。我一直坚信杨白山喝酒不醉是从小在老子和儿子的对话中练就的。

我们也是在这个屋子里,和一众人拜了"兄弟"。老大是杨白山,老三是马丁,没有人愿意当老二,我因为年龄的大小排在了第八,被称为老八。我喜欢这个排名,老八老八叫多了,就感觉有了一群龟儿子。结拜的时候不知道谁说的要喝血,马丁就拿着一把切菜的刀到处要求大家割皮滴血喝酒为誓。马丁有一双琥珀色的眼睛,精瘦,瞪起来就能唬住人。大家都装醉,好在最后说还需要鸡血混合,大家都把注意力放在偷谁家的鸡上,才不了了之。

第一次群殴我们就被打得狼狈不堪,对方比我们小一届,还比我们人少,我和王飞躲在一旁不敢动手,马丁和杨白山被打到地上也不敢还手。这次过后,杨白山就每天喊我们起床跑步,从学校跑到桦林公园再跑回学校上课。在桦林公园我学会了翻跟头和摔跤,马丁还鼓励我们说:"我们先好好练习基本功,我大哥那儿还有失传已久的武功秘籍,等以后我偷出来咱练真功夫。"

可能是受到我们影响，父老乡亲也开始早晨运动，也可能是因为我们把偷鸡摸狗的事情都搬到了早晨来做，弄得家家户户鸡犬不宁，于是大家就都开始了晨练。

有很多人在转盘中间踢球，转盘实际上就是一根路灯，天蒙蒙亮，灯还没有灭，至今也没明白绕着路灯踢什么球；很多姑娘也会出来散步，时髦点儿的带着狼狗，那时候家家户户不锁大门很可能就是因为狼狗的威力太大；还有喝醉了躺在路边才睡醒的牧民，晃晃悠悠地找自己的马匹。我们跑步每次都是马丁带队，按照江湖地位从大到小排列。

锻炼身体会特别消耗能量，所以每周偷只鸡成了我们必须做的事情，一方面补充营养，一方面"锻炼心志"。杨白山家是我们固定的聚会地点，马丁是我们当初推选的厨师。当县城的鸡被我们偷到不好偷的时候，我们就把目光放到很远的地方，比如十几公里以外的河铺。后来有几次都以"兄弟需要能量""你家鸡好抓"为由，把我家的鸡强行带走了。但每次鸡都不够吃，马丁就拿土豆来凑。

3

没有老师愿意当我们这一届的班主任，因为多挣的那点儿钱还不够买药的呢。学校基本上是实行三年轮换制，唯独到我们那一届，一年换一任班主任。林子大了什么鸟都有，这些"坏孩子"个个火气十足，年轻气盛，屁大点儿的事就要把对方打到屁股开花。因为就这么三年可以逍遥，毕业要补鞋子，要务农养羊，要开车拉货四处奔波。

那个年级被分化成两个群体，一个是二班和四班的"坏孩子"在一起，努尔波力、王飞、曾磊、宝宝……另一个就是一班和三班的结合，杨白山、马丁、龙龙，还有王永全等。我这个人是墙头草，两边都玩。两边打过两次群架，第一次就是由杨白山带头，他们这边的人轮流和努尔波力单挑，不过没有一个打过努尔波力的。第二次也是单挑，但与第一次不同的是一群人挑战努尔波力一人，最后以马丁用一块石头把努尔波力的耳朵打坏，赔了五十元钱了事。

那一年，我们换班主任了，黄老师当上了校年级主任。她刚带我们班时，还是个黄花大闺女。我一直挺感谢她在每次期末考试前都会鼓励我，而且每次我考到前十名她都给我买尺子、橡皮之类的东西作为奖励，这些都被我小心地收藏起来。初二那次足球赛，我们输了，可黄老师还是给我们球队买了个大大的蛋糕。我喜欢过这位老师，我曾经给她写过一封信，这封信写了满满五页纸，信里表达我对她的景仰如滔滔江水连绵不断，也表达希望可以长期保持这种你姐我弟的友谊关系。我想我这么做完全是发自内心的。

新班主任挺有意思的。个子不高，身体消瘦，八字胡，墨色眼镜。天生一副喜剧演员的长相，他叫宫照亮。他常常对我们说："与其让你们将来骂我，不如让你们现在骂我。"马丁总是很难理解这样博大的文化，总问我什么叫：死猪不怕开水烫，破罐子破摔。似乎真的出于这样的愿望，我们没事就会被宫老师讽刺一下，嘲笑一下，有时候我们会明白是嘲笑是讽刺，但有时马丁会把嘲笑当作微笑，把讽刺当作夸奖。

宫老师讲着讲着课，就把眼镜一摘，然后把捣蛋的孩子叫到厕所揍一顿。所以我们对宫老师都是敢怒不敢言。中国功夫在这里起到了教书育人的作用。

宫老师从来没在我们班动过粗，却在实验课上把杨白山打了，杨白山也是个愣头青，说了三遍："你再打我一下试试。"于是宫老师老老实实地打了他三遍。

不过，我们这届学生之所以比其他届都难带是因为我们更坏。英语老师是个年轻的女老师，下讲台走一圈，等再上去的时候整个背上都是钢笔墨水绘成的山水墨画，气得她跺脚直哭。二班的几个男生商量着等王大炮（年级主任）回家时给他套上大麻袋打一顿，但是怕打不过，便把他们家的门卸了。

宫老师说我和马丁老是到处乱窜，并学着我们打开门探头的猥琐样子，全班同学都笑趴下了。宫老师总能把那些笑话带到每节课，引导我们安心听讲。宫老师上课前不让我们说老师好，也不让我们起立，他说这都是形式，你好我好大家好。不需要这么假。不过每次杨白山都大声喊老师好，生怕宫老师不知道他在拍马屁。

宫老师一看到打架就爱对我们说:"只要人人都献出点儿那个,世界将会变得那个。"对我们这样的孩子,宫老师经常说:"要是把你们拉到戈壁滩里打上一个月的土块,再回来,你们都会好好学习。"不过,宫老师对女生要比对男生仁慈多了,有女生和他顶嘴,他虽然无奈却没有脾气。

宫老师有一句话,我一直记在心上:将军不下马,各人奔前途;可杨白山记住的却是:梧桐枝叶茂,凤凰翩翩来。

宫老师家被人给撬了,他在班里说,偷什么不好,非偷孩子吃的冰激凌,家里墙还让别人掏了三个大洞。宫老师很无奈,就在班里发牢骚:"做人难,做好人难,做个坏人更难啊。"那件事情给宫老师的打击很大,从那以后他说得最多的话就是:破罐子破摔吧。

初三时,我们打架的次数比之前加起来的还要多,年少轻狂,幸福时光。宫老师就对我们说过:打架是解决问题最直接的方式。当然,他还加了一句:也是最愚蠢的方式。在他眼里,我们这些人都是:狼剥皮,狗不是。灯光球场拆迁,我们只好把打架地点更多地定在学校足球场。在那里有我风云足球的背影,而更多的是无球跑动恶意犯规的场面。

每次打架,我都很少吃亏,一打起来我就立刻躲在人少的地方,方便别人看到我,也方便我看到别人。这样,既能避免误伤,也能避免吃不必要的哑巴亏。

有一次，我充当中间者，看着两伙人拿着板凳石头火拼。青河人太少，一不小心就会出现这边是朋友，那边还有亲戚的情况。一个警察过来问："干吗的？"我说："我没打架，我是路人甲。"不过那警察最后还是把我带走了，因为我白色衬衣上有个特别清楚的石头印，到现在我都不明白那是怎么弄上去的，只不过吃了那次亏心里还是疼。

4

马丁的大哥开了一家马肉店，生意很好，那时候我经常去他家玩，等客人走后，马丁带我去吃客人剩下的肉。每次偷吃客人的剩饭都不能让他大哥看到，因为马丁对我说："他们都说你是坏孩子，我全家包括我姐都不让我和你玩。"

马丁从出生就没见过他的父亲，当然，他大哥已经四十多岁，他还有三个哥哥，四个姐姐。这仅仅是血缘关系，在他长大后，一见到漂亮的哈萨克族女孩他就会问人家："你是什么部落的？"让我惊讶的是那些女孩还能说出譬如阿克朗克等部落来，马丁就说他是昆佰特等部落的，这样很快部落联盟就形成了。马丁这种能力完全是遗传，据他说他的父亲当年因为爱上另一个部落的女孩，在草原上只身骑马打下了另一个部落，那女孩后来就成了他的母亲。

马丁和杨白山上课不是捣乱就是睡觉。每次睡觉都流哈喇子，脸上还一副陶醉的样子。马丁说的那句谚语是：要有天大的智慧，不要有黄豆大的骄傲。在我听来，这句话就是在上课的时候我去影响别人学习，但回家我也知道认真补习。

马丁和杨白山的成绩年年并列垫底，一直到初中毕业都是这样。他们从来都不作弊，每次考试他们都能安然入睡，睡醒后随便写上几个选择题提前交卷。

我的成绩随着我态度的不端正直线下降，每天的生活都定格在兄弟间感情培养和江湖厮杀，很多人在一起哪怕吵个架，也能提高几分贝，这样有些面子。但就算成绩直线下降，期末考试我也能进到全班前五名。

有一天，飘着小雪，马丁和我蹲在路口，我们正对面是一座不高的石头山。有很多大事我们都是在那个山洞里搞定的，再后来上山洞的都是情侣，鬼鬼祟祟的。这座山是由两个小山组成的。我们在这里抓过一条小蛇，惊吓过无数的野鸳鸯。

马丁说他不会用筷子，要受到关爱，于是他就拿着铲锅的锅勺在没多大一盘的大盘鸡里搅和着。那只鸡是几个兄弟从我家偷的，矿泉水瓶子里装满了散酒。

也是在那顿饭后，我坚决让马丁学着用筷子。但这并没有难住马丁，有许多次聚会，大家都吃完了，他还能一直啃着骨头，渐渐我发现他每次都是把鸡肉夹到嘴里过一遍口，然后就放到桌边。等大家都吃完了，他就装可怜地吃碗下面的。

我们中午都会和检查校徽的人一起站在校门口,他们检查礼仪,我们收钱,一毛两毛,苍蝇也是肉,不顺眼的赶回家拿钱;顺眼的只要佩戴校徽就让进去。凑到一元钱我们就去吃顿牛肉面。

也因此有很多打架发生在校门口,河铺的牟全杰被打倒在地;跟我同班的刘海波被马丁一拳打得鼻子流血不止;刘卫东挨了一棒子,棒子断了人没事;高原被一群低年级学生围攻,我站在旁边没敢动手;还有一次,我拉着马丁,问一个人要钱,那人身高接近一米九,很胖的一个家伙。不给就打他,我打了他半天,不过都没打上。他没敢还手,只是伸了只手,我够啊够啊就是够不到他的脸,累坏了就骂了几句走了。

在校门口,我遇到过一个很秀气的女孩,那时候大家遇到这样的事都尽量不告诉别人,就放在心里当心事。但是还是被马丁和杨白山知道了。抓着我请大家大餐一顿,牛肉面加馅饼。事后一个月,那个女孩却喜欢上了马丁,因为在那顿饭上,她的爱好和弱点我通通告诉了马丁。那是我人生中的"牛肉面事变"。

从那之后,我避开马丁,每天去基建队,正巧刘海波住在那里,他家世世代代都以磨豆腐卖豆腐为生,据说他祖先就是豆腐西施。刘海波每天要干的活儿就是把几块很大的石头放到豆腐上,再把挤出来的水倒到很远的地方。我没事就去他们家里做客,那样就解决了我在基建队吃饭的问题。他家的饭从来都和豆腐有关系，炒、蒸、煎、煮豆腐，豆腐脑、豆腐皮、豆腐水、豆腐渣。好不容易有一次不吃豆腐把我开心坏了，菜上来一看是黄豆。

刘海波很壮实，这一眼就能看出来。有一次，刘海波被人欺负了，我们全班男生一起去找那人了事。那节是宫老师的课，我们迟到很久，老师吼着："迟到的都给我站起来！"然后全班同学都站了起来，宫老师见状只能没脾气地说："坐下。"

按照宫老师的说法，这群孩子是动物世界出来的，马啊，羊啊都应该送到戈壁滩上晒太阳。他说的就是我和马丁，还有杨白山，不过我写的小散文经常在广播里播放，这也给了宫老师一些说辞：傻人有傻福，但是傻×没有，你们没看到杨奋回去偷着学习吗？

县城的四周有两条河，一条叫大清河一条叫小清河。大清河水流湍急，不适合游泳，我有几次在那里游泳让水冲走了好远，在水里不敢乱动，漂了好远才能靠岸，但还是觉得很刺激。在大清河的旁边有个白桦林公园，起先还不是公园的时候，那里面有很多野兔子和野鸭子，我除了抓鱼就是追着野鸭子跑。我们在大清河没少跑，每次看到一群野鸭子，哈喇子都流下来，但就是吃不上。

有一次我在岸边的草丛里看到一只在休息的野鸭子，马丁直接过去扑到水里把它给抓住了。那天我谅解了马丁，我们就把野鸭子拔毛开膛，用岸边的泥巴混着盐把它包裹住，然后在泥巴上面烧火烤土豆，吃上两轮土豆后烤鸭就熟透了，然后我们几个人三下五除二地就把一只烤鸭吃得干干净净。

那天我们凑了五元钱，一群人冲进了录像厅，就是那种工棚，放个录像机，然后大家统一好要看的电影。有沙发，有凳子，有瓜子，从那以后我在录像厅里度过很多夜晚，包夜二元。午夜大片，让我记忆最深刻的不是看周星驰的某个片段或者民工忍不住发生了什么事，而是第一次我们在录像厅里看到四周的人都哭了，那次看的是《星语心愿》，洋葱头上天那刻，录像厅里异常安静。只有马丁和我没有哭，看到四周的兄弟泣不成声，也有些悲伤。过了会儿，马丁说："这场我全包了，再放一遍。"

出来的时候，马丁问我："未来我会在哪里？你还会记得这样的日子吗？"那是我第一次见到马丁的眼神有点儿黯淡，眼里还闪着泪花。我也不知道，初中毕业后我们都会去哪儿。

那天晚上几个兄弟闲逛，听到有人在一个小商店里喊："过来一下。"我怪调地问，哪一个？因为很黑，我看不见是谁。然后我们气势汹汹地过去。很吃惊，我们看到喝醉的罗斯坐在那里，桌上放着一瓶二锅头。我旁边站了很多兄弟，有杨白山、王飞、马丁、龙龙……罗斯二话没说猛地给我一拳，鼻血流了出来。我旁边的兄弟都没有吭声，因为当时罗斯旁边站着我们县的单挑王。

第二天，罗斯在学校又扇了马丁几巴掌，这如同在厕所里扔了个炮弹——引起公愤。我们这届小混混全部出动，有三十多人，在街上到处找罗斯。但那天以后，他就彻底消失了。

生活就是这样，打架在那个年代很流行，好像也没有人管，为兄弟头破血流也在所不惜，要是突然哪天打架没人通知，一定会很气愤。那个年代很落后，没有 BB 机，没有传真。就靠人与人之间口头传递。这样难免会有失误，有一次，我在家听邻居的孩子说别人告诉他杨白山被打了，情形很严重，我抄着家伙沿街寻找。在基建队，我找到了杨白山，看到他衣衫褴褛，异常惊慌，怎么看都不像是和谁打架了。倒是他先说了话："妈的，被狗咬了。"

5

在青河二中能查到这样一个记录：王飞、杨白山、马丁、刘卫东、王猛一同被开除，黄伟、龙龙、孙建东、唐好奇等留校察看。这应该是青河从最初的东方红学校到现在的二中，开除学生最多的一次。

那天晚上，刚上完自习就被杨白山告知，王飞挨打了。我们放学晚了点儿，王飞就被初二和高中三个年级的一起揍了，很惨，幸亏王猛捂着王飞的脑袋没被砖头石头以及棒子打成碎糊。

我想我这辈子都不会忘记这次打架。事后王大炮在学校处理大会上用"疯狂"这两个字形容王飞。开除五个人，十五个人记处分，而我是唯一参加打架而没有被处分的人，因为大家都认为我是那帮人里唯一有希望考上高中的。

王飞家离我家很近,在我家旁边的养路段,我和杨白山找他的时候,先遇到和他一起挨打的王猛。他告诉我,那群人把他和王飞围在一起踹了快半个小时,他只能抱着王飞,怕他受太大的伤害。在到王飞家一个拐弯处,我们看到了手拿棒子的王飞站在我们前面。

那个夜晚非常漫长,看到王飞充满愤怒的眼神,看到他对亲弟弟——一个胖乎乎的小男孩的交代,还有初二的同学在我们面前晃悠。在那个街道,我们遇到了高二的"土块",一个身高一米九几,非常壮的家伙对我说:"明天打你,怕不怕?"当王飞正准备动手的时候,他爸爸突然出现,那个夜晚便悄无声息地过去了。

第二天,很早便到王飞那里。马丁、杨白山、王猛、刘卫东、小四川、小阿山、唐好奇、龙龙、毕多拉……在那里你能看见我们那届最调皮的孩子。我们和王飞商量,我们放学一个一个打,但王飞根本听不进去。他说今天就拼了。

我们在校门口站着,王飞拿着棒子,见到人,就一个字:打。首先到学校的是莫哈,还有惹王飞的小伟,包括他旁边不知道是否参与了打架的田伟。王飞对我说:"田伟交给你了。"小伟被王飞一把薅住头发,用棒子侧面拍小伟,直到自己累了。我一拳把田伟打翻,然后马丁和我就踢他的脸。他爬起来就对我说一句话:"杨奋,我不会告诉你,我昨天没有打王飞。"莫哈见到这幕一个转身头都不回地跑了,据说那周都没敢来上课。

昨天打王飞最狠的没有来,我们几个就把土块痛打一顿,王飞两棒子打在土块的肩头。我们下楼的时候遇到高二那群人,毕多拉指着一个叫马勇的问道:"他打了吗?"王飞说打了。杨白山薅着他头发猛地往下一拽,然后用膝盖朝脸撞去,瞬间,鼻血就喷出来。然后乱成一团,我就看见王飞用棒子猛地向马勇打去。

大概二十分钟,高二那几个全部被打倒在地,血流一片。校长和主任就把他们一个一个的送到医院。中午,王飞和其他兄弟陆续被警察带走。唯一没有带走的就是我。他们在警察讯问的时候,也一口咬定,杨奋没参加。

因为都是未成年人,学校就只是把王飞、杨白山、马丁等开除,在大会上做批评。我坐在台下抬着头,虽然没有念到我的名字,但我还是一再向台上示意我有参与。马丁爬到校外的大树上往讲台上扔石头,还在那里喊:"我是无辜的。"

我真是这届"坏孩子"里面唯一考上高中的,杨白山去了塔可什口岸跟着他父亲做生意,马丁说要去乌鲁木齐闯荡,龙龙参军,王飞去了阿勒泰师范,刘海波复读了一年。高一还没上几天我就被劝退了,原因是我自残,被校长看到了,我一气之下就拎着书包回家了。

第二天,我爬到学校旁边的树上想与喜欢的女孩做最后的道别,当时学校正在开大会,就听见广播里校长义愤填膺地说:"你们不好好学习就会和那个杨奋一样,成为社会的人渣。"我一下从树上跳到了学校的院子里,手里还拿着板砖,与校长面面相觑。

6

没学上的那个夏天,我一个人穿梭在戈壁滩中,爬了数座山,脱掉衬衣披在肩头,手提着一根很粗的棒子担心遇到那可怕的狼。我拿起尖角石头试图在畸形的巨大的石壁上画点儿什么留给后人,时不时会有胖乎乎的旱獭倏地穿过。远处的山麓有几个毡房,我朝着更远的方向行走,传说中那里有巨蜥,站起来像个人。

回到家,我又顺利地入学,这次去了旁边县城的高中。在那里,我获得了书法比赛一等奖,但在那里我又打了一架,那场架打完,我就骑自行车回到了青河。

我记得那条路,四十公里我竟然没有停下来休息。

风在耳边咆哮,我逃离了那个县城,最后骑到一大片麦子地,道路两边黄油油的麦田,不远处站着一个人,于是我把车子停在路边,朝那个人走了过去。我口好渴,想过去要点儿水喝。那是一个脸上写满沧桑的老人,坐在井沿,两只手像干旱的大地那样坼裂。我说:"爷爷,有水吗?"那个老人端了一碗水送到我的手边。我接过水说:"谢谢。"

我坐在那里，跟他一起看着远方。远方，一缕阳光，夕阳西下，整个麦田都变成了金黄色。阳光温暖地照在我的身上，空气中弥漫着一种叫自由的物质，袅袅炊烟，大漠落日，就连老人的脸上都露出了甜美的笑容。

"你知道吗？我守候这片土地已经有五十个秋天了。"老人指着不远处一棵茂盛的白杨树说，"那是我爷爷六岁时栽的。"我低着头，用脚来回拨弄一块小石子。老人转过头问我："有什么心事想说吗？"老人家看出我有心事。我说："我……"老人打断了我的话语，弯下腰拿起我脚下的石头，说："你看这虽然是一块石头，但经过几百年被阳光晒得晶莹剔透，玉化了。"老人点了一根旱烟，拿着石头对照着阳光，后来的很多年，我再回忆那一幕，都觉得这句话充满了哲理。

回到县城，母亲同我一起去那里赔钱跟人道歉了事。我在县城被一群人围殴，打得我鼻血直流站不起来，蜷缩成一团，头发被拽着撞墙，这是在报复我曾经的张狂。

7

过了三个月，我转去了北屯高级中学，一周下来发现听课那么困难，化学反应变得异常复杂，物理现象变得诡异多端，我坐在台下试图重新开始认真学习，却发现是徒劳，如坐针毡。第二周刚开始，我找到班主任说："我要去学文科。"班主任很诧异地问我："为什么高三了才去学文科？"我说："我报错了。"然后年级主任一顿感叹："都高三了还不知道上文科理科，服了。"就把我送到了文科班。

文科班的人整体看起来比理科班轻松，历史是我喜欢的学科，所以我一直把历史书当课外书读；地理虽然有点儿古怪，但比化学仁慈多了；政治虽然有点儿冗长，但是万变不离其宗。坐在教室里我有种回家的感觉，因为只有在文科班才会清闲到旁边有人读卡尔维诺和卡夫卡的书，并且每天的英语课还能借给我看。

有一天飘起了雪，落地成水，始乱不弃，终在夜里成为一层薄雪。早晨起来见到忽然雪白的大地，这天气和心情一样变化无常诡异莫测。对着窗外发呆，依旧有雪花在飘，它们的终点是大地，而我现在就好像这飘着的雪，等着归宿。

常常有雪被吹到很远的地方，常常有雪落不到大地。

每天早晨七点起床去上早自习，第二节课下课去食堂吃一元钱的饼外加一个鸡蛋，为了能吃饱就大口大口地喝水。每天就好像是被调好的机器人一样机械地做着重复的事情。

我在课本的第一页上写了一句话：坚持就是胜利，挺住意味着一切。床头上贴着巴乔当年射失点球失落的一幕，巴乔是我的偶像，即使他射失所有比赛的点球，他也是我心中的偶像。桌子旁边有幅我学地理时要用到的中国地图，我在每个兄弟生活的城市上都画了圈。我常常会看着这些城市的名想念他们的样子，怀念在一起的时光。

穿着马丁送的校服，背着土黄色的单肩包，一脸憔悴地走到教学楼，走进高三三班的教室。每天都是这样，做大量的题直到自己想吐为止，站在黑暗的街道上让凉风肆意地吹着额头，大喊几声再回去安静地做题。沿着墙边低着头走路，走到学校站在人少的地方，看着喇叭发呆，喇叭会在每天上课前播放很多歌曲，但几乎都是青蛙乐队和许巍的歌，在心里默默对自己说：我要去看大海，我要告别这样的九月。

杨白山在口岸给我搞了一台超薄的复读机，他说这就是复读专用。每天累得不行的时候，就把许巍的歌放上，让自己听听歌放松一下。高三要学的东西真多，我有点儿力不从心，不过我还是花了几天时间写了篇文章寄到《萌芽》，可一个月后我上网发现自己的作品并没有获奖。

2004年4月18日，是我二十岁的生日，我请了一天假去了街里。这个生日，我给马丁和杨白山等每个兄弟都打了个电话，报了平安，然后在街里和一个中年老头打台球，一次两元，尽管我打出无数个漂亮的球，但我还是输了，天下起了蒙蒙小雨，旁边站了很多人在看我打球。

我一个人在雨里拖着双腿往学校挪动着，到了学校，喇叭刚好在放青蛙乐队的《午夜剧》："又是一个想你的夜里，我淹没在思念海里，没有你空气变得也忧郁不清晰……"

高考成绩超出了所有人的预期，也包括我自己，比二本线高了八分。

8

那以后我和马丁再也没有联系上，这一晃就是十多年，恍惚间，我已经成了别人眼里的大叔，可那些事情却好像是昨天才发生的，经常在我脑海里浮现出来。当年马丁给了我两个选择：当兄弟或者交保护费，在不能打白条的情况下，我选择和他成为兄弟，陪他瞎混，替他挨打。

杨白山现在自己有一辆大卡车，每个夏天在青河和乌鲁木齐之间往返拉货，他是否会把车停在路边，看着夕阳照射的五彩的戈壁滩，是否会想起当年偷鸡的时候总是让我冲锋陷阵，是因为那时候我看起来清秀，不容易被打吗？是否会想起他帮我打人的时候奋不顾身，在派出所里对着他家人说："杨奋是帮我打架的，他挨打我怎么能不站出来？"记得那年去他家的时候，他父亲给我一个大大的拥抱，然后不停地骂我兔崽子。现在我们时常还会电话联系，他常给我讲要好好学习，你看我现在开大车没出息。

王飞如今已经是两个孩子的父亲，居家好男人，子承父业在养路段工作，依旧住在养路段的大院，看见现在的他很难让人相信那段往事——手拿菜刀砍电线，一路火花带闪电。

王永全娶妻生子成为当地的优秀企业家；唐好奇承包各处的窗户栏杆的定制；努尔波力当了体育老师带着阿勒泰足球队拿了全国青年运动会的第三

名；龙龙还会半夜拉我去兜风；刘伟东开了一家农家乐；孙建东两次车祸都能大难不死；牟全杰一直守着李伟不离不弃，我们都会记住这份兄弟情；高原，一名合格的狱警。

这些兄弟虽然识字，但都不会看书，我想说：你们是我生命中最宝贵的财富，祝福你们。

如果时间能倒流，希望我们还能站在那个破旧的三楼过道里，再去感受一下那热闹的气氛，我想那会比我写再多的文字去纪念还有意义，而且会更感动。你会看见马丁拿着一个避孕套在教室的后门使劲灌水，装了两桶水还没有破，累得气喘吁吁；杨白山站在门口时不时地东张西望看老师或者主任谁来了赶紧打个报告；铃声响起，到处奔跑的人，努尔波力站在门口像狼抓羚羊一样把外班的同学抓到自己班里，在全班同学面前出丑。你会看见很多低头走路和认真听讲的学生，也会看见杨白山装着好学生的样子却像极了披着羊皮的狼。

那欢声笑语在我耳边重新响起，马丁、杨白山、孙建东等人的声音。三箱啤酒一个大蛋糕，觥筹交错，一片欢乐。我许了一个愿望送给自己，可大家一致要求我说出来。我顿了顿告诉大家："我希望不管未来如何，我们都能在一起。"却听到马丁嘟囔了一句："未来不管怎么样，都很难在一起了。"

此刻的小城一定安静得像婴儿睡去那般，那是怎样的安详。大雪覆盖，华灯初上。那里有过我结实的脚印，有过我呐喊的声音。还有人记得我们唱的歌，记得我们的故事吗？

去年回了一次小镇，很多人都很惊讶我成了作家，我又拜访了我的化学老师宫照亮，他头上有些许白发，聊起往事还数落曾经的我有多调皮，他对我说，那些日子值得去记录。其实我一直没告诉他，撬他家门的是马丁，我因此还和马丁打了一架。

宫老师问我："你后悔过吗，曾经的你？"

"后悔？以前每次和小镇的人聊起往事我都会说，年少轻狂，幸福时光。"

但我确实后悔过。在我人生中不无后悔，后悔我用暴力的手段度过了我的青春，伤害了别人。回忆起我最后一次打架，我在学校打了人，被关在派出所里面对墙站了一天，派出所给我家里打电话，母亲去派出所接我出来。老妈矮小的身体佝偻着背，在那里说着恳求的话，眼里充满了伤悲。

那以后，我们都长大了。

我想在那个年代难免会发生这样的事情。我不能决定不和马丁玩，也不能决定我儿童时期的伙伴是谁，所以我想发生的事情都是有理由的，而这些也不是我们所能改变的。我应该庆幸的是，那个时候我保住了脑袋并且保住了别人的脑袋。

再联系上马丁是去年夏天,我和他,还有杨白山相聚在一家茶楼里,马丁现在是一名中哈文翻译,在哈萨克斯坦,已经成家立业,我对他说:"你那点儿汉语足够应付一辈子。"他看着我,和十多年前相比,现在的他成熟稳重,甚至坚决要求喝茶叙旧。十多年,我们都变成了看起来最普通的那个人。

我说:"我记得家里老房子卖掉的时候,你们站在旁边帮我,那样子就好像随时会被抢,但你们坚定地保护我。还记得我被人打的时候,你们抱着我的头,任凭砖头和拳头落在你们身上,每当我回忆过去,有你们那些事都值得。"

马丁似乎已经忘记了过去,他跟我说,因为"一带一路",他在哈萨克斯坦很吃香,每一年都带着家人去世界各地旅游。临别的时候,马丁给了我一个大大的拥抱,说:"如果有机会去写我们的过去,那些青春的日子,纪念完就让它随风而去吧。"

那轻狂的少年远离了家乡,那淘粪的年代我们还在怀念。

谨以此文怀念我们逝去的青春。

14
Chapter

终点站
乌鲁木齐

那也好,总有人记得那些绿皮车,记住一代又一代人对新疆的贡献。而生命也像一列火车,有的人上,有的人下,对我来说,当列车上播着"本次列车终点站乌鲁木齐",我就会露出久违的笑容。

1

2004年8月,我离开阿勒泰青河县,坐上南下的汽车,穿越了古尔班通古特沙漠到达乌鲁木齐,而后踏上了去东北求学的路,先是坐火车硬座到北京,再从北京站一夜到吉林,我的大学就在那儿。历时五天五夜,三千多公里,从荒无人烟的戈壁滩到高楼耸立的城市,从一夜搓板路到火车穿过大半个中国。

一个人第一次见火车,坐在火车上那种喜悦感为几个民工所不解。心想终于离开新疆,告别母亲,远离朋友,去往远方。青河没有火车,所以对看到飞机都会尖叫的我来说:对窗外掠过的风景、去往不同地方的人们都充满了好奇与新鲜感。坐在火车上穿梭在大地上不是一件幸福的事情吗?

只是,在如同罐头般拥挤的车厢里,我被挤到了厕所里竟然再没出来。结果就是列车员检完票也没找到我。我拿着不知从哪儿得来的地图,细数着每一个站点,鄯善的哈密瓜比哈密的哈密瓜要好吃,十元钱来上三个。到达柳园就是真正地离开了新疆,玉门关和阳关是古代出塞必经之路,西出阳关无故人,可是东去对我意味着什么呢?

一夜思考，我钻到了一个老头儿的座位下躺了一宿，因为他破旧有洞的袜子散发的化学物质几乎把我熏晕过去，导致一夜我们都有对话：

"到哪里了？"
"甘肃。"
"到哪儿了？"
"甘肃！"

一直到天亮我问他到哪儿，他依旧不厌其烦地告诉我：甘肃。我顿时明白那句古语：老太太裹脚布——又长又臭。我翻开地图，狭长得如同山谷一样走不出去。

火车在西安、太原、郑州、石家庄、保定等任何一站停靠我都会下车，站在土地上，呼吸一下当地的空气，这使我在日后跟很多人吹牛都有了资本，这些城市我都去过。

许多年后，回忆起那趟 T70 火车都会心生恐惧。在当时，我只有打开窗户透气，看着窗外辽阔的景象才能转移拥挤的车厢挤满了人的无奈，但并没有办法避开我钻进座位下看到四周颜色各异的袜子，还有心脏靠近铁轨发出嗡嗡的晃动声，没完没了的服务员推着小车喊着："花生瓜子方便面，把腿收回去，把腿收回去，让一让。"对我说道："你把头收一下。"深夜钻进座位下，可以伸腿，但不能翻身。每个人的睡姿都极其难看，伴随着一脸的疲倦和肿胀的双脚，火车到达了北京。

这列车来来回回一定发生过很多故事：陌生的人成了情侣，因为我就看到坐在一起的陌生男女第三天靠在一起如同情侣；小偷找到了空隙，要不为什么很多人睡着也死死地抓着包；拿着吉他的人唱着歌打发着无聊，要是摆个碗一定能把路费赚回来；餐厅里只有点餐才能坐，而且还不能久坐，过夜还要加座位钱；学生抱着大学通知书，民工抱着蛇皮袋，没座的人金鸡独立来回换脚，或者在别人的座边上蹭坐一下；见站就停，月台上匆忙的人群，送行的眼泪，叫卖的商贩，生病的老人，哭闹的孩子，不辞辛苦，不远千里去远方寻找未来的人们。

这也肯定了在大连上学的同学赛尔江那句：坐马车坐牛车也不会再坐火车离开家乡了。到达北京，双脚肿成了猪蹄，我和几个民工对视一下，示意刚开始上火车的喜悦不足以支撑我到北京，也对我人生中一开始充满了兴奋与好奇的事情敲了个警钟。

我出了站台，相信了好心人问的那句："去北京南站吗？五元钱。"被拉到了一个小破旅馆要了五十元的休息费。出了巷口防止夜长梦多打了一辆车，半脚油门一拐弯就到了北京南站。尽管一两句话说完了一两件事情，但当时的无奈与愤懑至今都记得，我在心里对他们说：别让我在新疆维吾尔自治区伊犁哈萨克自治州阿勒泰青河县阿克朗克村看到你们。

在阿勒泰的时候，我会说：我从青河来。在乌鲁木齐的时候，我会说：我从阿勒泰来。直到坐上了去吉林的火车，我拎着在鄯善买的和我一样孤单的哈密瓜挤在座位旁边，一个好心的东北人问我，我才明白从此以后这个标签会是生命中重要的符号。

他问:"你从哪里来?"
"我从新疆来。"

彼时的外地还没有切糕少爷也没有见到新疆人先把包抓紧的习惯,他只是很认真地打量我,事实证明他是一个好人,他挪了半个位置给我。也是从那次开始,我意识到我人生中会被问到无数个这样的问题:新疆是草原吗?骑马上学吗?三岁放羊五岁打馕吗?

看着他们满是憧憬的样子,我都回答了:是的,我们靠着电线杆边上网边放羊,高考的第一门是骑马抓羊羔,第二门是百米射大雕,第三门是与狼搏斗。这样他还拿出一袋栗子让我吃,问我:"没见过吧?"我能理解那种感觉,就感觉他恨不得拿出个肉让我烤了。

就这样在周围人的好奇中,火车晃悠到了吉林。

2

与其他有家长陪同的孩子不一样的是,陪同我的是一个哈密瓜。报到的时候老师问:"有商业银行的卡吗?"把我问蒙了,学长带我去市区银行的时候,我冲到最繁华的街道的一个牛肉面馆,进去第一句话是:"老乡,我是新疆人。"服务员淡定地看着我:"你要吃点儿什么?"

躺在寝室的床上，想起了母亲出门前给我塞了 300 元钱，她说："到北京 400 元，吉林比北京近，我给这些路费足够了。"那时候地理学得再好也说服不了母亲，放下行李就冲到书店买了一张地图给老妈看，吉林在鸡头上。就是那张地图陪伴了我一路，一直到了我的床头。

同寝室的人陆续到达，简单地自我介绍后发现没有一个企业主哪怕是包工头的儿子。我整个人还沉浸在火车的晃动中，我抓紧床沿，力图控制这种颤动不要影响到下铺同学的休息。

新生大会上，我作为新生代表做了自我介绍：我来自新疆阿勒泰，准噶尔盆地北部边缘，从我的家乡到这里我用了五天时间，伴随我长大的是白云草原，那里有中国活化石河狸，有普氏野马，有戈壁滩，还有好客的游牧民族以及我亲爱的母亲，欢迎你们去我的家乡做客。在稀稀拉拉的掌声中我说了句："我想念那里的一切，浓香的羊肉、牧民的奶茶，还有我坐火车的起点乌鲁木齐。"

那一年的冬天我并没有回乌鲁木齐，许多年来我都坚持对新疆高考的孩子说，尽量考到火车直达的地方，那样好买票。一路的艰辛和口袋里的财力，我只能选择留在吉林，好在有个同学徐向国热情地把我叫到他们屯子过年。吉林的冬天有美丽的雾凇，还有川流不息的松花江。他带我见了很多亲戚朋友，见到每个人时都说：叔叔，你看新疆人；大伯你眼神不好，看看新疆人；阿姨，新疆人来了。很快整个屯子都知道来了一个新疆人，当然除了他家里做的毛蛋吃不下，一切都好。

3

陪伴我大学生活最多的一首歌是《这里是新疆》，我组装了一台电脑，还特意买了一个低音炮音响。对面楼是女生宿舍，我白天就把低音炮放在窗台上，最高音量单曲循环《这里是新疆》，寝室的人并不会给我过多的意见，因为他们总觉得我有杀人名额，就放纵了我的一些行为。

当时听着艾尼瓦尔江唱安明亮写的《这里是新疆》，我在深夜敲打下悲伤的文字，听着关于新疆的歌曲，就会无比想念那片土地。在网上细数着从新疆出来的名人，以他们为荣到处宣传。

大学四年没有一刻不在想念，不在絮叨着新疆以及新疆的点点滴滴。还记得刚上大学的时候，同学惊讶地问着我的新疆名字，问着我新疆方言，问我是哪个民族。在寝室里和学长吹嘘着新疆有多大，寝室七八个人目瞪口呆，都觉得我们从新疆出来不容易。

也记得每次想靠近一个女孩时，我都是从新疆这个切入点入手。记得每次论坛里有关于新疆的帖子一定要顶，有新疆出来的明星一定记在心里。记得和别人争吵说新疆人踢球多好，记得那段时间的梦想是以后有钱请一个新疆球队来学校，就为了证明给那个人看我不是在吹牛。

赛尔江在我刚到这个城市时就给我打了个电话。那时候天还很热，我一个人走。我说:"你来吧。这里没有哈萨克族,没有蓝眼睛,没有高粱鼻子,没有大胡子,也没有乌鲁木齐。"我说:"你来吧,把你放在校门口,看一次五角,摸一下一元。我会发财的。"赛尔江笑了笑,我可以想象他无奈耸肩的样子。我点了根烟,吹着烟圈。他说:"你来大连吧,虽然这里母蚊子都很少,更不要说女孩子了,但这里有大海,那是与沙漠完全不一样的感觉。"

有很多新疆孩子并不会选择在假期回到新疆,几个人抱团过节总不会太孤独。大二那年春节我就在大连度过,海滨城市烟花弥漫,放了足足有半小时之久。在烟花燃放三分钟之后,赛尔江对我说,小镇的烟花放完了。那天晚上他带我去一家牛肉面馆吃的新疆大盘鸡。

那一年,关于新疆的争议越来越多,我曾经在天涯上看到有人说新疆人是小偷而跟他吵了三天,也因为和赛尔江在公交车上准备帮一个老太太搬行李,可老太太一看赛尔江的长相直接选择不上车了而感到难受。每一个在外的新疆人都不仅仅是自我存在的个体,而是不自觉地要去为新疆正名,为新疆做宣传。

大三的那年我选择了回家,遥远的家乡,经历了如同前面刚开始写的那样漫长的过程。别人回家都是回家,而我们回家都是回回回回家。火车穿过一座又一座城市,一路艰辛又疲倦,广播上播报着:前方到站乌鲁木齐,是本次旅途的最后一站,终点站乌鲁木齐。

列车上放了熟悉的旋律:

假如你失去了生活的方向，
假如你善良勇敢又坚强，
只要你站在这片土地上，
他们会扯着嗓子大声对你讲，
你难道不知道吗？这里是新疆，
是我们出生的地方；
你难道不知道吗？这里是家乡，
是我们爷爷生活的地方；
你难道不知道吗？这里是新疆，
从一片荒凉到瓜果飘香；
你难道不知道吗？这里是家乡，
是我们爷爷生活的地方。
直到有一天我离开了家乡，
离开了家乡我来到了远方，
来到了远方也剪断不了我，
剪断不了我心中的渴望，
古老苍茫家乡的土壤，
是我坚强生活的脊梁，
疲倦的时候我就会看见，
挺拔的白杨树站在我身旁，
这就是他们赐予的力量，
让我们怎能不坚强……

整个人就会陷入无比兴奋的状态，这片土地的美食、美景，还有亲人都是我生命中最重要的。

后来和安明亮成了朋友，在演唱会上，他和艾尼瓦尔江同台唱起了《这里是新疆》，我泪流满面，这让我想起那趟 T69 回家的火车，也让我想起在外的种种无奈与彷徨。旁边人不理解我哭得为什么那么难看，这真的不是因为人长得难看。

回程的路上再也没有第一次离开新疆那样的好奇与兴奋，我和赛尔江带着报纸抢占了吸烟区，这里没有推车的服务员打扰，只是夏天这个区域没有空调，一到西安站就上来一群打工的兄弟，晚上挤在一起睡。赛尔江和大伙儿挤在一起，半夜我站起来去厕所回来发现已经没有我躺的位置，于是就抱着个馕啃一口，看着他们熟睡一直等着天亮。

我们路过了中国绝大部分城市，只为有一天学好回到自己的家乡。

4

毕业那年我带着女朋友回到了家乡，在列车上她挨个儿问人家在哪儿下车，早点儿下火车我们就可以抢到位置。问了两个车厢都没有几个人搭理我们，我问她累不累。她说累。到达西安站的时候，我们从火车上下来，看着熙熙攘攘的人群，我说要不我们休息两天，她看着我说，好啊，我不想挤上去了。

休整了两天，走过了城墙看到了大雁塔去了回民街，在古老的城墙下面发呆，最后还是挤上火车回到了新疆。

她说，她吃过了新疆的水果烤肉就明白我为什么如此想念家乡。
她说，她见到了阿勒泰的美景就明白为什么我要带她来看一看。

她说，会永远记得这里，还有我。

她选择了坐T1085从乌鲁木齐到达济南，再辗转青岛。而我也在一个月以后选择了这列绿皮火车去她所在的地方，即使我凌晨第一个去排队买火车票，也被告知没票了，最后在黄牛手里加价买到了火车票。我跟赛尔江说：我要去远方奋斗。赛尔江给我发了一条信息：混不好别忘记带点儿青岛特产回来。以至我到青岛刚下火车，就问青岛有什么特产。

我的小镇常年寒冷，最低温度常常零下四十多摄氏度，一年八个月的冰封期，可是我真的被冻哭竟然是在这列火车上，冬天的暖气是火盆里的烧炭，一节车厢里一个，过了西安我就开始怀念人多拥挤还有温度的日子。天微微亮的时候，我瑟瑟发抖，全身冻得僵硬，一直冻到眼泪流下来。

那一年我刚到青岛火车站看到有一群新疆小孩，还有一些推着正三轮车卖切糕，没多久看到一群人在争吵，一个小女孩哭着掏钱，我就在想这是怎么了。那以后，切糕在网络上成了热词，有个"三行字"故事在网上大肆流行，说：舍友给了十元钱，去买切糕，再也没回来。我就想起有一个新疆的孩子拉着我的手,说:"我想回新疆。"因为他偷东西被一群人围在一起暴打了一顿。

喀纳斯有瑞士的风光,乌鲁木齐有高楼大厦,伊犁大地开遍薰衣草,吐鲁番的葡萄晶莹剔透,和田玉温润细腻,大盘鸡娇艳欲滴,而许久不联系的朋友发来信息:你还活着吗?

每一次新疆发生暴恐的时候,哪怕在距离两千公里的莎车,我的大学同学都会给我发一条短信:你还活着吗?我曾经在大学群里说:欢迎大家来新疆玩。好半天以后一个同学认真地回了句:我还想多活几年。

可他们不知道:我的爷爷奶奶从遥远的地方来到新疆,开垦了新疆,从窑洞到高楼林立,从草原到公路奔驰,从戈壁滩到瓜果飘香,他们都是新疆人,也是汉族人,他们在这里安居乐业,他们习惯了这里,热爱着这里。

我们祖祖辈辈生活在这里,一起开垦与保卫着这片土地,在多年的生活中彼此融合,你可以不了解这里,但是不能不尊重在这片土地上生活的人,他们的坚忍与努力,他们对家乡的热爱与怀念,都是这个世界最宝贵的财富。

我也知道作为一个新疆人是幸运的,因为当踏上这片土地时,你就会认真地反思,这片土地上每一个人都叫中国人,他们如同你们一样,勤劳而又勇敢地生活着,他们并没有什么特别的地方,都会去追求幸福与安宁。

四年以后，我还是选择了这趟 T1086 回到了新疆，那之后没多久绿皮车就成了历史，高铁占据了各大媒体的头条，它也是穿梭城市最好的交通工具。从那以后，从兰州到乌鲁木齐只要十个小时，甘肃也不那么遥远了。高铁干净又舒适，也是从那以后，关于新疆的争议越来越少了，小偷与切糕也消失不见，大家谈论更多的是大美新疆，说新疆很安全，每个人都想踏上这片土地。

但在那趟列车上，我想起姥爷的故事：

我的姥爷出生在河南省扶沟县，是一个逃兵。每当我姥爷说起这件事情，嘴角总会露出一种看不透的微笑，好像英雄又像壮士，却看不出来是逃兵。他时常抚摸着我的小脑瓜说："要不是那次机智应对，怎么可能有你这个 fa 娃娃（新疆话，调皮的孩子）？"

那年，村子里的青壮年为了填饱肚子纷纷当兵，姥爷在随军的路上想到女儿嗷嗷待哺的样子就大喊一声："我要拉屎，我拉肚子了。"军官看他一眼说："懒驴上磨屎尿多，快滚。"姥爷在杂草里拉了一泡巨臭无比的屁屁，看守他的小兵走了好远才敢喘气，就这样姥爷顺着杂草跑回村子。

回到村子里，回到家，炕头儿上女儿奄奄一息，媳妇已经找不到了。到处都是收拾东西准备逃荒的人，姥爷从口袋里掏出最后一点儿米粒给女儿熬粥，喝完以后就把女儿放到扁担里随着人群逃去。

Chapter 14

十岁的女儿喝了热粥渐渐苏醒过来，姥爷说，还好他及时赶回来，一群人赶到家里到处搜刮，差点儿就把他女儿扔进锅里煮了吃，那就真没有我了。

担着一个扁担，一头是女儿一头是行李，瘦高的姥爷加入了逃荒大军。一路上姥爷发现能啃的树皮都已经啃完，还好姥爷个子高，还有些残留的树皮。到处都是涣散的人群，一路上尸骨散落，而姥爷机灵地听到有人说：新疆，新疆有饭吃。他就爬上了开往新疆的火车。

在上火车的时候，姥爷顺手从一个死人的身上扒下了一件棉衣，正是这件棉衣让姥爷和他女儿坚持了一路。在火车上，姥爷扒开棉衣发现里面的棉籽能吃，便喂给女儿吃，女儿吃完还要。火车一路向西，太阳落得越来越慢，车上到处是东倒西歪躺着的人，他们与那批解放新疆的人不一样，他们仅仅是为了填饱肚子来的新疆。

八天八夜，熬到所有孩子哭不出声，熬到看遍甘肃的窑洞、西北的荒凉，终于到达了迪化（现在叫乌鲁木齐）这个城市。

姥爷说这些的时候沉默了半天，深吸一口烟后对我说："那火车再晚到一天，车上至少得死一半人。"

与此到达的还有从全国各地来援疆的女性，是中华人民共和国成立以后，为了留住新疆的汉子扎根边疆而从全国各地招来的。火车站不远的地方停靠了一排排的军用卡车，卡车前面有个牌子写着不同的地名，几个人站在卡车前面登记，你有选择权，但你真的不知道这些地方到底在哪儿。克拉玛依、喀什噶尔、奎屯、伊犁……每个人都面带微笑地说："这里条件好，顿顿吃得饱，吃肉没问题。"

姥爷说之所以选了这个叫青格里的地方，是因为登记处那个人正在吃干粮，女儿扑了上去一口咬下咽到肚子里，姥爷与那个人面面相觑。最后姥爷打破了尴尬说：这里，这名字好听。

这一走就是十来天，坐在车斗里的姥爷几次差点儿被颠到车外，车斗里都是麦草，一些人依偎在一起来到了这个地方。他们就像蒲公英一样，四散在新疆，开花结果。

在我十四岁那年我姥爷给我讲了这个故事，只是过了那一年姥爷就离开了。

多少人踏上这列火车去往新疆，建设新疆，把青春和生命贡献在这片土地上，从马车驴车到火车高铁飞机，这一路走来，是多少人用鲜血换来的。

站台、铁轨、枕木、轮毂、鸣笛……这些不知道与多少人的远行有关。记得有人说过这样的一句话：如果没有文化的含意，火车只是一种交通工具；但是一旦赋予文化，火车便成了一种情怀，便成了诗和远方。就因为新疆这一趟悠远漫长的火车，我们都记得：打开窗户清风拂面，一座座山映入眼帘，狭长的隧道里小孩学着大人张开嘴巴，远处的村庄袅袅炊烟，彩霞渲染的山水画，夜晚的星星点缀着天空，冬天在窗户上留下来的哈气，夏天享受雨打在窗户上，月台上互相招手离别，这一告别就再也没有青春了。

那也好，总有人记得那些绿皮车，记住一代又一代人对新疆的贡献。而生命也像一列火车，有的人上，有的人下，对我来说，当列车上播着"本次列车终点站乌鲁木齐"，我就会露出久违的笑容。

要真的说起新疆的历史，那火车一定是很多人不可磨灭的记忆。

终点站乌鲁木齐，始于新疆。

要真的说起新疆的历史，那火车一定是很多人不可磨灭的记忆。

15 Chapter

**不爱新疆
不像话**

"大冰,新疆到底欠了你什么,你如此地爱新疆。"
大冰说:"不爱新疆不像话。"

1

二十出头的大冰第一次到达喀什时,怎么也没想到学会的第一件事情不是手鼓,而是卷莫合烟。

绿荫遮映的曲径小巷里,大冰抚摸着色泽古朴的土陶罐,远处光华熠熠的铜雕摊位,哐啷哐啷地作响。老汉放下锤子,喊住了大冰,从口袋里掏出报纸来,撕成小块折叠,撒上金黄黄的烟丝,卷好,用舌头一舔,再把烟嘴卷成团递给了大冰。

"尼吉木,尼吉木(老人家)。"大冰说道。

老汉爽朗地笑出声,大冰抽了一口,烟雾弥漫起来,空气中飘着莫合烟特有的香气。

那一口,让大冰知道了蓝天、阳光,还有沙漠是有重量的。只有纯粹,才能感受到大自然的重量,就好比你荡悠在闪着碎光的吐曼河,看似平静淡然的水面下其实有瞬息万变的暗流涌动。

何况,喀什是有厚重的历史与文化的。

沟渠纵横的古老乡村，在沙漠腹地一个农户的院子里，七八个人围坐在一起，院子周围有杏树、桑树林立，一头牛正慵懒地卧在地上。褐黄色的泥土砌成的屋舍，绿绿的叶子挂满了葡萄架，大家拿出木卡姆（维吾尔族传统乐器），一声沙哑的嘶吼打破了周围的寂静，大冰摇动着手中的手鼓，抬头望天，双眼紧闭，伴随着音乐，沙漠都有了气息。

梦里你学会了手鼓，此刻你爱上了新疆。

2

2014年，大冰带着《乖，摸摸头》回到了新疆，下飞机第一件事情就是让我带一份报纸与黑抓饭同他会合。他熟练地卷好一根莫合烟说："只有新疆的报纸才有这种独特的香味，就着黑抓饭吃就是人生一大幸事。"

那时，乌鲁木齐下起了三十年不遇的大雪，大冰拖着箱子怎么也打不着去石河子的车，读者在那边等着，大冰便留言说道："爬也爬到石河子去。"

最终大冰掏出了双倍的钱，租了一辆黑车从乌鲁木齐赶到了石河子大学，那一次大冰还走进了新疆大学、新疆师范大学。此行，总有学生对台上的大冰说："终于盼到一个来新疆高校开讲堂的作家。"大冰不知道怎么回复，心酸也汗颜。

新疆不包邮，连作家都不来。80 后在新疆上大学一定没见过活着的一线作家，三线艺人来新疆都要头等舱才愿意来这遥远的地方。但也正因为大冰的到来，其他作家也开始重视这里，接踵而至。

2015 年，大冰又一次踏上了新疆的土地，站在那拉提草原上瞭望着雪山，那一刻他想到了什么？去遥远的地方，忘掉一个骄傲的姑娘？他正陶醉在风景中不能自拔，突然被电话铃声扰乱思绪。

"你爱新疆，那么我们这里有个班的书店，你一定要来签售。"电话那头传来一个女性坚定的声音。这不容半点儿迟疑的声音，让大冰一口答应。

后来班的书店负责人 Lisa 姐描述这个事情说：看到大冰发微博定位在新疆，她喝了一杯白酒，就通过出版社找到他的电话打了过去。

事情是这样的，当天晚上大冰就把行程延后，机票作废。并且发了一条微博，那条微博还带了一张地图，具体标出了班的书店所在的位置。活动就在第二天的下午举办。

没有背景板，没有编辑，没有流程，但好在不是没有人，几千人的现场，大冰与读者一一签字握手，这大概是大冰唯一临时安排、没任何准备的签售会。

那天晚上我磨叽半天，问大冰："可否给新书写个序？"

我们坐在小隐餐吧里，我和"ONE 文艺生活"的前总编金丹华坐在大冰身边，马史在金丹华旁边，几个人坐在室外，风不大，月亮挂着。我读完新书序言喊着："高兴，来三箱子啤酒。"又私下拽了小隐老板娘李小娜问道："喝不完能退吧？"

大冰序言一段如下：

不要一提丽江就说艳遇。
不要一提拉萨就说流浪。
不要一提内蒙古就说草原。
不要一提新疆，就只说羊肉串和切糕、大盘鸡和馕。
新疆新疆，那里的人们和你我又有撒（新疆方言，啥）两样？
你有酒，他们也有酒，你有故事，他们也有故事。
一样的红尘颠沛，一样的爱恨别离，一样的七情六欲，一样的希望或失望、笃信或迷茫。
干吗以正嗣自持，而把新疆当远房？
何故以中轴自居，而把新疆当远方？
我去，凭撒？
这个时代哪儿还有什么边塞？谁说动人的故事，只配发生在北上广？

3

2016 年，大冰的小屋西塘店开业的时候，我和马史都去了。我们带着莫合烟和夺命大乌苏,冰哥正在准备素材,写第四本书。他的作息时间和我们新疆人很像,但也不完全相同,朝十晚七,他是早晨十点入睡,晚上七点起床。

大冰可以不扎头发,以爆炸头的样子出现在我们面前。也会在吃饭的时候,米饭里倒一点儿菜汤配着西红柿炒鸡蛋对付过去,哪怕客栈老板猫叔做了一大桌子菜,他也只要那么点儿,他总是说:"老天够眷顾了,吃的方面就不必讲究了。"以至,我多次买的夜宵,总是凉了他才想起吃。他坐在硬板凳上整理着电脑上的素材,也会半夜到小屋敲鼓唱歌,其间也不会喝一口酒。

大冰日夜颠倒地写作,旁边但凡有一个人或者电话打扰到他,都会暴跳如雷。每天写不完三千字是不会躺在床上的,僵硬的板凳按照他的话来说,写作不能太舒服。即使痔疮犯了,也半扭着身体,散着头发认真地敲字。

陪他写作的第一天,我早晨十点醒来,以为大冰已经睡去,他精神抖擞拉着我要我看他新写的一个段落。我给不出任何意见,但不给也不行,就挑出一个错别字。

第二天,我十点起床,去西塘闲逛到十二点,想着大冰应该已经睡了,结果又被他叫住,让我和他讨论茶叶的文化。我只了解新疆的砖茶,还是煮奶茶用的,他便低头继续敲字,我走也不是,不走也不是。

第三天，我想着已经是下午两点了，大冰应该睡了，猫叔中午饭做好了不能错过，毕竟西塘是景区，吃饭不便宜。刚拿起筷子准备夹菜，看到里屋大冰朝我招手，我左右为难，大虾在筷子中间也朝我招手。我进到屋子，大冰和我与马史聊起了新疆的往事。

第四天，我也不知道该怎么办，生物钟已经凌乱，看着大冰就坐在那里，猫叔说："你别跑了，他不睡的。"

江湖侠客，大道之义。常和冰哥有事没事聚在一起，喝得再大，哪怕抱着电线杆痛哭，冰哥都不会忘记结账。在西塘住了一段时间，冰哥说他要去南极完成书稿，我长舒一口气说我要回新疆，父亲十七周年的祭日我想去看看他。

大冰去了南极，在那里写下了新书《好吗好的》，第一篇就是"夺命大乌苏"。

在遥远的南极写遥远的中国新疆，苍茫的大地上有这样的故事，父子故事，奋斗故事，那或许是一种暖流，飘扬在南极的天空中。我一直想，一个作家写别人的故事，一定有一条线隐藏了自己的故事，那么大冰到底与新疆有什么故事呢？

冰哥的"夺命大乌苏"写满了我和马史的沧桑，还有上辈人的悲伤与深情，那支金笔陪伴着我每一个失落的日子，让我在苦难中得以坚持。

可能每个新疆孩子都曾经犹豫过：回不回新疆发展。他们都会在这个故事中找到自己的身影，他们也曾在某一刻端起夺命大乌苏想远方想家乡。

我们都不足以代表新疆，但我们就是在这里生活的一分子，有迷茫，有彷徨，有缺憾，有着与你们一样的悲欢离合。

大冰总是说：没有血缘的兄弟，没有籍贯的家乡。这样说来，我应该是大冰没有血缘的兄弟，而新疆一定是大冰没有籍贯的家乡。

而那篇"新疆姑娘"写了马史这个理想主义者的幸福生活。

2016年举办"百城百校"活动，大冰携带着在南极写的《好吗好的》再次来到了新疆，我和马史作为嘉宾，同时我也是工作人员，去了班的书店、新疆师范大学、新疆财经大学、新疆农业大学、新疆医科大学、乌鲁木齐职业大学和万达广场，仅仅一周时间，也就是说一刻不闲都在与读者见面。

在医科大学的活动结束以后，大冰还是感冒了，不停地咳嗽，但他总是说："来次新疆不容易，能与读者见面握手就好。"仅仅班的书店就有近万人来到现场，与大冰握手交流并且得到了大冰的签名。

在其他地方的签售活动中，冰哥只吃素包子，原因是大冰对很多食物过敏。到了新疆，他可以吃上心爱的黑抓饭、烤包子、拌面、拉条子。也是在新疆，即使一刻不得闲，他也觉得是一种休息。

4

2017 年，大冰做了一场直播。远在泰国签售新书《我不》的他用手机流量为读者做了一场直播。如果你看到了那个直播，你就会听到他和小芸豆的对话："你来不来新疆？新疆的饭好吃，黑抓饭、拌面，还能带你走独库公路，我们一起走到喀什。"

《我不》里面"丫头子"讲述了聋哑人乔一的漫画梦想。可能每个新疆孩子都如同乔一一样，照顾好自己的同时，还要给这个不认真倾听新疆的世界讲述其实一样的家乡。

"丫头子"也描绘了大冰对新疆的爱：

> 若有来生，若复为人身，让我托生在新疆吧。
> 富的话让我有一辈子都吃不完的羊肉纳仁揪片子碎肉抓饭烤包子。
> 穷的话，有阿布拉馕吃就行啊。
> 让我生在春天的赛里木湖，夏天的喀什噶尔，秋天的独库公路，冬天的阿尔泰山下。
> 当不了人的话，让我当只鹰。
> 盘旋在那拉提草原上空，倏尔一生。

连当年"百城百校"活动赠送的漫画册都和新疆有关——《我爱新

疆》，由马史和乔一编绘。大冰一直在宣传新疆，百城百校签售会这两年来都有漫画随书赠送，从《在那遥远的地方》到《我爱新疆》。

2017年百城百校畅聊会的收官地就是新疆，行程的最后一站。

五年，一百万人的握手。

班的书店的分店正好开业，就问了大冰能否在一个城市同一天做两场活动。编辑坚决否定，一个城市两场活动，又分流又吃力。但大冰还是一口答应，支持新店开业，毕竟这里是新疆，是有吉尼木（我的心肝宝贝儿）的地方。

大冰还给出版人和编辑说了一个要求：一定一定要去喀什。哪怕场地小，哪怕读者没有那么多。他说这是一个心愿，他说能否给当地的孩子送一些棉衣和文具，这也是一个小小的心愿。

我和大冰又相聚在了喀什，在那里，他漫步走在喀什古城，卷起了一根莫合烟，穿着大头军靴走在喀什的古城里。古老的维吾尔族民宅，手工打制的铜制品，美丽的艾德莱斯绸，可口的烤鸡蛋……那天我、马史还说，大冰应该是个朝十晚七的新疆人。大冰的全名姓焉名冰，而新疆有个地名叫焉耆。若有来生，焉冰生活在焉耆，不亦乐乎。

在喀什的古城里，大冰走进了一家皮质帽子铺，看上了一顶毛茸茸的帽子，就好像他在南极给我寄的那顶帽子。他询问了价格，我在旁边砍价，老汉很认真地说道："阿达西（哥们），最多便宜二十。"我照着一半砍价，大冰挥挥手说："装上。"老汉就把帽子装了起来。大冰说："在喀什，可以不讲价。"可你早说啊。

那一场环境极其简单的签售活动结束后，大冰马不停蹄地给孩子们送上了棉衣，和校长沟通完学校情况，又当场给校长转了一万元钱，为了给孩子们买更多的棉衣与生活用品。

喀什活动结束以后，我对大冰说：当地帮忙的人想一起吃个饭。向来拒绝任何应酬，特别在签售活动中只吃素包子的大冰反问我道："不去不好吧？"又强调了一句："我请客我就去。"那天晚上，大冰抱着一盘子黑抓饭问大家："先吃哪个会吃得比较多？"

或许，亲近这片土地，你需要拥有足够优秀的品质和足够宽阔的胸怀以及理解力。大冰在这片土地上的言语行动，会让你感觉到他对这里的热爱，这应该就是回家的感觉。

5

2018年，我们在北京见面，大冰问大雄的话被我听到："你们的费用还够吗？"

直到那个夜晚,我和马史才知道大冰离开新疆的时候给大雄做了交代:"我知道那两个兄弟不容易,我给他们钱他们也不会要,你就拿着我的稿费给他们花,他们要做公司,前期的运营资金我出了,但不要说是我给的。"

难怪大雄对我们花钱那么大方。

我问大雄:"冰哥打了多少钱?"

大雄说:"二十万。"

常看大冰在微博下用自己的稿费给穷学生们买机票,有求必应。但没想到我们公司这一年运营的费用也是大冰出的。大冰就是这样仗义的人,他甚至拒绝过半亿的电影投资。那一天,我试探地对大冰说:"我们有一个小成本电影希望你能当监制,给我们一些建议。"大冰回答道:"要是马史当导演,可以。"

那天,我给大冰卷了一包莫合烟。

大冰是一个讲故事的人,可讲故事的人一定有经历过磨难的心灵,超越了城市钢筋水泥,搭起跨越时空的桥梁。与大冰相遇,那种感觉就好像回到我们小时候,总是在不经意的清晨,铁门微启,银光就扑面而来,眼前的世界银装素裹,雕栏玉砌,白茫茫的一片。我和小伙伴在雪地里尽情翻滚,大冰就好像一个大哥哥,站在我们身边,怕我们受冻。

2019年，大冰新书《小孩》上市，常年奔波劳累，笔耕不辍，大冰身体有些吃不消。但依旧在微博下面答应新疆读者：新疆，我一定要去。

都说爱上一个地方，一定要爱上那个地方的女孩，大冰很少说起自己的爱情，仅有一次，大冰这样说的：

我曾爱过那个新疆姑娘。
她说她小时候爱上过一只小羊，白白的，咩咩的，一眼就心软了。
她从背后搂住那只小羊，抱起来就不肯撒手了，毛茸茸的，扎脸，又香又痒。
她说她那年五岁，个子小小，小羊的两只后脚耷拉在地上。

大羊护羔，闷着头冲过来抵她，她抱着小羊就跑。跑也不会跑，跟跟跄跄的，一圈又一圈，围着哈萨克毡房。风在吹草在摇，大人们在笑，小羊的两只脚耷拉在地上。
边哭边跑，打死也不撒手的呢，她说她喜欢那只小羊，只想在它被宰掉前多抱一抱。

她把脸轻轻贴在我背上，手轻轻环住我的腰。
她说：喏，就是这么抱……

我说：非要骄傲到分别这一刻吗？能不能别再犟了……只要你一句话车票我立马撕了。

她的手轻轻环着我的腰,脸轻轻贴在我背上。

吉尼木……

她说:如果有天你路过我的家乡,你会明白撒是新疆姑娘。

吉尼木……

她说:如果未曾失去过,你又怎会永远记住我。

以上这段摘自《好吗好的》里那篇"新疆姑娘"的片段。写到这里,终于明白大冰会在玛纳斯大桥边,小隐的室外,那拉提草原上陷入沉思,那一刻他一定想起了这个骄傲的新疆姑娘。也终于明白他为什么会如此地爱新疆。

此刻再看到大冰这两个字,就想起《神农本草经》中记载的:"大寒凝海,唯酒不冰。"大冰说有酒有故事,而我觉得大冰才是酒,纯净透明、醇馥幽郁。

"大冰,新疆到底欠了你什么,你如此地爱新疆。"

大冰说:"不爱新疆不像话。"

后记

太阳落山后,还有一段时光,属于小男孩和牧民,尽管脚步不能停下,但这一刻的世界是静止的。

男孩小的时候,总会遇见即使夏季都会穿着厚重棉服骑着马的牧民,赶着成群结队的羊去向远方。老妈对他说:"他们是在转场,从夏牧场到冬牧场。"

"转场?"那时的小男孩并不理解这个词。男孩只知道牧民的生活是马与羊,他童年遇见最多的就是羊粪与马屎。

后来男孩每次给别人讲起自己的名字总是说:青河有三宝,羊粪马屎芨芨草,羊粪滋养草场,马屎可以当中药止血。

比起漫长的冰封期以及不到一米不停雪的冬季,小男孩总是期待早晨起来看到白茫茫的大地,还有湛蓝的天空,那样就觉得生活中的一切都是有魔力的：

那一壶倒不完的汽水；雪是甜的，渴了就吃一口雪；

竹蜻蜓一飞，一整天就过去了。

还有每个孩子都拥有的玩具，装有发条的铁皮青蛙，那时候的小男孩如同现在的猫咪一般对逗猫神器充满了好奇，不知疲倦地看着这只憨态可掬的青蛙，它扑腾，小男孩也扑腾。许多年后，跳房子、老鹰捉小鸡都消失了，唯独这只不知疲倦的铁皮青蛙还在，活成了抖音上的"喝酒神器"。

一个普通的下午，青河的街道上，马蹄、羊蹄交错并行，日复一日，带出一条条车轮滚动的痕迹压平了积雪，一个男孩利落地爬上一辆马车，牧民猛地一挥鞭，马车疯狂地跑动起来。土地在他的视野中连成了一条条细线，在马的叫声中，男孩的叫声也越来越大。他们飞奔而过，最终小男孩利索地跳了下来，打个滚，拍拍身上的雪。

一辆桑塔纳突然停下来，车主降下车窗，问着路边的小孩："你们这儿的桑拿在哪儿？"

小孩的眼睛还盯着飞奔的马车，听到"桑拿"两个字转过头来，疑惑地看着来人，呆了一会儿说道："你再说一遍？"

"桑拿在哪儿？"来人重复了一遍。

"哦，左拐，右拐，再右拐就到了。"说完立马往另一边跑去。

车主开着车左拐，右拐，只看到坟墓和荒芜。

天色渐暗，牛羊的声音消失，街边的小店响起一阵窸窣的声音。小男孩和小女孩坐在山脚下，小女孩身材纤细，紧紧抓着小男孩的胳膊。

小男孩说："谷小，我给你唱首歌吧。"
小女孩说："不，你要给我写首歌。"

那时候的恋爱大多没有山盟海誓，他们互相陪伴着，度过了一年。女孩淡忘了男孩特意学的哈萨克族语的我爱你，男孩也淡忘了那双低头凝望他的眼睛。

渐行渐远，那个叫谷小的女孩离开了小镇，去外地上学，去隔壁小镇上班，结婚又离了婚。

男孩还记得在一片林地里滚过铁线圈，滚过的童年，滚着滚着就去了远方。男孩辗转了很多地方，吉林、青岛、北京、乌鲁木齐、长沙，如同旅人一般过了十几年漂泊的生活。

他再也没有遇到那个叫谷小的同学，他也没有给她写歌。

渐渐地男孩知道了什么是转场，每个人都如同牧民一般转场，从溪水潺潺的夏季到大雪纷飞的冬季，不断地迁徙。牧民不变的是厚重的衣服，男孩不变的是厚重的心事。

那，每个人都如同牧民般转场，有些人是为了生活，有些人是为了生存。

2018 年我在微博上发了一段话：找到你，就回到阿勒泰。其实没人知道，我要找的就是那个小男孩。

长大后，我选择去远方漂泊都好像是要告别那个小男孩，可每次走到半路，精疲力竭徘徊绝望，回过头看，那个小男孩就站在远方，向我跑来，紧紧地拥抱我，我就鼓起勇气咬牙坚持。

只是小男孩还在原地，一切都已经远去。
只是只要我们还记得，时光就不会远去。

时常还会回到那个叫青河的地方，没有火车，没有飞机，从乌鲁木齐到青河 512 公里，去寻找那弥漫其间的古旧烟火气，寻找淡定与安逸的生活方式，去寻找那个躲在回忆里不出来的小男孩。

我总是会想，我会与每一个路人微笑着打招呼，和牧民招招手，和我的发小紧紧拥抱，站在戈壁与草原上，听他们讲述这样那样的故事。

只是我回到青河，哪怕我的脚刚从车上下来，遇到的每一个人都会问我："你什么时候走啊？"

"我什么时候走？我不走了，这是我的家乡，是我出生的地方。"那个小男孩回答道。

可我知道，那是回不去的家乡，到不了的远方，我们注定转场去另一个陌生的地方。

后来写完这本书，我看着书里的每一个人物，我都想到了转场，想到了夕阳西下，牧民赶着羊群踏着金辉，抖落了一身花瓣，穿梭在历史的暖流中。

欠了二十年的那首歌写在这里，写给那个叫谷小的同学：

> 你说你也在转场，
> 从这个房子搬到了另一个房子。
> 这个城市却让你觉得不安，
> 那个城市叫阿勒泰，
> 是童话里的小镇。
>
> 你问我遥远的地方在哪儿。
> 我从青河飞奔而来，
> 在每一个不安的城市穿梭，
> 不是不去停留，
> 是不知道为谁安顿。

你说你也在转场，
从这个饭桌到那个酒吧。
一堆的朋友你还是心慌，
你不知道还有没有未来。

你问我你的日子一定很精彩。
我看着每夜陪我的灯光，
哪一个城市又如同青河，
让我一生眷恋？

总有一天，
我们不再是一个人的转场，
我们日子不再孤单，
我们停下脚步，
好好欣赏这世界万物，
让我们成为风景，
他们成为路过。

© 中南博集天卷文化传媒有限公司。本书版权受法律保护。未经权利人许可，任何人不得以任何方式使用本书包括正文、插图、封面、版式等任何部分内容，违者将受到法律制裁。

图书在版编目（CIP）数据

转场 / 杨奋著 . —长沙：湖南文艺出版社，2020.1
　ISBN 978-7-5404-9363-9

　Ⅰ . ①转… Ⅱ . ①杨… Ⅲ . ①短篇小说 – 小说集 – 中国 – 当代　Ⅳ . ① I247.7

中国版本图书馆 CIP 数据核字（2019）第 243565 号

上架建议：文学·散文集

ZHUANCHANG
转场

作　　者：杨　奋
出 版 人：曾赛丰
责任编辑：刘诗哲
监　　制：毛闽峰　李　娜
特约策划：由　宾　沈可成
特约编辑：李　睿
营销编辑：吴　思　刘　珣
封面设计：尚燕平
版式设计：潘雪琴
内文插图：迷思特牛
出　　版：湖南文艺出版社
　　　　　（长沙市雨花区东二环一段 508 号　邮编：410014）
网　　址：www.hnwy.net
印　　刷：北京中科印刷有限公司
经　　销：新华书店
开　　本：880mm×1270mm　1/32
字　　数：241 千字
印　　张：9.75
版　　次：2020 年 1 月第 1 版
印　　次：2020 年 1 月第 1 次印刷
书　　号：ISBN 978-7-5404-9363-9
定　　价：45.00 元

若有质量问题，请致电质量监督电话：010-59096394
团购电话：010-59320018